I0823531

Piel de cordero

Ledicia Costas

Piel de cordero

Ledicia Costas

Ediciones Destino
Colección Áncora y Delfín

Obra editada en colaboración con Editorial Planeta – España

Título original en gallego: *Pel de cordeiro*
Versión al castellano de la autora

Composición: Realización Planeta

Bajo el sello editorial DESTINO M.R.
Avenida Presidente Masarik núm. 111,
Piso 2, Polanco V Sección, Miguel Hidalgo
C.P. 11560, Ciudad de México
www.planetadelibros.com.mx

Primera edición impresa en España: mayo de 2024
ISBN: 978-84-233-6511-1

Primera edición impresa en México: mayo de 2025
ISBN: 978-607-39-2831-1

Impreso en los talleres de Impregráfica Digital, S.A. de C.V.
Av. Coyoacán 100-D, Valle Norte, Benito Juárez
Ciudad De Mexico, C.P. 03103
Impreso en México - *Printed in Mexico*

En memoria de H., Miguel, Hemato.
El hombre que tenía tantos nombres
como corazones y que acaricia el mío
desde el otro lado.

La primera muerte

Marina presentía que se iba a morir. Sucedería mientras le extirpaban de dentro la criatura que estaba condenada a parir. Aunque para favorecer el parto le envolviesen el vientre con una faja de piel de víbora, con cruces pintadas con sus propios fluidos por la parte del revés, o las vecinas entrasen en aquella estancia que hedía a vaca y sudor portando reliquias que iban colocando sobre la cama, alrededor del cuerpo inflado. Cajas doradas con trocitos de esqueleto, mechones de pelo, un dedo, un pedazo de lengua, uñas arrancadas en pleno martirio, un corazón. Ni encomendarse a san Ramón Nonato, patrón de los partos, musitando una oración, ni la rosa de Jericó dentro de un cuenco con agua de la fuente de los milagros sobre la cómoda, ni la mandrágora empapada en sangre de cordero escondida debajo de la cama, ni el bautismo de media noche que había repetido en tres ocasiones, acudiendo en secreto al puente romano a esperar al primer caminante que pasase a partir de las doce, y obligarlo a coger agua del río y echársela sobre el torso desnudo mientras pronunciaba las mismas palabras del bautismo excepto el amén, porque el amén estaba prohibido; sobre todo para ella. Nada se podía hacer para evitar la muerte, porque aquella criatura venía de nalgas y no estaba allí su madre, pero Marina se resistía defendiéndose con todos los medios que tenía a su alcance. ¿Y ahora qué? Ahora las piernas abiertas sobre el catre. Son las once de la noche. Falta una hora para que le rebanen el vientre con un cuchillo incandescente y se desangre.

Tres viernes seguidos bramó como un buey la criatura que llevaba dentro. Qué difícil tolerar la existencia de una mujer embarazada con el mugido de un buey manifestándose desde sus entrañas. Los berridos se escucharon en las casas más próximas y la gente cerró las contraventanas y las puertas después de hacer la señal de la cruz y suplicar clemencia con las miradas puestas en el cielo. Tenían miedo y tenían esperanza. Porque un nonato que grita antes de nacer abre la posibilidad de que nazca un monstruo, un maldito, pero también es la premonición de una criatura con poderes curativos. No sería la primera vez que sucedía algo así, cien años atrás había cantado un niño como una rana tres viernes antes de nacer, y había venido a este mundo con la facultad de curar poniendo sus manos sobre el enfermo. Deshacía hinchazones, sanaba cojeras, cegueras, llagas, parálisis, cosas terribles. Males imposibles para los doctores, pero no para los prodigios de este niño llamado Raimundo, a quien la Inquisición había dado carta blanca para realizar las curaciones. Pero se daba la casualidad de que el padre de Raimundo era uno de los hombres más importantes de la ciudad, además de familiar del Santo Oficio, y Marina la hija de una bruja. Por eso el miedo de los vecinos, y por eso todas las distancias posibles, y por eso Raimundo sí podía llevar a cabo con impunidad las mismas prácticas por las que eran perseguidas y sometidas a tormentos tantas curanderas, componedoras y parteras, que sabían perfectamente qué plantas y qué cataplasmas había que aplicar para aliviar el dolor y el sufrimiento.

Marina se retuerce mientras espera el nacimiento de su única hija, que quiere salir pero no puede, y la llegada de la muerte. Su palidez es un síntoma levísimo de lo que va a suceder. En el pasillo huele a cirio y no hay ninguna vela encendida. Unos minutos antes llamó a la puerta el barbero sangrador de la aldea, ofreciendo su ayuda como quien arranca su propio corazón para entregarlo en un acto de amor infinito. Afeitaba a los hombres junto a su vivienda, en un cuchitril donde solo había sitio para un cliente. Había aprendido el oficio de sangrador de su padre y de su abuelo, y, de vez en cuando, le tocaba extraer alguna muela o practicar alguna sangría para devolver el equilibrio a los cuatro humores del organismo: sangre, cólera, melancolía y flema. Sabía aplicar sanguijuelas y sabía cortar en los lugares precisos para que la sangría fuera un éxito. Alguien había corrido la voz de que la hija de la bruja estaba en apuros, y cuando la noticia llegó a sus oídos no dudó. Abandonó lo que estaba haciendo y emprendió una carrera desesperada hacia aquella casa. No sería la primera vez que intervenía en un parto, pero nunca había reaccionado de una forma tan visceral. Muchas matronas eran tachadas de brujas, pero sobre él no pesaban esas acusaciones. Llamó a la puerta, y como acreditación mostró un maletín mugriento con instrumentos de barbear y alguno más que empleaba en casos de extrema necesidad. Tan pronto puso un pie dentro de la estancia, Marina llamó a Satanás y a su madre, por ese orden. ¡Te maldigo, Judas!, le gritó. Si me tocas, que caigan sobre ti todas las desgracias de este mundo. No lo quería allí de ninguna manera, no tenía derecho. Sola como estaba, las únicas personas en las que confiaba eran las vecinas de toda la vida, que nunca habían ejercido de parteras pero sí habían parido y habían ayudado a parir a muchas otras. Se aferraba a la experiencia de esas mujeres, a pesar de que no estaban preparadas para una situación como aquella. ¿Y el barbero sí? El barbero tampoco. Lo sabía ella y lo sabían las demás. Que suelten a mi madre, suplicó. La necesito aquí. Que esos malnacidos la dejen venir. Por favor, que la liberen. El barbero les pidió a las vecinas que la agarrasen con fuerza. ¿Qué me vas a hacer? ¡Contesta! El hombre metió la cabeza y las manos entre las piernas de Marina y la examinó con sumo cuidado. Traigan vino, aguardiente, lo que encuentren en la despensa, murmuró. Que alguna corte el palo de la escoba con el machete de la cocina. Necesito un trozo del tamaño de una cuarta. A Marina se le salieron los ojos de las órbitas cuando el barbero mencionó la escoba. La había fabricado ella misma con un mango de madera de roble y ramas de retama seca, el arbusto que protegía contra los malos espíritus. ¿Qué pretendes hacer con eso? ¡Contesta! Él le dirigió una mirada llena de compasión y habló en voz baja. Tranquila, hija. Prometo que será rápido. En ese momento, y solo en ese, Marina rompió a llorar.

Que beba todo el aguardiente que pueda, ordenó. Una de las vecinas se acercó a Marina y la conminó a beber. Es por tu bien y por el bien de la criatura. Este hombre sabe lo que hace. El alcohol espanta los dolores y alivia el alma, le aseguró. Marina bebió, ¿qué otra cosa podía hacer? Miró con pánico el palo de la escoba. Muérdelo, le dijo el barbero. Aquella indicación fue un alivio, porque en los últimos minutos habían acudido a su cabeza imágenes con un inventario de barbaridades que algún sádico estaría encantado de hacer con el palo de la escoba de una bruja. ¿Cómo defenderse en aquel momento tan extremo de vulnerabilidad, con una criatura reventándola por dentro? Pero no era una defensa lo que Marina necesitaba, sino un milagro. Que muerdas con fuerza, insistió el barbero. ¿Por qué huele a quemado?, preguntó ella. ¿Qué está pasando? Nadie contestó. Las vecinas de repente eran mudas, tenían los labios zurcidos y se esforzaban en no mirarla a los ojos. Desde su posición ella no podía ver cómo el barbero pasaba el filo del puñal que usaba como bisturí por una llama prendida en una tela. Les hizo un gesto a las otras mujeres para que la volvieran a agarrar, apagó el fuego contra la tierra del suelo y se dispuso a cortar la carne del vientre para sacar a la criatura.

Marina gritó con tanta fuerza que se le rompieron los vasos sanguíneos de los ojos. Se le partió un diente apretando la escoba, la mirada borrosa, la vida evaporándose. La criatura bramó como un animal una última vez antes de salir, y aquello fue demasiado para las vecinas, que hicieron estallar los zurcidos de sus labios murmurando a coro: Ten piedad, Señor, de estas tus criaturas. Mira que no entendemos, ni sabemos lo que deseamos, ni atinamos lo que pedimos. Danos, Señor, luz. Muestra tu poder y tu misericordia.

La hija de la bruja se retorció, blasfemó, llamó a su madre hasta desgañitarse. Murió desangrada sobre aquel catre. Cuando el barbero cortó el cordón umbilical ella ya no respiraba. El hombre, con los colores de un carnicero impresos en la ropa, se echó a llorar. Acababa de traer al mundo a su nieta. Su nombre es Catalina, murmuró con la voz quebrada y el rostro blanco como un sudario. Una de las mujeres la envolvió en una piel de cordero y salió de la casa con ella en brazos sin dejar de rezar: Sé que es duro pedirte que quieras a quien no te quiere, que abras a quien no te llama. Pero tú dijiste, Señor, que viniste a buscar a los pecadores.

Nadie necesitó preguntar nada, porque en aquel cuarto todo el mundo conocía el procedimiento. La mujer corría hacia la iglesia para que el cura bautizara a la niña. Si se moría sin el bautismo no podría ser enterrada en lugar santo, y ya era bastante estigma que la abuela de aquella niña estuviese siendo torturada por la Santa Inquisición. Que Dios te proteja, Catalina, susurró el barbero, observando a través de la ventana a la mujer alejándose con el bebé en brazos. Luego besó la frente de su hija Marina y cerró el maletín, porque la vida era así de retorcida y había que continuar. Siempre adelante de manera inexorable, aunque a veces la desgracia sea tan insoportable que parezca que el mundo entero merece reventar.

Imposible controlar un invierno

Los inviernos en esa casa eran de hielo. En las semanas más duras, si pasabas las manos por las paredes estaban húmedas. También la tierra del suelo. El frío entraba con libertad y se instalaba hasta la primavera, evidenciando la miseria de aquella vivienda y de todas las de Merlo. Excepto el cura, todo el mundo era pobre. La niebla en el pueblo era una cordillera perpetua. Heridas en las orejas, las manos ateridas, la escarcha esposada a los huesos como una penitencia. Elvira tenía la costumbre de almacenar toda la leña que podía mantener seca. Se sentía reconfortada quemando palos y avivando ese fuego. Podía controlar muchas cosas, pero el invierno no era una de ellas. Tampoco lo había intentado. El precio que debería pagar por algo así sería demasiado elevado.

Desde el fallecimiento de Marina faltaba un eslabón de la cadena. Elvira había olisqueado la muerte de su hija siete días antes de que sucediera, y el siete era el número de los viajes, fuesen donde fuesen, incluso al más allá. El olor había ido aumentando cada día e impregnándose en cada tejido, en cada objeto, en cada inhalación, hasta que aquellos hombres irrumpieron en casa alegando que eran ministros de la Inquisición, se la llevaron por la fuerza y ella ya no volvió a ver a

Marina, aunque sí pudo ver su tumba. Pero eso sería mucho después.

Acusaron a Elvira de brujería y pacto con Satanás. Ella lo negó todo y fue enviada a la sala de torturas bajo el argumento de hacerla recapacitar. La sometieron a un tormento por el bien de su alma, que estaba en peligro de acabar en el infierno. Le rompieron los dedos de las manos con una máquina que aplastaba los huesos. Elvira juró durante la tortura que sus intervenciones se ceñían a aquellas enfermedades que no eran de médico. Excelentísimos señores, yo tan solo alivio a personas y animales en sus padecimientos y desgracias con ungüentos, emplastes, cataplasmas, oraciones y, rara vez, conjuros. Los ministros interpretaron la negativa a confesar como una reafirmación en su herejía y la advirtieron de que la siguiente fase era el potro. En ese momento ella se rompió y prometió que confesaría todo lo que quisieran mientras pensaba en que en el futuro encontraría la manera de vengarse de aquella cuadrilla de hijos de puta. Conocía las historias de varias mujeres que habían pasado por el potro y sabía bien lo que suponía ser sometida a las poleas de esa máquina. Sangrar no sangrabas, pero te dislocaban las piernas, los hombros, los brazos, todo lo que era susceptible de ser dislocado, y ya nunca te recuperabas de esas lesiones. Los dolores de la tortura eran un disparate, se te salían los ojos para fuera. Pero, ay, convivir el resto de tus días con esos padecimientos... Había quien enloquecía para siempre. No podía permitirse algo así. Su hija estaba a punto de parir una criatura que necesitaba alguien que la cuidase. ¿Admite usted que se untó con ungüentos que le proporcionó el diablo?, le preguntó uno de aquellos hombres. Admito, señor, que fui una cobarde y no me atreví a negarme. ¿Admite que mantuvo actos abominables con él? Mantuve, señor, yo no quería, pero él me obligó. ¿Y qué forma tenía? Tenía forma de cabrón, señor, un castrón inmenso de color negro. ¿Le besó usted cierta parte deshonesta y sucia? Sí que lo hice, señor, porque me aseguró que si no lo hacía me comería el cerebro y las entrañas. ¿El diablo la marcó con su uña? Me marcó una nalga con su uña, señor, y esa herida siempre está abierta y tiene pus y tiene insectos y tiene toda la ponzoña ahí anidando. ¿Está arrepentida de esos actos nefandos? Absolutamente, señor, que Dios me perdone. Rezaré hasta que se me quede la lengua en carne viva. Mientras hablaba, a Elvira se le caían las lágrimas por los dolores de los dedos triturados, y la Santa Inquisición interpretó aquello como un auténtico arrepentimiento. Dio por buena la confesión y la condenó al destierro durante dos años. Ella les dio las gracias por su generosidad y su clemencia mientras repetía para sus adentros: Cabrones, voy a haceros pagar uno a uno por cada rotura de cada hueso, por cada lágrima, por cada una de las mentiras que me habéis hecho pronunciar. Juro que os trastornaré a todos. Puede marcharse, señora. Que Dios los bendiga, añadió ella, haciendo una reverencia mientras murmuraba a un volumen imposible de escuchar: Invocaré a todos los espíritus avernales para que se cobijen en vuestros cuerpos. Nunca más conoceréis el descanso ni el sosiego. Dicho esto, salió por la puerta y echó a andar masticando una blasfemia tras otra como si fuera una oración.

Elvira pasó los dos años de destierro refugiada en la casa de una curandera, en un pueblo de otra provincia. Mientras se recuperaba de las lesiones, su vida consistió en envolverse en harapos y pedir en la plaza por las mañanas, que era cuando había más movimiento, y en contribuir con sus conocimientos sobre hierbas y plantas para que la curandera ampliara sus competencias. Elvira era una sabia, pero una sabia devorada por la ira. Durante esos dos años alimentó su rabia. Cada noche, antes de dormir, repetía la misma maldición que había pronunciado contra los ministros el día del tormento. Estaba dispuesta a acabar con ellos y fantaseaba con las múltiples maneras de provocarles sufrimiento. Les devolvería multiplicado todo lo que le habían hecho. No es fácil convivir con una mujer con tantos pájaros negros dando bandazos dentro de su cabeza, con tanto dolor y tantos fantasmas comiéndole la vida entera. Los momentos de paz eran escasos. Cuando imaginaba el rostro de su nieta, el primer abrazo, una Nochebuena. ¿Dónde estaría aquella niña? Le rogaba al mismo Dios del que había renegado tantas veces que la protegiese mientras ella no podía hacerse cargo. Solo hasta que yo vuelva, por favor. Solo hasta que yo vuelva...

Cuando por fin se cumplió el tiempo del destierro y pudo regresar a su pueblo, tenía retorcidos los dedos de las manos y una herida interior que ya nunca se cerraría. Una herida auténtica, no como la provocada por la uña de aquel castrón llamado Satanás. Encontró su casa en un estado absoluto de abandono, llena de ratas y con un olor insoportable a muerte que se había quedado allí atrapado. No le importó. Tan solo quería saber dónde estaba su nieta, de la que aún no sabía ni el nombre. Llamó a la puerta de la casa más próxima, que era la de María, la misma mujer que había llevado corriendo a la niña a bautizar el día del parto. Ella se había hecho cargo de la pequeña. Estaba sucia y hedía a pocilga, lo normal en aquella época. Lo único relevante es que estaba sana. Vive gracias al barbero, Elvira. Él la sacó de dentro de tu hija, no había nada que hacer. O sobrevivía una o ninguna, y él escogió una y por eso esta niña está aquí. Se llama Catalina y tiene ojos de buey. Un escalofrío sacudió a Elvira, porque lo que decía la vecina era cierto. Tenía la cara blanca y los ojos negros, grandes y vacíos como los de un buey.

Incluso para ella, que era una mujer que soportaba el peso de tantos talentos, la vida era una sucesión de asombros en los momentos más inesperados. No había intuido que el sangrador asistiría el parto. No se había cruzado con ningún signo, ningún sueño, ninguna premonición que la hubiesen hecho sospechar aquello. Pero, nada más escuchar el nombre que él había escogido para la niña, tuvo la seguridad de que había nacido marcada con un símbolo. Elvira le levantó las mangas y examinó con ansiedad sus brazos, la espalda, las piernas. María observaba en silencio, sin atreverse a preguntar qué estaba buscando. Se imaginó que quería comprobar que la pequeña estaba en buen estado. Ella tenía la responsabilidad de alimentar otras cinco criaturas y su situación era tan miserable como la del resto de los habitantes de aquel pueblo, pero desde el primer día cuidó de Catalina como si fuese de su propia familia, sin hacer distinción ninguna y enseñándoles a sus hijos a tratarla como una igual. Sé lo que estás pensando, María, le dijo Elvira. No tengo duda ninguna de los cuidados que le has dado a esta niña y nunca podré agradecértelo. Estoy en deuda contigo para siempre, no pienses que desconfío. Abre la boca, pequeña, le pidió Elvira a la niña con toda la dulzura de la que era capaz una mujer como ella. La pequeña obedeció y mostró la corona de espinas dibujada en rojo en su lengua. Aquí está. Mira, María, tiene la rueda de santa

Catalina. Por eso el sangrador escogió ese nombre. María no entendía cómo se le había podido pasar por alto algo así. Jamás había detectado nada raro en la pequeña, y resulta que allí estaba la corona, redonda y perfecta. Elvira observó los ojos de buey de Catalina. Soy tu abuela y de ahora en adelante vivirás conmigo. A continuación, abrazó a la niña y le susurró una promesa al oído: Te daré la mejor vida que puede ofrecer una bruja.

De aquello habían pasado tres años. Ahora, con el invierno metido a bocajarro en la casa, abuela y nieta compartían los momentos previos antes de acostarse. Dormían en el mismo cuarto sobre colchones diferentes, una en cada extremo de la estancia. A Catalina le daban mucho miedo los ruidos que hacían los insectos que anidaban entre los nudos de lana de su colchón. Tan solo había una oración que la ayudaba a calmarse, la que su abuela Elvira repetía cada noche antes de dormir: «Voy a haceros pagar uno a uno por cada rotura de cada hueso, por cada lágrima, por cada una de las mentiras que me habéis hecho pronunciar. Juro que os trastornaré a todos. Invocaré a los espíritus avernales para que se cobijen en vuestros cuerpos. Nunca más conoceréis el descanso ni el sosiego». Amén, Catalina. Amén, abuela.

Todos los nombres del estramonio

Ni el cuarto donde pasaban consulta, ni la cocina donde preparaban los ungüentos, ni siquiera el lugar donde estaba enterrada Marina eran su epicentro. El bosque mandaba y Catalina aprendió esto desde muy pequeña. Conocían todas las hierbas con propiedades curativas, todas las semillas, todas las cortezas de los árboles. Las dos eran analfabetas, pero dominaban el lenguaje de las plantas. Por la calle algunos agachaban la cabeza y aguantaban la respiración cuando ellas pasaban cerca, y un par de ellos les decían putas de Satanás, unos pocos brujas, malparidas o mujeres del infierno. Otros las llamaban simplemente Elvira y Catalina o vieja y niña. Ellas guardaban cada insulto. Los conservaban igual que hacían con los ojos de algunos pájaros y los huesos de los gatos, en el lugar donde había que acumular esa clase de cosas para cuando llegase el momento, entre arenques, greñas de pelo y frascos con aire de sapo y de otros animales de mirada fija que tienen la ponzoña. No articulaban palabra cuando recibían esos ataques, pero memorizaban. Grababan el insulto y la persona. Registraban la injuria en la cabeza porque no tenían otra manera de guardar las cosas para el futuro. Si hubieran sabido escribir y leer habrían tenido una lista con cada nombre, pero no pasaba nada, porque añadían y repetían, añadían y repetían así: Eladio, el del ojo retorcido, putas de Satanás; Manuel, el hijo del herrero, clavarnos con una estaca; los ministros de la Maldita Inquisición, colección de agravios; Luis el Carnicero se negó a vendernos nada; Maruja nos dijo locas, no toquéis a mi hija con esas manos tan puercas. Elvira y Catalina acumulaban. Conservaban, conservaban, conservaban para cuando fuese posible devolver las ofensas, y lo hacían casi siempre con la tranquilidad que les proporcionaba la experiencia.

Ellas sabían que el estramonio tiene más de quince nombres y que con su flor de trompeta puedes tratar el asma y también puedes matar. Con el polvo de las flores del ricino provocas hemorragias internas y vómitos, con el matalobos paras el corazón. Las flores del cardo espantan los males de los bebés, las varas de las gamonitas sirven para curar las mordeduras de los reptiles, la flor de la valeriana cura los arrebatos. Sabían leer la naturaleza, y eso las convertía en privilegiadas y peligrosas. Porque, sobre todo lo demás, conocían los secretos para fabricar venenos y pócimas para recuperar el apetito sexual. Y dominar la muerte y el sexo significaba tener un poder infinito. Así que paseaban tranquilas por el centro del pueblo repitiendo y añadiendo nombres a su lista cada vez que alguien las agredía, con el convencimiento de que el bosque estaba siempre de su lado. Cada raíz era una oportunidad. Atacarlas era temerario.

Elvira fue dejándose ver menos en el pueblo. Ahora que Catalina había crecido y se había convertido en autónoma, la mandaba a hacerle los recados. La niña jamás se quejaba. Tenía por su abuela una devoción y un respeto absolutos. En realidad, Catalina no parecía una niña. Parecía una mujer en el cuerpo de una niña. Sus ojos de buey ahora eran ojos de animal salvaje. Había algo felino en su manera de mirarte y de moverse. Como si siempre estuviese alerta para reequilibrarse en el aire y evitar una caída, y como si pudiese ver a través de ti. Aquel día cruzaba la plaza del pueblo con un hatillo donde llevaba harina, aceite de ricino y algún producto más que le había encargado Elvira. Ya había compartido un ratito dentro del cuchitril del barbero sangrador. Le gustaba hablar con él, sobre todo cuando no tenía clientes y podían extenderse un poco más, aunque esto su abuela no lo sabía. Un niño le pidió algo para comer y ella le enseñó los dientes rugiendo igual que una fiera. El niño la miró aterrado y dio un salto hacia atrás. La abuela Elvira le había enseñado a proteger los alimentos. No quería que pasaran hambre. Iban trampeando porque mucha gente pagaba las consultas con huevos, nueces, leche, productos de la huerta... Ellas en casa tenían un castaño y varios árboles frutales. Pero el grueso de su alimentación les llegaba a través de la clientela. Pocos pagaban con dinero y Elvira tampoco establecía precios. La miseria no era compatible con las cuotas. En la puerta de la consulta tenía un letrero escrito por un vecino a quien había curado un prurito que tenía en sus partes íntimas y le había brotado porque era asiduo a la casa de las putas pero, por favor, que esto no llegue a oídos de mi mujer, no le diga nada, señora Elvira. Le pagaré lo que me pida si me cura y si es discreta. Yo nací discreta y moriré discreta, y no tengo interés ninguno en ir propagando por ahí sus dolencias, ni sus encuentros fuera del matrimonio. ¿Sabe usted escribir? Pues vuelva mañana con un cartel que ponga «Aquí se paga con la voluntad». Y el hombre escribió *boluntad* pero cumplió, y allí se plantó al día siguiente, que era de lo que se trataba, y ella se quedó satisfecha y no le pidió nada más a cambio. Quien entraba en su casa sabía que el dinero no era un impedimento y que Elvira era generosa. Jamás pedía más de lo que le ofrecían porque consideraba que si alguien daba el paso de acudir a ella, nacía automáticamente una relación de confianza. Elvira era discreta y Catalina aprendió también a serlo. A aquella consulta acudía gente con problemas de todo tipo: mal de amores, reuma, llagas, pústulas, bultos, torceduras, envidias, aires, sombras, dolor de oídos, penas profundas, impotencia, insomnio. Yo no hago milagros, decía cuando le solicitaban imposibles, como aquella ocasión en que acudió una madre con su hijo muerto en brazos implorándole que le devolviese la vida. Catalina se escurrió debajo de la mesa y se tapó los oídos porque no soportaba la pena de aquella mujer. Había llegado a la consulta con un hedor a podredumbre difícil de describir y Elvira comprendió lo que sucedía tan pronto abrió la puerta. Puedo ayudarla a enterrarlo, que estas manos han estado en contacto con muertos muchas veces y están acostumbradas a las tumbas, le dijo Elvira. Yo sé lo que significa perder una hija y me ofrezco a acompañarla en su dolor y darle infusiones que la calmen temporalmente. Puedo tratar de aliviarla, puedo ayudarla a tener otro hijo, puedo compartir el dolor. Pero resucitar no está en mis manos.

Casi todos los días se formaba cola delante de la puerta de la casa. Venía gente de los pueblos vecinos buscando soluciones para sus desgracias, y aquello era un problema. Elvira ya había sido sometida a un tormento y continuaba atendiendo gente. Era la única manera que tenía de ganarse la vida. No sabía hacer otra cosa. No quería hacer otra cosa. Había jornadas en que atendían a cincuenta o sesenta personas. Catalina no se movía del lado de su abuela. Aprendió a replicar sus movimientos, a usar el mortero con soltura, a secar las hierbas; memorizó las expresiones que solía usar para dirigirse a la gente. Intentaba ser una réplica exacta, una gemela dentro de un cuerpo más pequeño, más blanco, menos deteriorado. En ocasiones, cuando terminaba la jornada, Elvira se ponía de repente de color gris y su mirada se extraviaba. Se quedaba perdida en algún lugar a medio camino entre este mundo y el otro. Catalina conocía el procedimiento. Colocaba un plato con aceite y tres hojas de laurel sobre la cabeza de su abuela para comprobar si había cogido el mal del aire, que podía proceder de personas o animales, de las escobas, de las encrucijadas o de los sepulcros. Si el aceite hundía las hojas, era mal de aire y Catalina tenía que erradicarlo. Buscar una atalaya desde la que se viese el mar y allí arriba desnudar a la vieja y agitar la ropa con fuerza para liberarla del aire y después abandonar todas las piezas al lado de un camino, o tirarlas a un río para que el agua se las llevase lejos, y por eso era tan habitual encontrar en lugares inesperados ropa sin dueño que parecía tener un halo extraño, porque mucha gente padecía males de aire. Y después de abandonar las ropas había que agarrar a la enferma por el pelo, echarle la cabeza hacia atrás y, así desnuda del todo como estaba, hacerle cruces en el pecho con agua bendita y hojas de la planta de ruda y repetir tres veces: «Aire de perro, aire de perra y aire de alacrán. Corto y vuelvo a cortar para que en este cuerpo nunca vuelva a entrar».

En otras ocasiones, lo que le sucedía a Elvira era

que con tantas visitas acababan entrándole por los orificios del cuerpo más desgracias de las que podía acumular. Era como si absorbiese los traumas y las enfermedades de las personas a las que trataba. Tardaba días en recuperarse. Catalina la untaba con una cataplasma de hierbas con propiedades calmantes y de algún hongo que la ayudase a abrir las barreras entre los mundos, y luego la envolvía en hojas de maíz y le daba un beso en la frente. Elvira permanecía quieta como una momia, con las lágrimas resbalándole por el rostro, hasta quedarse dormida. En medio de la noche, dentro de sus sueños libraba una batalla contra todas aquellas sombras que se había tragado. Catalina la sentía pelear, quitarse de dentro las cosas malas. A veces, para alejar los pensamientos oscuros que la asaltaban ante la imagen de su abuela retorciéndose, cantaba bajito: «Por el camino viene un hombre, aún viene lejos, lejos, lejos. Yo no sé si anda o si corre, porque viene lejos, lejos, lejos. Quién fuera galgo, quién fuera pájaro, quién fuera el viento...». Cuando paraba de cantar, regresaban los cuervos negros a comerle la cabeza por dentro. Entonces rezaba por ella, aunque Elvira se lo tuviese prohibido.

El proceso de congelación

Quería que le contara otra vez por qué su nombre era Catalina y no pensaba moverse de allí hasta volver a escuchar la historia. Esperó sentada en el suelo, junto a la puerta del cuchitril del barbero, soportando la cháchara de aquel cliente que le daba un poco de asco porque olía a alcohol y tenía algo feo en la mirada, algo marrón, algo repugnante como una babosa, un sapo inflado a punto de explotar, de esos que sueltan un líquido estupendo para causar males, pero que solo es aconsejable utilizar en ocasiones muy contadas, porque igual te viene de vuelta la desgracia y luego no consigues sacártela de encima. Podía sentir lo que pensaba el cliente cuando la miraba: sus tetas habían empezado a despuntar y tenía dos bultos pequeños que se intuían debajo de la ropa, como dos nueces. Él las observaba y se relamía. Desde que habían empezado a crecerle las tetas su abuela ya le había advertido que debía ser más precavida y estar muy atenta. El primer día que sangrase la llevaría a un sitio que iba a cambiar su vida para siempre y le tocaría despedirse de eso llamado niñez, cosa que ella tampoco acababa de comprender muy bien, porque es imposible dejar de ser niña de un día para otro y, además, las únicas diferencias entre una niña y una mujer eran el tamaño y el número. El de las tetas, las caderas, los hombres y los hijos. Su vida era idéntica a la de su abuela y también idéntica a la de la señora María y el resto de las mujeres del pueblo. Sacudir los colchones para deshacer los nudos y espantar los bichos que hacían allí sus nidos y ponían los huevos, recoger las castañas, hacer el caldo con el tocino y las berzas, llevar los cuchillos a afilar, vaciar los calderos de las goteras de la noche, airear la casa, echar serrín, limpiar las escobas, atender a la gente, ir a recolectar hierbas, visitar la tumba de mamá, revisarse el cuerpo por si había garrapatas, estar pendiente de que Elvira no se hubiese puesto gris, recitar la oración de la noche. Excepto el domingo. Si era domingo tocaba lavarse.

El cliente estaba hablando con el barbero de las posturas que tenía intención de practicar con la tabernera, de la que se había enamorado el mismo día en que su padre consideró que ya tenía edad para atender el negocio y la puso a trabajar, porque una joven atraería más clientes y eso no admitía lugar a duda, aunque aquel pueblo estuviese estancado en la miseria y los únicos habitantes nuevos fuesen los niños que nacían sin control, uno detrás de otro. Las mujeres parían siete, ocho, nueve, diez. Se preñaban y volvían a parir, y así, dentro de esa rueda, hasta el final. Por eso las calles estaban llenas de niños y los cementerios también. La pobreza era incompatible con el hambre y con tantas bocas.

El cliente pasaba muchas horas dentro de la taberna y soñaba con sorprender a la joven por detrás, taparle la boca y subirle la falda y, así como estaba, apoyada en la barra, agarrarla por las cachas y hacerle esto y hacerle lo otro y hacerle así y así y así, y su impulso en aquel momento era mover su cuerpo sucio simulando el instante soñado de la carne contra la carne, pero tenía la navaja del barbero en el cuello y tampoco quería distraerlo, no fuese el demonio. Rasúrame bien para que no le pique ni un pelo cuando me acerque a ella para pasarle la lengua. El sangrador apenas hablaba. Había aprendido a callarse como método de supervivencia e intentaba no distraerse con las babosadas infames que estaba obligado a escuchar. ¿Qué tal tu mujer? La última vez me comentaste que andaba algo delicada de salud, lo interrumpió cuando se hartó del discurso, aprovechando que no podía hablar porque justo le estaba rasurando el bigote. Y entonces al cliente le escoció la incomodidad de tal manera que dio un respingo involuntario en la silla, breve pero suficiente para que el barbero le hiciese sangre con el filo de la navaja, y el otro se cagó en varios santos. Y malditas mujeres de los cojones, siempre que aparecían ocurría una calamidad, a ver ahora la cara de memo que se le quedaba con ese corte en la cara recién afeitada. De haberlo sabido se habría dejado barba y andando. Si no fuese por los piojos ya vería el barbero el hambre que pasaba.

Catalina resoplaba impaciente. Por momentos cantaba o repetía algún refrán para abstraerse de la sarta de cochinadas de ese guarro. Cuando salió del cuchitril se recolocó la ropa y la observó con los ojos brillantes. Catalina entró sin querer dentro de su cabeza, se cayó en su interior como por accidente. Tuvo la ocasión de ver con sus propios ojos alguna de las escenas que él se imaginaba y sintió repulsión. Si me das un beso te regalo una moneda, le propuso él. Catalina supo inmediatamente que debía ignorarlo porque ya la había advertido su abuela en varias ocasiones del tipo de argucias que algunos hombres hacían para conseguir cosas de las jóvenes, y porque lo que había visto dentro de su cabeza le provocaba arcadas. Quería enseñarle los dientes para librarse de él, como hacía con los niños que le pedían comida cuando iba al mercado, pero no fue necesario, porque enseguida intervino el barbero y fulminó a aquel desgraciado con una simple mirada de desaprobación. Se marchó con la frustración entre las piernas. No quiero que hables con ese hombre, le pidió el sangrador. Yo tampoco quiero hablar con él. Vi dentro de su cabeza y odio lo que encontré allí. Ay, Catalina, no deberías decir esas cosas en voz alta. Pero a ti puedo decírtelas. A mí sí, pero a nadie más. Y a la abuela también puedo. El hombre le acarició el cabello y sonrió y no hizo falta que dijese nada más sobre ese asunto. La niña le pidió que le contase otra vez por qué le había puesto aquel nombre. Él se sentó en un taburete y le explicó que santa Catalina era la prometida de Cristo desde que tuvo una aparición y decidió entregarle su vida. Convirtió a muchas personas al cristianismo en contra del criterio del emperador, por eso fue condenada a un martirio y la amarraron a una rueda llena de cuchillas, pero la máquina de tortura se rompió nada más tocar el cuerpo de Catalina. Entonces ordenaron decapitarla, y, cuando la espada rozó su cuello, brotó leche en lugar de sangre. Aparecieron unos ángeles que se la llevaron volando al monte Sinaí y allí está enterrada desde entonces. Pero ¿por qué me pusiste a mí su nombre?, insistió la niña. Porque cuando conseguí sacarte del vientre de tu madre reparé en que tenías la rueda del martirio de santa Catalina dibujada en la lengua. ¡Sí que la tengo, mira! Y la niña le mostró la lengua y rompió a reír con fuerza porque ese había sido el objetivo desde el principio, llegar a ese momento concreto que le resultaba tan divertido.

¡Mete esa lengua para dentro, que aún te la va a comer un bicharraco! El barbero no quería que Catalina creciese. La quería niña para siempre y no por egoísmo, sino porque sabía cómo iba a ser su futuro. Una réplica de la vida de Elvira, llena de dolor, de acusaciones y de hombres cobardes. Como él. ¿Y ahora puedes contarme cómo era mi madre? El barbero sintió una punzada en el corazón. Catalina le preguntaba muchas veces por Marina, pero él intentaba pensar en eso lo menos posible. Y no porque fuese su hija bastarda o porque renegase de ella. La había querido exactamente igual que a sus otras hijas, aunque por las circunstancias no pudiese tener apenas contacto con ella. Pero pensar en Marina significaba sufrir y había aprendido a sepultar los recuerdos. Cuando alguno intentaba salir al exterior él le echaba tierra por encima y lo pisaba para cortarle el paso. Soñaba muchas veces con el parto. Con el momento de abrir el vientre de Marina, con toda aquella sangre que se le había quedado para siempre dibujada, como las marcas de una enfermedad cutánea, con el cordón umbilical del bebé enroscándose alrededor de su cuello hasta ahogarlo. Soñaba lo que no quería soñar. Pues tu madre era la mujer con peor genio que he conocido, le dijo a Catalina. Si le dabas los buenos días, tanto podía contestarte con una sonrisa como soltarte una burrada. Tenía a la mitad de los jóvenes del pueblo locos. Era guapa, ¿verdad?, preguntó la niña, imaginando aquel rostro y aquel cabello que había visto tantas veces en sueños. Era algo diferente a guapa. Era como una aparición. Tienes la misma mirada que ella. Catalina sonrió. Muchas veces le entraban tentaciones de preguntar por su padre, pero no se atrevía. Algo dentro de ella le decía que no debía hacerlo. Algo oscuro, una intuición de esas que a veces la asaltaban dejándole el cuerpo frío como la nieve. Justo como la que la invadió en ese momento. Se frotó los dedos de las manos y pudo sentir la escarcha cristalizada en las puntas. El barbero percibió que algo cambiaba en la mirada de Catalina y la retó a enseñarle la lengua una vez más. Pero también estaba congelada.

Siempre a través de Elvira

En la entrada de la casa había un castaño que tenía más de cien años y proyectaba una sombra poderosa. Elvira siempre le recordaba a Catalina que había que tener cuidado con todas las sombras, excepto con las que convives, porque con esas estableces un vínculo desde que naces hasta que te mueres. Cuando llega el momento de emigrar hacia el otro mundo, tu sombra se queda aquí. Por eso hay más sombras que seres humanos. Por el día permanecen quietas. La noche es su caudal.

Para Elvira la naturaleza no guardaba demasiados misterios, llevaba toda la vida interpretándola con acierto. Podía oler la lluvia, la muerte y la enfermedad hasta siete días antes de que llegasen. También tenía la certeza de si tocaba año de buena cosecha y de la duración de la temporada de heladas. Hacía exhibiciones de estas habilidades casi como una rutina. En el otro extremo, Catalina convivía con la sensación de que detrás de las puertas, entre las maderas del suelo, dentro de los armarios, en el interior de su propio cuerpo, habitaban las tinieblas. Había un poso denso que nunca desaparecía. Se le pegaba, dejándole el pelo lleno de grasa. Escurría la savia sobre su cabeza como un martirio. Había escuchado que a algunas mujeres la Santa Inquisición las metía en una celda debajo de un dispositivo que vertía sobre sus cabezas una gota de aceite caliente de manera constante. Tac, tac, tac hasta que la gota perforaba el cráneo y llegaba al cerebro. Temía que las sombras estuviesen haciendo algo parecido con ella. En el bosque percibía cosas flotando en la brisa, presencias que no lograba identificar. Desconocía qué eran y no conseguía ponerles nombre, pero sabía que estaban al acecho. Se sentía observada, como si hubiese ojos embutidos en la madera de las puertas y en la piedra de las paredes midiendo cada movimiento. Por la noche ganaban consistencia. A veces, cuando ya había oscurecido y tenía que salir fuera de casa a cualquier cosa, la asaltaba una opresión, un miedo insuperable que nacía a la altura del esternón. En alguna ocasión le confesó a su abuela lo que le sucedía y ella siempre contestaba de la misma manera: En esta casa las sombras están de tu lado, no tienes nada que temer. Pero siento murciélagos aquí dentro, protestaba Catalina poniendo la mano en el centro del pecho; quería arrancárselos de cuajo y no podía. No sé cómo espantarlos, quiero que se vayan. Por favor, quítamelos. Hija, la interpeló Elvira, presta atención a esto que te voy a decir: ten siempre presente que una de esas sombras que te producen desasosiego es la de tu madre. Está velando por ti. Ese argumento tranquilizó a Catalina. De ahí en adelante empezó a convivir con la oscuridad de otra manera. También aprendió a interpretar cosas que hasta ese momento habían sido un misterio. Todo esto siempre a través de Elvira. Si una tarde de verano, con el sol cayendo como un peso muerto y sin el más leve indicio de brisa, de repente se cerraba una contraventana, Elvira observaba a Catalina como queriendo inocularle aquel pensamiento que estaba a punto de verbalizar, y afirmaba con un murmullo semejante al ruido de los insectos que habitaban en la lana de los colchones: Es tu madre. Si escuchaban rumor de voces fuera de casa, pero resulta que no había nadie, Elvira afirmaba: Es tu madre. Si después de una mañana de lluvia el caldero donde recogían el agua de las goteras aparecía tirado en el suelo, Elvira agarraba a Catalina de un brazo con firmeza y susurraba en su oído: Ha sido tu madre. Catalina asumió que cada acontecimiento difícil de explicar era un intento de su madre de comunicarse con ella, o simplemente una manera de recordarle que estaba presente en aquella casa, conviviendo con ellas, atrapada en una forma diferente a la humana. Por eso siempre tenían sobre la mesa de la cocina una mariposa de aceite encendida por su alma.

Un domingo salieron a coger hierbas. Era una tarde desapacible, pero necesitaban localizar amapolas con cierta urgencia para tratar un problema agudo de histeria de una joven de un pueblo vecino. Antes de esto ya había intentado el remedio clásico para casos como ese. Era habitual que llegasen a su consulta mujeres afectadas por un desarreglo que las volvía irritables. Notaban un peso extremo en el bajo vientre, tenían pensamientos inapropiados y una humedad excesiva entre las piernas, en sus partes íntimas. Aquella joven se le había presentado en casa con ese cuadro y Elvira la había invitado a acostarse sobre un catre que estaba en la consulta, protegido por una sábana que cruzaba la habitación de pared a pared, como solución contra las miradas indiscretas. Fuera cantaba un gallo, las gallinas hurgaban en la tierra para extraer gusanos y una cola de quince personas, cada una afectada por un mal diferente, esperaba su turno. La bruja tenía un dedo envuelto en una tela suave y lo había empapado en una mezcla a base de mirra, nuez moscada y aceite de lis. Tienes que estar relajada. Cierra los ojos. Le metió la mano dentro de las bragas y empezó a frotar en el origen de su problema con el dedo untuoso. Catalina espiaba desde un rincón donde no podía ser vista. Observó cómo se aceleraba la respiración de la paciente. Se le encrespó la piel de los brazos y de los muslos con aquellos suspiros y no entendía muy bien por qué. Mucha gente pasaba por momentos dolorosos dentro de esa consulta, pero aquella joven no era una de ellas. Elvira la hizo llegar con bastante facilidad a ese momento que los médicos llamaban paroxismo histérico, y que era el instante en que la mujer se soltaba. Expulsaba los fluidos que tenía acumulados y que provocaban el malestar. Ese concepto no había llegado todavía a un pueblo como Merlo, pero Elvira sabía identificar la problemática y manejaba el arte de soltar mujeres histéricas. Había oído que existían países donde los médicos llevaban a cabo esa práctica con un instrumento de madera recubierto por la tripa de un animal, pero ella no necesitaba ninguna máquina. Con sus manos componía huesos, aplicaba cataplasmas, aliviaba dolores, soltaba mujeres. Algún día también lo haría Catalina. Pero antes tenía que experimentarlo en su propio cuerpo.

Elvira y Catalina estaban en la espesura del bosque, buscando un terreno rico en amapolas para ayudar a la mujer histérica. Escucharon un ruido que al principio casi se confundía con el viento, con los pájaros y con sus propias pisadas, pero fue ganando intensidad hasta que se materializó delante de ellas. Era una loba. Se quedaron petrificadas, los ojos centelleando como las chispas de una hoguera, las piernas inconsistentes, el pecho invadido por murciélagos. Elvira sabía que los lobos atacaban en manada cuando tenían hambre y también sabía que preferían esquivar a los humanos, pero ¿cómo dominar la tensión? ¿Cómo salvar a su nieta si las atacaba? La loba se aproximó, dio tres vueltas en círculo alrededor de ellas y luego agachó la cabeza y continuó su camino, desapareciendo entre la vegetación. Catalina tenía la boca seca y el corazón desbocado, pero pronunció cuatro palabras sin titubear: Esa loba era mamá. Y en ese instante, Elvira supo que ya estaba hecho. Que su nieta había comprendido lo más importante de todo.

Aquella tarde llegaron a casa y machacaron las amapolas en el mortero para extraerles la savia. Prepararon un frasco para entregarle a la paciente histérica y pusieron a secar las flores sobrantes. Con los pétalos hacían bolsas para infusión y polvo para fabricar obleas. Lo más importante era dominar las cantidades y dominarse a sí mismas. Elvira tenía tendencia a probarlo todo, especialmente aquello que fabricaba con plantas peligrosas. Su cuerpo estaba habituado a ingerir a diario pequeñas cantidades de adormidera, de estramonio, de amapolas, de beleño negro, de trompetas de ángel, de salvia, de las semillas de la virgen... Mojaba alguno de sus dedos retorcidos en aquellos aceites esenciales y se lo metía en la boca. Formaba parte del ritual de preparación. Lo hacía cuando elaboraba el caldo y lo hacía cuando preparaba los ungüentos, los almíbares, los aceites esenciales. Sus medidas eran intuitivas. Si se le quedaba la lengua dormida había que rebajar la medicina con agua. Si le entraban náuseas o taquicardias era mejor ingerir el preparado en infusión. Si se desmayaba, eliminaba el tratamiento en personas de cierta edad. Experimentaba con su propio cuerpo para poder aplicar los conocimientos en sus pacientes. Jamás recomendaba algo que no hubiese probado ella antes. Necesitaba conocer los efectos secundarios de primera mano para advertir a la clientela y darles seguridad, pero se lo había prohibido a Catalina. Una de las normas, tal vez la más importante, era que la niña no podía probar nada sin su autorización. Yo estoy curtida, pero tú puedes sufrir daños imposibles de reparar, le repetía con frecuencia. Una conocida curandera se quedó catatónica para siempre por mezclar aceite de trompeta de ángel con una hierba incompatible. Se le vació la mirada y su mente se quedó atrapada en un lugar del que ya nunca consiguió regresar. ¿Quieres acabar allí? La niña respondía que no moviendo la cabeza, con un atisbo de terror en la mirada. Había muchas historias como esa. Elvira se las contaba mientras fabricaban los brebajes y conseguía justo el efecto que buscaba: meterle el miedo en el cuerpo a Catalina para que nunca, jamás, se pusiese en peligro. Pero había otra razón que ocupaba un segundo plano: una de las dos tenía que estar siempre lúcida para ayudar a la otra en caso de que entrase en trance. Ese código de conducta era tan antiguo como el humus que se formaba en el bosque, como el canto de las cigarras incrustándose en lo más profundo del oído en las noches de verano, como el instinto de tronzarles el pescuezo a todos aquellos que las insultaban en el pueblo, que eran los mismos que acudían a ellas cuando necesitaban a un médico, porque resulta que el doctor más próximo vivía a tres días de camino y ellas estaban siempre accesibles. Siempre machacando plantas en el mortero, extrayéndoles el jugo, hirviendo tallos, estambres y hojas. Siempre pensando en que aquellas plantas que tenían la facultad de sanar también tenían la facultad de matar. Y ellas dominaban esa técnica tan bien que provocaban pavor.

Aún más profundo

Marina estaba enterrada detrás de la casa, en la zona más próxima al bosque. El día de su muerte una vecina costurera le había zurcido el vientre y le habían puesto un vestido limpio para darle sepultura de manera digna. La más digna posible para la hija de una bruja. La peinaron, le echaron un producto para colorear las mejillas y recogieron flores para disimular el mal olor y para romper el blanco de la sábana con la que habían envuelto el cadáver. Al entierro acudieron el barbero, las mujeres que habían asistido al parto y algunas vecinas más. Una de ellas sostenía a Catalina en sus brazos. No hubo cura, ni cementerio, ni ataúd, ni pasajes de la Biblia. El barbero había cavado el agujero la noche anterior para enterrar a su hija. No se contuvo en el momento de echarle la tierra por encima. Se derramó. El dolor que rompe el silencio en un entierro es una de las cosas más violentas que existen. Al día siguiente plantó un tejo al pie de la tumba y aquella no fue una elección casual, pero en ese momento nadie reparó en el gesto, nadie le dio la menor importancia. Es de esas cosas que pasan desapercibidas cuando resulta que tienen una relevancia crucial.

El árbol creció más rápido de lo que habían imaginado. Catalina solía abrazarse a él. En alguna ocasión, después de pasar la lengua por el corcho, había acabado con el alma intentando desdoblarse de su cuerpo. No estás preparada, le había advertido Elvira. Luego la había obligado a hacerse un corte en un dedo y repetir bajo juramento de sangre que no volvería a probar el corcho, ni las hojas, ni los frutos del árbol, nada, nada, nada. No hasta que estuviese preparada. Tienes demasiada prisa, eres como el viento cuando se desboca y hay que pararte. Vas a aprender a controlarte porque el día que yo falte no quiero ni imaginar qué va a ser de ti. ¿Quieres terminar como tu madre? Catalina bajaba la cabeza y jamás contestaba. Obedecía sin acabar de comprender por qué había tantas limitaciones, si ellas tenían sus propios ritmos, que no eran los ritmos de Merlo.

El primer día que Catalina sangró hizo todo lo posible por ocultarlo. Sacó las bragas, las fregó contra la piedra de lavar y las puso al clareo en la entrada del bosque. Había escuchado historias de mujeres a las que aislaban durante cinco días en un cuarto lleno de paja, desnudas y a quince pasos de distancia de los elementos purificadores: el fuego y el agua. Hacía tanto frío en esa casa... Temía ponerse violeta o congelarse. A otras, fuera verano o invierno, las mandaban embadurnarse todo el cuerpo en estiércol y meterse en un río veinticuatro veces, untarse con azafrán y zambullirse veinticuatro veces más. Fregó con más fuerza, no debía quedar en la tela ni rastro del pecado. La sangre menstrual provocaba que muriesen las abejas dentro de las colmenas, infectaba las mordeduras de los perros con un veneno incurable, mataba injertos, provocaba la caída de la fruta de los árboles. Agriaba el vino, hacía oxidar el hierro, volvía locos a los animales. Sabía de aquella historia de las mujeres forzadas a caminar sobre un campo infestado de escarabajos, con los vestidos levantados por encima de las nalgas, para acabar con la plaga gracias a su sangre ponzoñosa. Sabía de las que tenían que entregar las bragas impregnadas en sangre para aplicar sobre verrugas, calenturas o sabañones. Sabía de las que permanecían desnudas al relente durante cinco noches con las piernas abiertas apuntando el cielo y la luna sobre su centro. Fregó contra la piedra todavía más fuerte con la rabia y el calor por el esfuerzo mordiéndole el pecho. La sangre menstrual se conservaba en trece frascos, y con el conjuro adecuado nacían serpientes, venenos, insectos que provocaban enfermedades. El útero ejercía tal poder sobre el resto del cuerpo que podía contaminar cualquier parte, por eso era mejor no moverse, convertirse en árbol o piedra. Fingir ser inerte, o inservible, o muerta. Sí, menstruar era bastante parecido a una pequeña muerte. ¿Cuántas veces moriría durante su vida? ¿Acaso no era eso algo bastante semejante a una condena?

Cuando Catalina regresó a casa decidida a ocultar el suceso, Elvira estaba esperándola. Había pasado toda la mañana atendiendo pacientes y ni siquiera tenía por qué notar la ausencia de la nieta, pero algo viscoso flotaba en el ambiente. Catalina había sido previsora llenando los bolsillos del delantal de plantas aromáticas que cultivaban para fabricar los ungüentos, convencida de que aquella mezcla de aromas balsámicos conseguiría tapar el acontecimiento. Elvira la agarró por el mentón y examinó su rostro como si estuviera viendo a través de su piel algo a lo que tan solo ella podía tener acceso. El corazón de Catalina aceleró los bombeos de manera radical. La bruja cerró los ojos y comenzó a enumerar con precisión todo aquello con lo que Catalina había tenido contacto esa mañana: La primera capa es de la hierbabuena, la menta y el eneldo que traes a puñados en el delantal. Debajo percibo jabón de lavar, hierba común, tojos, zarzas y corteza de tejo, porque seguro que abrazaste el árbol de tu madre antes de ir al bosque. Más profundo hay pan con aceite, leche y manteca. Aún más profundo hay sangre. Hay sangre, Catalina, y no tienes heridas. Ella bajó la cabeza, pero Elvira la obligó a mirarla a los ojos. Has sangrado. ¿Por qué me lo ocultas? Catalina quería controlar sus ojos y el movimiento de su labio inferior. ¿Tienes miedo de mí? ¿Alguna vez te he dado motivos para temerme? Catalina se rompió. No quiero sangrar, quiero seguir como estaba hasta ahora. Ayúdame, por favor. Dame algo para frenar esto, lo que sea. No me importan las consecuencias, las náuseas, los retortijones, pero detén esto, haz que pare. Elvira agarró a su nieta de las manos y las acarició con la misma entrega con la que calentaba el aceite de romero antes de aplicarlo sobre la piel, con el afán de derretirlas con su propio calor corporal. Hija, no debes tener miedo. Tan solo cuidado, nada más. Esta casa es la casa de una bruja, y, desde hoy, tendremos un ingrediente valioso mes a mes. No quiero que nadie me use para matar plagas de escarabajos, susurró Catalina. Tú no imaginas el poder que tienes, sentenció Elvira. Esta noche empezarás a comprender.

Elvira guardaba en un cajón obleas de corteza de cedro. Le dio varias a Catalina y le indicó cómo tenía que colocarlas sobre las bragas para recoger la sangre. Es madera suave, no hace daño. También tenemos paños de piel de cordero. Irás alternando a tu antojo. Es importante que los cambies cuando estén bien empapados, que me los entregues antes de que se sequen y que lleves ropa oscura. Graba bien esto en tu cabeza: si me los das secos no me sirven para nada. Presta mucha atención a los cambios de la luna, esos ciclos van a ir con tu cuerpo hasta que te marchites. Pero eso será dentro de muchos años. De ahora en adelante puedes quedarte embarazada como se quedó tu madre de ti y antes yo de ella. El sino de nuestra estirpe es ser traicionadas por los hombres. Siempre nos engañan y luego nos abandonan. Sucedió lo mismo con mi madre y con la madre de mi madre. Todas somos hijas de madre soltera, estamos condenadas a parir bastardas y no te librarás de esta sentencia por mucho que pienses que tu vida va a ser diferente a la de tus antecesoras. Catalina tragó saliva. No llores, ningún hombre merece tus lágrimas, ¿entiendes eso? Y menos todavía uno al que ni siquiera conoces. Pero Catalina no lloraba por los hombres, lloraba por su propia condición.

Cayó la noche y Elvira le entregó a Catalina un vestido blanco. Era viejo, pero estaba impoluto. Tú dijiste que debía vestirme de oscuro, le dijo Catalina, espantada, pensando en la vergüenza de aquella tela profanada por el rojo. Esta noche es especial, sentenció la vieja. Ponte solo el vestido, sin nada por debajo. Pero... No protestes, hija. Obedece a esta bruja que te crio y sabe lo que te conviene. A las diez salimos. Tenemos dos horas de camino por delante. Prepárate. ¿Dónde vamos?, preguntó Catalina con un hilo de voz. Necesitaba saber, tenía todo el derecho. Pero Elvira fue intransigente y tan solo contestó: Tú prepárate.

Todo eran órdenes e instrucciones: haz esto, haz aquello, esto será así, sucederá tal cosa, pasará de esta manera... Normas, normas y más normas y sentencias de futuro. ¿Y si ella podía romper esa inercia? No era posible contener la sangre que corría entre sus muslos, pero ¿qué pasaba si no aceptaba seguir el camino marcado para ella? Vamos, Catalina, es la hora. Muerde esto, le ordenó, ofreciéndole una porción de algo de color grisáceo que sabía a humedad y no supo identificar ni le interesó. Mastícalo siete veces antes de tragarlo. Catalina obedeció porque aún no estaba preparada para plantarse y explotar, pero quizás sí para esforzarse en arruinar aquella noche. Pondría mala cara, escatimaría las palabras, no ocultaría la ira de llevar puesto un vestido blanco que ya estaba manchado tan pronto cruzaron la puerta de la casa. Colocó las manos a la altura del pubis para cubrir el escarnio. Pero ¿no ves que es noche cerrada?, intentó tranquilizarla Elvira. Vamos a atravesar el bosque con la única luz de estas antorchas. De cruzarnos con algún caminante, o tiene ojos de gato o no va a ver nada, así que olvida las manchas del vestido, que no tienen importancia alguna, y estate tranquila. Estate tranquila, estate tranquila. ¿Cómo iba a estar tranquila con el dolor en el bajo vientre, dos horas de camino por delante y la sangre en caída libre? ¿Morirán los insectos a mi paso? ¿Arruinaré la vegetación allí donde caigan mis gotas? Estoy dejando un rastro de infección. Soy una babosa de sangre. Penetraron en el bosque. Olía a invierno y a verde. Seguro que Elvira podía separar cada aroma e identificarlo. Pluma de mochuelo, sapos, salamántigas, las pisadas del sacamantecas. Cuando de la misma pareja nazcan siete varones sin que en medio se interponga ninguna mujer, el séptimo nacerá licántropo y recorrerá siete aldeas cada noche aullando y despojándose de las siete pieles distintas que lo cubren. Catalina se sentía protegida por el calor de su antorcha. En el suelo había bichos con alas irisadas y antenas largas como juncos con ojos incrustados en las puntas. Las antenas bailaban una danza flexible, entrelazándose en un abrazo transparente, pero los ojos empezaron a hacer fuerza estirando aquellos apéndices más y más hasta conseguir desprenderse y flotar. Tenían pestañas blancas y parpadeaban a toda velocidad. ¿Serán los ojos del bosque? ¿Podrán ver la sangre en la oscuridad? Al borde del camino crecían plantas con las hojas divididas en brazos y Elvira, que iba delante marcando el paso, tenía la nuca repleta de luciérnagas. Tres cabrones salieron de la oscuridad y cruzaron el sendero, y la vieja dijo estábamos esperando por vosotros, y los animales se unieron a ellas. Su antorcha se apagó con un golpe de viento. Por fin, aquí está también tu madre, murmuró la vieja inmediatamente. Sabía que no nos iba a fallar en una noche como esta. Catalina no se inmutó. Si de verdad aquello había sido obra de su madre, lo que les estaba diciendo era que diesen la vuelta, que no continuaran avanzando. Quiero volver a casa. Mamá quiere que regresemos. Hay tantos ojos como gusanos y están arrancados. Déjate de estupideces y ayúdame a encender mi antorcha con la tuya. Tu madre vivió esto antes que tú y no fue tan remilgada. Entonces explícame ahora mismo por qué apagó tu antorcha, exigió ella. ¿De verdad quieres saberlo? Apagó mi antorcha para que gobierne la luna junto con las criaturas de este bosque. No había nada que Catalina pudiera alegar para evitar lo que iba a suceder aquella noche. Era un trance por el que estaba obligada a pasar. La incertidumbre la corroía por dentro, en el mismo lugar donde los murciélagos libraban batallas contra su pecho, allí donde nacían la tristeza, las ganas de pisar los cuerpos crujientes de cada bicho, los suspiros de la joven histérica poniéndole la piel de gallina, comerse los ojos flotantes para ser vidente, la cabeza fosforescente de su abuela, el impulso de triturar a cada enemigo. «Voy a haceros pagar uno a uno por cada rotura de cada hueso, por cada lágrima, por cada una de las mentiras que me habéis hecho pronunciar. Juro que os trastornaré a todos. Invocaré a los espíritus avernales para que se cobijen en vuestros cuerpos. Nunca más conoceréis el descanso ni el sosiego.» Amén, amén, amén, amén, amén. Ya falta poco, anunció Elvira. Mira. Y Catalina obedeció y fijó la mirada en el horizonte. Había muchos puntos de luz anaranjada. Ya están ahí. ¿Quién estaba ahí? ¿Quién?

Esperaban formando un círculo cerca de una fuente centenaria, en una arboleda de tejos. Todas portaban antorchas, vestían de negro y llevaban coronas de hojas de hiedra y pámpanos. A la derecha flotaba una puerta; a la izquierda, una sombra que cambiaba de forma y era más oscura que la noche. En el suelo una olla burbujeaba sobre una hoguera. Todas crepitaban y Catalina no sabía si eran sus huesos o el fuego que llevaban dentro. Llegaron tres volando, disfrazadas de muerte sin nariz. Se reían porque acababan de sacar a un rebaño de niños de sus tumbas ofreciéndoles sapos. En el centro del círculo presidía un cabrón gigantesco de color negro con barbas, sentado en una silla, sosteniendo un cetro y vestido con pieles. Los otros tres animales que se habían unido a ellas en el camino se acostaron en el suelo, en señal de sumisión. ¿Quién es?, preguntó Catalina. Barrabás, contestó Elvira. Las luciérnagas que llevaba en la nuca emprendieron el vuelo y se quedaron suspendidas sobre ellas. Las mujeres posaron las antorchas y desfilaron por delante de la olla donde una vieja servía con un cucharón del que bebían directamente, una detrás de otra. Minutos después de beber abrazaban los tejos, lamían la corteza, aullaban como el sacamantecas cuando se despojaba de una piel. Se quitaron la ropa y bailaron alrededor del castrón. Ungían partes concretas de sus cuerpos con un ungüento que olía fuerte: detrás de las orejas, los calcañares, las axilas, allí donde se unen brazo y antebrazo, en la zona del gran simpático. Catalina no sentía miedo, tan solo fascinación. Flotaba. Para ella con medio cucharón es bastante, advirtió la vieja encargada de servir el líquido. El brebaje estaba caliente y sabía a hierba y a leche. Y ahora acércate a Barrabás, le indicó Elvira después de ponerle una corona de hojas de pámpanos. Catalina cerró los ojos un segundo y cuando los volvió a abrir estaba delante del castrón, que se levantó de la silla sobre las dos patas traseras. Con la uña del meñique le hizo una incisión en el hombro derecho y le dijo esa herida siempre estará caliente. Ahí palpitará mi corazón cuando tengas dudas para que sepas que veo todos tus movimientos. Ahora mis ojos están sobre ti. Y Catalina reparó en que esos ojos de los que hablaba eran dos piedras de carbón incandescente. El castrón se puso a cuatro patas y Elvira le gritó a su nieta bésale detrás, y todas se unieron a aquella petición repitiendo como un mantra besa por detrás, besa por detrás, besa por detrás a Barrabás. El castrón llevaba una careta en el trasero y Catalina no sintió asco ninguno al besar aquella cara falsa que estaba colocada debajo de la cola, era roja y tenía dos cuernos pequeños. Las brujas aplaudieron y aullaron y luego desfilaron por detrás del cabrón para darle el beso ritual. Una de ellas dijo que prefería el trasero del diablo a la cara de Dios y todas enloquecieron. Cuando terminó el desfile varias mujeres acostaron a Catalina en el suelo, sobre una cama de hojas e insectos brillantes, y le aplicaron el ungüento, fregando con ansia por todas partes de su cuerpo. Cada una tenía siete manos. Aparecieron pájaros con cabezas humanas y la luna bombeaba en el cielo como un corazón que se expande y se contrae, y ese sonido que era música retumbaba por todo el bosque, resultaba imposible discernir si nacía arriba o abajo, y empezaron a desaparecer los colores, primero el verde y luego el blanco. Alrededor de Catalina había mujeres lamiendo otros cuerpos, una golpeaba la cabeza contra un árbol, otra copulaba con un lobo y saltaban sobre las antorchas porque ese fuego no quemaba, como tampoco quema el fuego del infierno. El diablo esperaba en su trono y Catalina voló junto a él, se sentó encima de su pubis con las piernas abiertas y tuvo la certeza de que estaba sobre un caballo y su misión era domesticarlo, la única misión aquella noche y la única misión en los años de vida que tenía por delante, fuesen los que fuesen. Lo agarró fuerte de la crin para no caerse y saltaron por encima de un precipicio de roca para penetrar en un bosque gris, y el caballo empezó a relinchar cada vez más fuerte y cada vez más agudo y cada vez más profundo, hasta que sufrió tres espasmos y luego paró y ella sintió algo friísimo entre las piernas y después todo se volvió oscuro. Faltaban tres horas para el amanecer.

Volverse transparente

Catalina había conseguido fortalecer sus habilidades siguiendo las instrucciones de Elvira. Un viernes de luna llena penetró en la espesura del bosque con un lagarto vivo metido dentro del sostén. Aprovechó la luz de un claro para practicar la operación, que consistía en quitarle los ojos con una navaja que nunca antes había sido usada. Al terminar los envolvió en un paño de color negro que guardó bajo el colchón durante siete semanas. Luego los introdujo en un saco de cuero y se lo colgó del cuello. Ese amuleto la acompañaba siempre, y, cada vez que necesitaba algo extraordinario y oscuro, lo apretaba concentrándose en el recuerdo del lagarto con las cuencas vacías y el deseo se cumplía. Con catorce años ya estaba lista para asumir la responsabilidad de la consulta, pero Elvira llevaba más de sesenta atendiendo pacientes y había muchas personas que acudían allí desde otros pueblos para ser tratadas expresamente por ella. Querían que las atendiera Elvira y así lo exigían cuando la nieta abría la puerta para recibirlos: Tú no, queremos a la vieja. A ella esos comentarios a veces le daban igual y otras le entraba una rabia que la quemaba, como si tuviese dentro un animal triturándole las entrañas, y tenía que medirse para no soltar una barbaridad, porque una cosa era respetar a su abuela por encima de todas las cosas y otra muy distinta soportar aquellas miradas de suficiencia que le dirigían las mujeres que acompañaban a los maridos aquejados por alguna dolencia. Ellos bajaban la cabeza y hacían un esfuerzo para que no se les escapase ni una mirada de reojo, no les fuese a caer un sopapo por estribor. Ya volveréis aquí suplicando que os ayude, masticaba Catalina, dibujando con la lengua la marca de la rueda del martirio que tenía impresa en ella. Lo que les sucedía a todas aquellas envidiosas era que temían que las tetas de Catalina, sus caderas, las nalgas, hiciesen enloquecer a sus maridos, que babeaban por ella en silencio. Las formas de su cuerpo y de su rostro habían multiplicado la belleza de Marina. Catalina era salvaje, era joven y era una bruja, la lujuria hecha carne. Se rumoreaba que practicaba amarres para los hombres que se lo solicitaban perforando una manzana con un alfiler empapado en semen, y amarres para mujeres mezclando la sangre menstrual con vino tinto. También comentaban que solía dejar platos con semillas de calabaza junto a las puertas de las casas, y si los propietarios cometían la imprudencia de cogerlas, ese gesto implicaba una invitación, y la bruja ya tenía vía libre para entrar, arrasar con todo y, antes de abandonar la vivienda, buscar aquellas ollas que hubiesen dejado destapadas y lavar en esos líquidos sus partes íntimas. Cazaba salamandras, que eran los dragones sin edad que vivían en el fuego, culebras, babosas y ciervos volantes para fabricar ungüentos y causar explosiones de herpes. De ella también se decía que hablaba contadas veces y, si pronunciaba palabras amables con la lengua de ponzoña que tenía, lo que estaba haciendo en realidad era lanzar una maldición. Como en aquella ocasión en que afirmó que el ganado de una familia era hermoso y poco después una enfermedad se llevó por delante a todos los animales. Contaban que tenía la mirada retorcida, que sus ojos eran los ojos del diablo y con ellos conseguía dominar los pensamientos de los demás e incluso provocar la muerte súbita si se lo proponía. Había desarrollado la habilidad de introducir pelos en los alimentos para conseguir todo lo que se le antojase de la persona que se los comiese por accidente, tenía cuchillos entre los dedos, una lengua que segregaba veneno y sus partes íntimas eran peligrosas: el hombre que caía allí dentro se convertía en un desgraciado porque ella era una bruja y una insidiosa y una puta. Acabaría en la hoguera. Pero mientras eso no sucedía qué bien que existiese Elvira y qué bien que le transmitiese todos los conocimientos a su nieta, por si acaso la necesitaban en un futuro. En Merlo con treinta años eras un viejo y con cuarenta directo para la tumba y, si llegabas a cincuenta, era una suerte, y solo las brujas y algún otro caso excepcional conseguían llegar a ancianas. Elvira era una bendición y Catalina era una maldición, pero la necesitaban. Por eso la despreciaban en silencio y escupían a su paso pensando que ella no se enteraba. Catalina no abría la boca, pero memorizaba nombres y agravios, seguía empleando el proceso que le había enseñado Elvira de niña: añadía y repetía, añadía y repetía, así: Eladio, el del ojo retorcido, putas de Satanás; Manuel, el hijo del herrero, clavarnos en una estaca; los ministros de la Maldita Inquisición, una colección de agravios; Luis el Carnicero se negó a vendernos nada; Maruja nos dijo locas, no toquéis a mi hija con esas manos puercas; Josefa me escupió por detrás; María, que me dejé penetrar por un animal de carga; Avelina, que entré en su casa una noche transformada en gato para robar el semen de su hijo mayor. Catalina acumulaba. Acumulaba, acumulaba, acumulaba para cuando fuese posible devolver todas las injurias, porque en aquel momento tenía la seguridad de que su abuela se moriría antes de terminar el año y entonces solo quedaría ella para vengar esas ofensas. Y lo haría.

Los clientes toleraban la presencia de Catalina durante la sesión y no protestaban cuando ella hacía comentarios sobre las dolencias o daba algún consejo, pero al principio eran muy pocas las personas que aceptaban que les pusiese la mano encima. Los dedos de Catalina estaban sucios, diseñados para corromper. Un roce piel contra piel podía ser fatal, podía contaminarlos a través de los poros. Pero sucedió que con el paso del tiempo Elvira ya no se sentía con fuerzas para atender a toda aquella gente que hacía cola a la puerta de su casa. Cuando desfallecía, Catalina ocupaba su lugar. Algunos desistían y se marchaban con la promesa de regresar otro día. Otros asumían el relevo porque las dolencias eran graves y necesitaban atención urgente. Y así fue como ella fue ganando fama poco a poco, porque tenía un talento sobrenatural para componer huesos, arreglar esguinces, aliviar afecciones de la piel, problemas gastrointestinales, males de la cabeza. Adoraba su oficio. Se levantaba con la primera luz del día, arreglaba la consulta y la casa para que todo estuviese limpio y no abría la puerta hasta que hubiese diez personas haciendo cola, porque el hecho de tener gente esperando atraía a más pacientes. Le gustaba husmear desde la ventana y ver qué alimentos traían para agradecerles las consultas. Huevos, leche, nueces, aceite, harina, pan, chorizos, aguardiente, pollos, jabón. Tener mucha clientela significaba estar bien alimentadas y contar con excedente. Guardaban aquellas reservas para ellas y para quien lo necesitase de verdad. Así, cuando acudía algún niño raquítico a la consulta, Catalina preparaba un paquete para que tuviese comida para un mes y las madres se despedían diciendo Dios te lo pague, y Catalina, ante la mención del Altísimo, sentía calor en la cicatriz que le había hecho Satanás.

Una mañana, cuando llevaban varios pacientes atendidos, entró por la puerta Manuel, el hijo del herrero. Catalina se relamió. Era el mismo que años atrás les había gritado en medio de la calle que había que clavarlas en una estaca. Qué alegría recibirte en esta casa, le dijo Catalina, esforzándose por ser dulce. Le brillaban los ojos, era una gata, una loba, una fiera calculando las proporciones de su víctima. Manuel no estaba cómodo. Había acudido hasta allí en un momento de desesperación. Ella lo invitó a pasar a la sala negra, un lugar reservado para los pacientes que les resultaban repugnantes o para practicar exorcismos, o algún ritual que requiriese especial intimidad. Las paredes de piedra estaban plagadas de cruces blancas colgadas del revés y les habían ensartado cabezas de muñecas de trapo. Había una sola ventana con una escoba sin pelos cruzada sosteniendo las contraventanas. En una cómoda ardían cirios y varias mariposas, que eran unos corchos con una mecha que flotaban en el aceite y siempre estaban encendidas por el ánima de Marina. En un extremo había un abeto de Navidad con las ramas secas y en una vitrina guardaban frascos donde flotaban huesos, huevos negros y animales útiles para las pócimas. Manuel puso cara de pánico cuando cruzó el dintel y vio lo que había a su alrededor. Siéntate aquí y espera un momento, le pidió Catalina ofreciéndole una silla. Los cirios se apagaron tan pronto el hombre cruzó la puerta, y Catalina, con el corazón haciendo cri-cri en su pecho, dijo para sí misma: Hola, mamá, tenemos trabajo. Fue a buscar a Elvira, que caminaba doblada hacia delante y tenía tan clara la piel del rostro que se podía distinguir el recorrido de las venas. Muchas veces Catalina pensaba que su abuela estaba volviéndose transparente, y quizás eso era lo que les sucedía a las brujas que se acercaban al final de sus vidas. Nadie se lo había explicado y tampoco quería preguntarlo porque le parecía algo de mal gusto, aunque era evidente que la muerte planeaba sobre aquella casa. Siempre había dado por sentado que las brujas se volvían de color negro hasta quedarse como los ojos de Satanás, pero resulta que el proceso de Elvira estaba siendo el contrario.

En la cocina abrieron un frasco con una mezcla que usaban en ocasiones especiales, se untaron bien detrás de las orejas y en el resto de los puntos calientes y esperaron quince minutos. Cuando entraron en la sala negra ya sentían una cosa deslizarse entre las piernas, como una serpiente que se enroscaba y se desenroscaba e iba poniendo huevos a medida que reptaba para que naciesen otras tantas como ella, multiplicándose con una facilidad asombrosa. Se sentaron delante del hijo del herrero, que enseguida reparó en que aquellas mujeres tenían las pupilas dilatadas en extremo y estuvo a punto de levantarse y largarse, pero no se atrevió porque quedaría como un cobarde y las necesitaba. Las necesitaba de verdad. ¿Por qué estás aquí? ¿Cuál es el mal que padeces?, le preguntó Elvira con esfuerzo. No conseguía vocalizar bien. Tengo una debilidad que no me deja vivir. He perdido las fuerzas para sostener las herramientas y me han salido pústulas por todas partes. Ponte de pie y sácate toda la ropa, le pidió Catalina, que vocalizaba algo mejor que su abuela. Manuel obedeció a medias. Se dejó puestos los calzoncillos y ella negó con la cabeza. Sácate todo, insistió. Necesitamos examinarte bien. Él se sentía vulnerable delante de aquellas dos mujeres, pero estaba desesperado. Se desnudó por completo tapando sus partes íntimas con las manos. Tenía todo el cuerpo reventado de pústulas con pus, pero ninguna de las dos puso cara de asco. Intercambiaron una mirada con el rabillo del ojo y ese gesto fue suficiente para entenderse. Has tardado demasiado en venir, concluyó Catalina. El hombre sudaba. Por favor, ayudadme. Haré lo que me pidáis. Las dos sabían que aquello era cierto y, por un momento, les pareció que abrirse y atreverse a manifestar aquel sufrimiento delante de ellas, dos mujeres a las que detestaba, ya era bastante para él. Pero las había humillado en el pasado, les había deseado la muerte públicamente. Les había gritado que había que clavarlas en una estaca que les entrara por abajo y saliese por arriba porque eran putas de Satanás. Formaba parte de la lista de injurias; estaba sentenciado.

Catalina se levantó y le cortó un mechón de cabello. Has cogido el aire de la salamandra y ahora corre por todo tu cuerpo. Si hubieses venido antes habría tenido fácil cura con un poco de paciencia, frotando ajo con vinagre en cada pústula. Pero ahora estás infectado de arriba abajo y de dentro para fuera. A Manuel se le nublaba la vista. No quería llorar, pero pensó en su mujer, que acababa de parir, y se le escaparon las lágrimas. ¿Qué vas a hacer con eso?, preguntó. No te muevas, ordenó Catalina, que había abierto un cajón para guardar el mechón y luego había cogido el mismo frasco que ellas habían usado en la cocina y le fregó detrás de las orejas, en la zona del gran simpático y, en último lugar, se puso de rodillas para poder acceder cómodamente a las ingles. Manuel se sobresaltó y notó un calor intenso en la entrepierna cuando ella se acercó a aquella zona. Tuvo que cerrar los ojos e intentó distraerse pensando en otra cosa distinta de aquellas manos que lo acariciaban aplicándole esa crema de textura tan agradable. Se relajó. Las lágrimas que se le habían escapado tan solo unos minutos antes parecían ahora un acontecimiento de otra vida y con otro protagonista que no era él. Solo podía centrarse en aquellos dedos que lo frotaban y parecían querer llegar cada vez más lejos, cada vez más dentro. Catalina lo masajeó a conciencia para que el ungüento penetrase bien, y también para ponerlo en un apuro. Frotó y frotó hasta que a Manuel se le dilataron las pupilas, y entonces susurró en lo más profundo de su oído con su voz de seda vuelvo ahora mismo, no te muevas, y lo dejó allí con los ojos cerrados y la respiración agitada, convencido de que se estaba desnudando para él y que el remedio para su problema era el placer. Catalina salió del cuarto negro de puntillas y regresó con un caldero lleno de lavadura, un líquido marrón donde flotaban mondas de patatas y los restos de comida de los días anteriores. Apestaba. Cada ocho días venía una señora a recoger el caldero para darle de comer al cerdo y ellas se quedaban encantadas de que las liberase de aquellos desperdicios hediondos. Catalina buscó la aprobación en su abuela, que asintió con la cabeza. Entonces apretó tres veces el amuleto de su cuello deseándole cosas malas y pensando en las cuencas vacías del lagarto y volcó el caldero sobre la cabeza de Manuel y él gritó por el susto, por el dolor de las pústulas y también porque acababa de entrar un macho cabrío negro por la puerta y no podía comprender nada de lo que estaba sucediendo en ese cuarto horripilante. Elvira tenía una serpiente negra alrededor del pescuezo y Catalina se bajó las bragas, levantó la falda y fue directa a engancharse al cabrón al tiempo que cantaba: Vas a tener que darle un beso detrás, un beso detrás, un beso detrás a Satanás. El hijo del herrero vomitó y, desnudo como estaba, huyó corriendo de aquella casa pidiendo socorro, con una comezón insoportable, todas las pústulas palpitando y una inflamación que no pararía de aumentar en las horas siguientes.

Esa noche, Catalina y Elvira quitaron de la lista de las injurias a Manuel, que ya había pagado por su ofensa. Ambas sabían que no sobreviviría a semejante infección. Habían visto hombres fuertes como robles apagarse por bastante menos. Catalina se acurrucó en la cama, cerró los ojos y, por primera vez en su vida, consiguió entender el lenguaje de los insectos que vivían entre los nudos del colchón, frotando las alas y las antenas, murmurando a un volumen imposible: Duerme tranquila. Estamos aquí para protegerte. Puedes sentirnos, ¿verdad?

Con el cuerpo desdoblándose

Le gustaba sentarse en la cocina a escuchar la lluvia. Olía a pan y a invierno, y ella se quedaba abstraída mirando fijamente la lamparita de aceite. Cómo flotas, mamá, susurraba Catalina. Marina tenía formas diversas. Era el tejo que el barbero sangrador había plantado al pie de la tumba, era cada corriente de aire que atravesaba la casa, era cada escalofrío, era aquella candela que centelleaba lanzando sombras encima de la mesa. Aquí hay una sacerdotisa, aquí un loco, aquí una luna, enumeraba ella, dibujando con el dedo los contornos de sus visiones. Mientras otras chicas del pueblo soñaban observando el movimiento de las nubes, ella soñaba observando el movimiento de las sombras. Merlo era un nido de leyendas, había un misterio en cada familia, excepto en la de Elvira y Catalina, en la que había cientos. Los más viejos de Merlo contaban que noche tras noche salían a los caminos las almas en pena, guiadas por un ángel enfermo y taciturno. Con la primera luz del día hacía aparición otro ángel, antagónico del primero, hermoso y blanco, que empujaba las sombras y ahuyentaba a los malos espíritus porque la noche era una sucesión de espectros. La aurora surgía en el horizonte montada en un carro luminoso, y con él, en grupos de cuatro, doce vírgenes que eran las horas. Delante iban las de la mañana, después las del mediodía y a continuación las de la tarde. Tres de ellas bailaban alrededor del día y la cuarta viajaba sentada en la cabecera del carro rodeada de un halo de tristeza. Cerrando la comitiva estaba el carro del sol, tirado por una pareja de leones gobernados por un enano que llevaba las riendas. Nadie ponía en duda una sola de estas palabras, como nadie ponía en duda la existencia de la Santa Compaña o el hecho de que aquella tierra era en realidad un cementerio enorme, con cientos de caminos donde todos los muertos enterrados en cada parroquia salían en procesión; caminos que llevaban al cielo, al infierno y a un limbo extraño que no era ni uno ni otro y estaba congelado en la tristeza eterna.

Algunas veces Catalina esperaba a que Elvira se quedase dormida para salir en medio de la noche. Los insectos del colchón susurraban dentro de su oído ella ya duerme, puedes escaparte tranquila y volar como una polilla, y entonces abandonaba la cama con movimientos tan suaves que parecía levitar. Nadie sabía de sus escapadas, se sentía libre corriendo por el bosque, con el frío colándosele por los agujeros de los zapatos y el alma desbocada. Ya no tenía miedo de la oscuridad ni de las sombras como cuando era una niña; ahora sentía curiosidad y eso podía con todo.

En los límites de la casa con el bosque, en el lugar donde estaba el cementerio de una sola tumba que había improvisado el sangrador catorce años antes, Catalina abrazaba el tejo en la oscuridad para darle las buenas noches a su madre. Ella consideraba que era como si le diese los buenos días, porque tenía la certeza de que cada noche era para los espíritus una especie de nuevo despertar. Luego usaba atajos que la llevaban a los cruces de caminos con la esperanza de encontrar la Santa Compaña; eso era lo que le andaba en la cabeza. La obsesionaba la posibilidad de verla con sus propios ojos y no a través de los ojos de su abuela, y hacía todo lo que estaba en su mano para propiciar el encuentro. Elvira le había explicado muchas veces que la Compaña estaba formada por ánimas que vagaban por los caminos divididas en dos hileras, vestidas con sudarios blancos, las manos congeladas y los pies descalzos. Por detrás estaban huecas, como carcasas de árboles vacíos. Portaban un estandarte, un caldero con agua bendita y una campanilla que rompía el silencio y anunciaba la llegada de la comitiva. Estaban todos muertos excepto el que dirigía el séquito, que sostenía una cruz o bien un cirio, y eso simbolizaba el inicio de su infortunio. Eran las prendas de la desgracia, porque el vivo que ocupaba antes ese puesto había conseguido pasárselas a otro. La única manera de librarse de la condena era volver a traspasarle a su vez la cruz o el cirio a otro vivo, que se iría consumiendo a medida que avanzasen los días. Perdían el color de la piel hasta volverse de cera y les crecía dentro una desazón insoportable. Era a ese al que los viejos de Merlo llamaban el ángel enfermo y taciturno, pero estaban equivocados. No era un ángel, era un vivo al que poco a poco se le escapaba el alma.

La Santa Compaña podía aparecerse también por el día, pero entonces no era posible verla, aunque sí escucharla, y el sonido que emitía era idéntico al viento cuando agita las hojas de los árboles. Había personas que siempre que salían de la casa ocupaban ambas manos para evitar que el que presidía la Compaña pudiese pasarles la prenda. Era habitual ver mujeres y hombres paseando por Merlo y los alrededores cargados de cosas que en realidad no necesitaban. Era una manera de sentirse seguros. Manos ocupadas, almas abrigadas, solían decir. Otros portaban siempre un palo para tener con qué dibujar un círculo en el suelo en el caso de cruzarse con la comitiva. Se metían dentro y hacían con los dedos la señal de la higa para espantar ánimas, brujas o cualquier criatura que viviese a caballo entre los dos mundos. La gente llevaba a cabo aquellas prácticas con la misma naturalidad con la que la sangre circula por las arterias.

Las de la Santa Compaña no eran las únicas ánimas que deambulaban por los caminos. Si tenías un pariente a punto de fallecer, existía la posibilidad de que encontrases su espíritu descolgado del cuerpo, que podía tener forma humana, de cuervo o de lagarto. ¿Cómo no creer con los ojos cerrados en todo esto, que formaba parte del substrato de Merlo y que Elvira llevaba narrándole a Catalina desde siempre? Elvira la bruja, la componedora, la cuerpo abierto, la hechicera. Aquella mujer era una constelación y cada uno de sus talentos una estrella. Había nacido en medio de la noche y tenía el don de anunciar la muerte. Nunca fallaba, por eso pronunciaba sin miedo el nombre de la persona que estaba a punto de morir y siempre sucedía, Catalina había sido testigo muchas veces.

Elvira, la ciudadana de dos mundos, vivía en Merlo, pero tenía el poder de penetrar con la mente en las sombras de la muerte y se atrevía a tutelar a los muertos. Cargaba con los dones como castigos y jamás los mostraba todos juntos. No quería acabar en una hoguera como las brujas de Zugarramurdi. Aunque aquello había sucedido hacía dos siglos y la Santa Inquisición había ido rebajando el nivel de brutalidad, todas las curanderas tenían pánico. Y más ella, que ya había sido sometida a un tormento. Con frecuencia le venía al pensamiento aquella matanza que había circulado por toda España, porque hay acontecimientos que penetran y se agarran. Se transmiten de boca en boca y llegan a los rincones más aislados y más oscuros, como Merlo. Cinco mujeres habían sido asesinadas mediante torturas y otras seis quemadas en una plaza mayor bajo la acusación de practicar artes prohibidas en los bosques. En realidad eran curanderas expertas en preparar remedios elaborados a base de plantas medicinales que ellas mismas recolectaban en el bosque. En la Santa Inquisición afirmaron que se reunían en un lugar llamado prado del Castrón, donde había un túnel que ocultaba una catedral subterránea dedicada al culto satánico. El diablo se sentaba en una silla de oro exhibiendo su rostro horripilante y las brujas congregadas conseguían provocar que los mares se alzasen para ocasionar naufragios, destrozaban cosechas, infestaban las casas de plagas de bichos repugnantes, mataban recién nacidos... De todo esto los ministros de la Inquisición no presentaron pruebas, pero el relato había sido suficiente para torturarlas y quemarlas vivas. Después de ajusticiarlas mandaron alzar diez cruces para proteger al pueblo. Elvira se preguntaba constantemente de quién había que proteger al pueblo en realidad. ¿De las mujeres? ¿Seguro? No, abuela, contestaba Catalina cada vez que Elvira le relataba aquella historia para advertirla de la importancia de ser discretas, de las barbaridades que había llegado a cometer en el pasado la Santa Inquisición en el nombre de Dios y las que aún se cometían a día de hoy. Ya no quemaban brujas en las hogueras, pero tenían el beneplácito para continuar con las torturas. Las mujeres curamos, los ministros matan o mandan matar, repetía Catalina. Elvira no solía abrazar a su nieta, pero aquel día sí lo hizo. Sentía el cuerpo extraño, como queriendo desdoblarse en dos. Tengo un presentimiento, murmuró. Va a pasar una cosa mala. ¿Cómo de mala?, quiso saber su nieta. No lo sé, hija. Pero es mejor estar preparadas para lo peor. Catalina no le confesó a Elvira que llevaba varias horas escuchando suspiros y lamentos que no sabía de dónde procedían. Había abierto los armarios y los cajones buscando su origen, pero no había conseguido encontrar nada. Tal vez se manifestasen desde debajo de la tierra o estuviesen atrapados en el velo que separa el mundo de los vivos del mundo de los muertos. Confió en que fuese su madre tratando de comunicarse con ella desde la oscuridad. Se aferró a esa idea, aunque algo dentro de ella la obligaba a permanecer alerta.

Esa tarde, cuando ya habían terminado de atender a todos los pacientes, con la última luz del día llamó a la puerta de la casa una persona que llevaba catorce años sin atreverse a aparecer por allí: el barbero sangrador. A Catalina se le quedó la sonrisa congelada en el dintel. El hombre venía con una sombra sobre él, el cuerpo curvado hacia delante, la mirada tristísima. ¿Qué noticias traía, que lo hacían parecer un alma en pena? ¿Sería esa la cosa mala que estaba a punto de suceder? Déjalo pasar, ordenó Elvira desde la cocina. Ni siquiera necesitó preguntar quién acababa de llegar, lo sabía. No era una intuición, se trataba de algo mucho más profundo. Cada vez que se abría la puerta, Elvira veía dentro de su cabeza el rostro de la persona que estaba a punto de entrar. Siempre había pensado que la casa se comunicaba con ella, igual que los insectos ahora se comunicaban con Catalina. Pero ¿qué eran los insectos sino apéndices de la propia casa?

Pese a que tuvo la sensación repentina de que estaba de más, Catalina no se movió de allí. La tensión reptaba entre el barbero y Elvira como las serpientes negras que aparecían a veces y ponían huevos para que naciesen sus réplicas y multiplicarse. Suelta lo que has venido a decir, lo apremió la bruja sin saludos ni formalidades previas. Él se sentó, aunque ninguna de las dos lo hubiese invitado a hacerlo. Por un instante fue como si viajase al pasado. El aroma de aquella cocina, los tarros con las hierbas, la mariposa de aceite encendida; porque en aquella casa siempre había habido candelas ardiendo por las abuelas, por las madres, por las hijas, por todas las mujeres de esa estirpe marcada por la uña de Satanás. ¿Cómo estás, Elvira?, le preguntó con dulzura, tratando de estirar aquel momento. Estoy vieja y estoy cansada. Igualita que tú, puedo verlo en tus ojos. Si no fuese por mi nieta hace mucho tiempo que yo ya habría dejado este mundo. El barbero asintió, como si viviese una situación semejante en su propia carne. Se parece mucho a Marina, susurró. Catalina no entendía por qué hablaban como si ella no estuviese allí presente. Tiene mejor carácter y unas habilidades para las que mi hija no estaba dotada, continuó la vieja. Al escuchar eso, Catalina se dio cuenta de que Elvira nunca se había referido a Marina como una bruja. Había hablado muchas veces de su carácter, de su físico, pero nunca mencionaba nada sobre algún tipo de talento. Era la primera vez que reflexionaba sobre eso. Las brujas son siempre impares en la línea de sucesión, pensó entonces. Mi abuela es la séptima de la familia y yo la novena, así que mamá se quedó en medio, como cuando en un erizo se esconden dos castañas grandes y una raquítica que no consigue desarrollarse; condenada a ser pequeñita.

El barbero respiró profundo y soltó aquello que llevaba enquistado desde hacía tantos años, cuando le había prometido a Elvira una vida que en realidad no podía darle, porque él ya tenía otra mujer y otros hijos. Y querer quería, ¿cómo no iba a querer, si lo que sentía por Elvira era un fuego que lo abrasaba por dentro? Jamás había amado a una mujer como a ella. Pero no se atrevió porque eso significaba marcar a su familia para siempre, condenar a su esposa a la soledad y a la miseria. Renunciar a todo por una bruja, ¿cómo iba a hacer semejante cosa? Eso significaba arruinarles la vida a todos; incluso a sí mismo. Escogió el camino más fácil, pero no el menos doloroso. Sé que nunca me vas a perdonar, Elvira. Estás equivocado, lo atajó ella. Te perdoné el día que trajiste a este mundo a Catalina. Le salvaste la vida y yo ya no te guardo rencor. Estoy muy mayor para eso. Hace décadas que dejaron de importarme casi todas las cosas de cuando éramos jóvenes y teníamos una vida por delante. Y ya ves, sigo entera y salí adelante sin ningún hombre en mi vida. No lo necesité antes y tampoco lo necesito ahora. Y ahora, habla. ¿Por qué estás aquí? El barbero le dirigió una mirada fugaz a Catalina, parecía estar sopesando si hablar delante de ella o no. De acuerdo, aceptó por fin. El herrero os ha denunciado a la Santa Inquisición esta tarde. Os acusa de matar a su hijo mediante artes prohibidas. Van a venir a por vosotras. Pero ya estaba enfermo cuando apareció aquí, intervino Catalina. No había cura posible para él, lo único que hicimos fue darle una lección. Eso no importa nada, alegó la vieja. El herrero quiere venganza por nuestro agravio, a saber qué cosas se ha dedicado a soltar por ahí, y los ministros están deseando tener una excusa para quitarnos de en medio. Mira estas manos, que ellos mismos se encargaron de triturar hueso a hueso, añadió, mostrando sus dedos deformes. En ese momento a Catalina le parecieron raíces famélicas. Pues así de retorcidos como estos dedos son ellos. Hay más, continuó el barbero. El hermano mayor del herrero trabaja en la capital y tiene relación estrecha con la Inquisición. Elvira le clavó la mirada con la fuerza de una súplica y empezó a hablarle con la mente porque entendió al segundo todo lo que había detrás de aquella información. Salva a Catalina por segunda vez, le rogó. Juntos engendramos una preciosa hija bastarda y tú le sacaste de dentro a nuestra nieta, que si está aquí hoy es por ti. Ahora tienes la obligación de protegerla porque yo ya no puedo. Me lo debes. Murmuró esta última exigencia en voz alta. Abuela, ¿qué vamos a hacer?, preguntó Catalina. No tenían dónde ir. Conocían cada cueva oculta en el bosque, cada claro, cada robledal, pero ni Elvira tenía edad para las penurias de una existencia así, ni quería que su nieta viviese como un animal salvaje. Hay un niño enfermo en el pazo de un señor que vive en las tierras del Ulla, les explicó el barbero, ofreciendo una salida. Ha peregrinado por los doctores más importantes de Galicia y de Madrid y ninguno ha conseguido identificar su dolencia. Está desesperado preguntando por la bruja de Merlo. Tú eres su última esperanza, Elvira. La vieja sintió que el oxígeno volvía a alimentar sus pulmones. Respiró profundo y se sintió aliviada porque existía algo, aunque fuese una luz mínima, a la que poder asirse para salir de ese túnel oscuro. No, yo no soy su última esperanza, susurró. Su última esperanza es Catalina. A continuación, se levantó y se dirigió hacia la puerta de la cocina. Abuela, ¿a dónde vas? Dame solo un minuto, le pidió Elvira. Salió de la estancia con su cuerpo curvado hacia delante, su cuerpo arrugado, casi deforme. Apenas tardó en volver. Fueron cinco o seis minutos de ausencia, nada más. Se sentó y permaneció en silencio, con los ojos clavados en la mariposa de aceite que siempre permanecía encendida por el alma de su hija. Parecía ausente, tal vez estuviese algo mareada o quizás sufriendo alguna visión. Abuela, ¿te encuentras bien? Elvira levantó la cabeza y quiso sonreír, pero su boca se torció en un gesto extraño. ¿Qué te pasa? Catalina se levantó bruscamente y tiró la silla. La llama de la mariposa empezó a crepitar y también el suelo, como si amenazase con reventar las costuras de los cimientos tan pobres que tenía aquella casa. Yo no soy la última esperanza del hijo de ese señor del pazo, insistió Elvira. Su última esperanza eres tú, Catalina. La única bruja que vive en esta casa. Cuando terminó esta frase la piel de su rostro ya se había vuelto un poco azul. Préstame atención: este hombre es tu abuelo, llevas su sangre. Puedes fiarte de él. Abuela, ¿qué estás diciendo? ¿Qué pasa? Entiérrame junto a tu madre, solicitó. No quiero curas, ni pasajes de la Biblia. Planta otro tejo junto al que ya hay y visítame cuando sientas que necesitas estar cerca de mí.

Minutos después la boca de la bruja empezó a espumar. El barbero la acostó en el suelo con ternura y urgencia y le agarró la cabeza. ¿Qué es lo que has hecho, Elvira? Pero ella ya no podía hablar. Tenía un dolor agudo en el pecho, el corazón a punto de explotar, sensación de asfixia, la vista nublada, los brazos pesados, la mente levitando, la vida escapándosele. Por fin, ese cuerpo que llevaba todo el día queriendo desdoblarse lo consiguió. La mariposa de Marina se apagó, un quejido profundo surgió desde las entrañas del otro mundo, los insectos empezaron todos a murmurar al mismo tiempo y nada de eso fue una casualidad. El barbero seguía hablándole a Elvira, pero Catalina ya sabía que el alma de su abuela acababa de abandonar su cuerpo. La sacudió un escalofrío y fue como si el espíritu de Elvira la atravesase. Entonces, sin hacer ningún esfuerzo, sin ni siquiera pretenderlo, consiguió verla transformada. Era blanca y azul y flotaba junto al alma de Marina. Estaban cogidas de la mano. Era la primera vez que Catalina veía a su madre. Elvira, ¿puedes oírme?, le preguntaba el barbero al cuerpo sin vida. ¿Puedes oírme? ¡Dime algo! Catalina levantó la mano para despedirse para siempre de su abuela y también para saludar a aquellas dos ánimas. Era como si acabase de tener lugar una renuncia para poder recibir un don. Elvira y Marina atravesaron la pared y un intenso olor a cera lo invadió todo. Fuera de la casa, alrededor del castaño, se retorcían las sombras. Y unos kilómetros más allá, tres ministros de la Santa Inquisición se preparaban para el viaje que emprenderían a la mañana siguiente con destino a Merlo, porque había dos brujas que tenían que pagar por sus pecados, pese a que ellos no supiesen que de las dos tan solo quedaba una, que estaba llenando a toda prisa un fardo con hierbas, amuletos y preparados con propiedades para curar, amar y matar.

El centro de tantos ojos

De verdad que le hervía la cicatriz del hombro de tal manera que parecía que Satanás acabase de perforarle la carne murmurando dentro de su oído esa herida siempre estará caliente; ahí palpitará mi corazón cuando tengas dudas, para que sepas que veo todos tus movimientos. Ahora mis ojos están sobre ti. Los ojos de Satanás estaban sobre ella; y los ojos que le había arrancado al lagarto tiempo atrás, aquella noche de luna llena, atados alrededor del pescuezo, dentro del amuleto; y los ojos de Elvira vacíos, incrustados en su cadáver como dos piedras. Todo eran ojos en aquella casa y la mayor parte de ellos permanecían ocultos, pero observaban. Prométeme que la vas a enterrar en el cementerio de una sola tumba, que pasará a ser el cementerio de dos tumbas, le pidió al barbero. Y prométeme también que plantarás otro tejo y que cuando yo me muera me llevarás a ese mismo lugar para que mi árbol crezca junto al de ellas. Catalina, voy a morirme yo antes que tú, le contestó él, casi indignado de verse en la obligación de evidenciar algo tan obvio. Eso no lo sabes. Y si sucede tal cosa, júrame aquí mismo sobre el cadáver de mi abuela que nombrarás a alguien que cumpla esta petición. ¡Júramelo!, insistió, con un grito que hizo retorcerse a los insectos del colchón, que se agruparon todos en un recoveco buscando protección, alas contra alas. El barbero estaba consternado por lo que acababa de suceder y actuaba por impulsos. Acababa de morirse entre sus brazos el amor de su vida. Veía la escena desde fuera, como si también él tuviese la capacidad de desdoblarse en dos cuerpos. No necesito jurártelo, murmuró. Tendrás tu tejo y tendrás tu lugar en el cementerio familiar. Hay otra cosa que es importante que hagas, continuó ella, dotada de una clarividencia inédita, en unas circunstancias en las que no parecía fácil organizar el futuro. Encenderás una mariposa de aceite por la abuela y tendrás cuidado de que siempre permanezca prendida junto a la de mamá. Cuenta con eso, Catalina. Y ahora atiéndeme bien: tenemos que marcharnos ya, es urgente dejar esta casa. Pero ¿qué pasa con su cuerpo?, preguntó ella mirando el cadáver con el rabillo del ojo, como si no se atreviese a enfrentarse por completo. Elvira tendrá su mortaja y cumpliré todos sus deseos en su entierro, puedes estar tranquila. Pero ella ya no está en este mundo y tú sí. No podemos perder más tiempo, es importante sacarles ventaja para que no puedan seguir tu rastro. ¿Has cogido todo lo que necesitas? Catalina hizo recuento. Árnica para cauterizar heridas, adormidera para anestesiar, verbena para detectar el mal de aire, flores de saúco para tratar las inflamaciones de las encías, cardo santo para combatir picaduras de animales con ponzoña, hierba del viento para usar como sedante, espadaña para despejar el cerebro de los malos humores, planta de la materia que regenera los tejidos, cicuta que cura y mata, hierba de los locos, helechos, menta, ruda, romero. Faltan los frascos. ¿Qué frascos?, preguntó el barbero. Los frascos con las vísceras y los animales. Conservaban lagartos, huevos negros, ojos de distintas especies, hígados, lenguas, corazones. Con ellos fabricaban amuletos y conjuros. No vas a llevarte los frascos de ninguna manera, le advirtió el barbero. Sería una temeridad. ¿Quieres que te encierren para siempre o qué? Solo hierbas que puedan ayudarte a curar a ese niño, ¿has entendido? La agarró por los brazos y la sacudió, como intentando hacerla entrar en razón con aquel gesto firme. Catalina revisó los chineros y aún guardó algunas plantas más que podían serle útiles. Cogió el *Libro de san Cipriano* y se lo metió en el refajo. Las obleas para cuando sangrase, los paños y el aceite para soltar mujeres histéricas, cuero para fabricar amuletos. Los nervios del barbero, su urgencia. Se subía por las paredes, era un animal acorralado. Tenemos que marcharnos ya, Catalina. Los insectos repetían lo que escuchaban murmurando como una mente colectiva. Tienen que marcharse, tienen que marcharse, tenemos que marcharnos. ¿Dónde iremos, Catalina? Su mejor prenda de abrigo era una capa que había heredado de su madre. Se la puso por encima y algo crujió debajo de sus pies. Algo profundo y oscuro que se manifestaba ante la huida inminente. Es la casa, Catalina, murmuraron los insectos. Nuestra casa no quiere que te marches, nuestra casa no quiere quedarse vacía, nuestra casa se niega a que abandones el cuerpo de Elvira, nuestra casa te quiere aquí para siempre. Nosotros te queremos aquí para siempre. Nosotros somos la casa, Catalina. Somos la casa. Nunca había pensado en las consecuencias de dejar aquel lugar, pero entonces empezaron a cobrar sentido muchas cosas. La casa tenía alma. ¿Cuántas veces se había manifestado? ¿Cuántas habían crujido las tablas del suelo, como si ahí abajo hubiese cicatrices antiguas que amenazaban con volver a abrirse? Las puertas crujían, el techo vibrando, soplaba el viento con las ventanas cerradas. ¡Vamos!, la apremió su abuelo. Espera, falta una cosa importante, dijo ella corriendo hacia su cuarto. Había una cosa que llevaba horas rondándola, algo que tenía que hacer. Cerró la puerta y abrió los brazos mostrando el interior de la capa con la que se había cubierto hacía unos minutos, era una invitación a todos los insectos. Venid conmigo, dijo en voz baja. Ellos se retorcieron en el colchón, vibraron ante semejante propuesta y se soltaron de los nudos. Atravesaron la tela y volaron, infestando toda la habitación. Eran cientos, de color negro con las alas irisadas y del tamaño de una uña. Tenían un pincho diminuto en la cabeza, ojos de zafiro y murmuraban entre ellos con el lenguaje de los seres humanos tratando de llegar a un acuerdo. Debatieron y después trazaron círculos por toda la estancia. Finalmente se agruparon y posaron sobre el interior de la capa de Catalina, unos encima de otros. Era la primera vez que los veía. Llevaba toda la vida escuchándolos sin entender una sola palabra. Sabía que existían de verdad, que no eran una figuración, pero nunca los había tenido delante. Sois preciosos, susurró. Tú también eres preciosa, contestaron ellos. Nuestra bruja preciosa. La casa suspiró. Como si de repente sintiese alivio. Desapareció aquello tan tirante que flotaba en el aire, que palpitaba en el suelo y se les metía dentro del cuerpo. Ahora sí. Catalina, la bruja de los insectos, estaba completa.

Ya tengo todo lo que necesito, le dijo a su abuelo. Podemos irnos. Le lanzó una última mirada al cadáver de Elvira. Sabía que solo era un cuerpo vacío, una corteza de árbol hueco por dentro, lo que verdaderamente importaba de la bruja de Merlo estaba ahora en el otro lado y ese lugar era eterno. Ahora tenía la seguridad de que había algo más fuerte que la muerte: la capacidad de habitar en las sombras. El barbero la agarró de la mano y echó a andar en dirección al bosque. Puedes soltarme, no tengo miedo. Él sintió un pinchazo de dolor porque era probable que fuese la última vez que tenía ocasión de estar tan cerca de ella. Dejaron atrás la casa, el cementerio de una sola tumba, el cuerpo de Elvira, los frascos con las vísceras, las mariposas de aceite, el lugar donde Catalina lo había aprendido todo, también a sobrevivir. Tenía catorce años y estaba preparada para plantarle cara al mundo. Penetraron en el bosque y aprovechó para repasar la lista de venganzas: Eladio, el del ojo retorcido, putas de Satanás; los ministros de la Maldita Inquisición, una colección de agravios; Luis el Carnicero se negó a vendernos nada; Maruja nos dijo locas, no toquéis a mi hija con esas manos puercas; Josefa me escupió por detrás; María, que me dejé penetrar por un animal de carga; Avelina, que entré en su casa una noche transformada en gato para robar el semen de su hijo mayor. Aquellas cuentas pendientes le daban fuerzas para seguir adelante, era una bestia salvaje alimentada por el olor de la sangre. ¿Dónde vamos?, le preguntó al barbero. Hay un coche de caballos esperando por nosotros. Catalina no caminaba, flotaba. Se sentía arrastrada por una fuerza bastante semejante a la del día de su primer aquelarre, pese a que en esta ocasión no existiese la intervención de ninguna hierba, ningún hongo, ninguna sustancia más allá de las que segregaba su propio cuerpo. La cicatriz del hombro palpitaba. Se inflaba por momentos, ahí debajo había algo golpeando con la cabeza contra la carne, luchando por salir. Tengo algo dentro. Son los ojos de Satanás, contestaron los insectos, estás marcada. Pero nunca lo veo. Él sí te ve a ti, y eso es lo único que importa. ¿Puede verme ahora? Ahora está observándote desde dentro. Satanás la observaba desde dentro, los insectos la observaban desde fuera y Elvira y Marina la observaban desde el otro lado. Era el centro de tantos ojos que su condena tal vez fuese la renuncia a la intimidad. ¿Con quién hablas, Catalina?, le preguntó su abuelo, agitado por el esfuerzo. No creo que quieras saberlo, contestó ella. ¿Elvira está bien?, insistió él con un hilo de voz. Está en el otro lado, con mamá. Está con mamá, está con mamá, la bruja vieja está con mamá, corearon los insectos. Eran pura electricidad, nunca antes habían salido al exterior. Catalina les había brindado la oportunidad de ver el mundo y ahora estaban completamente entregados a ella. Tal vez fuesen el corazón de la casa, sus riñones, la médula espinal. Nervios, órganos y sangre. Replicaban dentro de Catalina para contagiarle la excitación y que sintiese lo mismo que ellos sentían. Ni una gota de tristeza por la pérdida de Elvira porque en realidad no la había perdido. Tan solo había cambiado de forma, qué bonito poder ver espectros. He ganado un don, me llevo la casa conmigo a través de los insectos, allí donde vaya las sombras estarán de mi lado, soy tan poderosa... Ni siquiera cayó en la cuenta de que había perdido un zapato en un traspié. Pisaba tierra y bichos, se le clavaban las piedras, sangraba y sonreía como una demente, los intestinos de los cadáveres aplastados contra la planta del pie. Estaba tan eufórica como los compañeros de viaje que ahora poblaban el interior de su capa. El barbero no podía más. Le temblaban las piernas y le faltaba el aire. Se detuvo para recomponerse apoyando la espalda contra un árbol. Te va a dar algo, le dijo ella. ¿Quieres que continúe sola? Él le dijo que no con la cabeza. Sostenía una antorcha con la mano derecha y se llevó la izquierda al pecho. No, dijo ella con firmeza. Tú no puedes morirte esta noche. No tengo pensado morir, la tranquilizó cuando logró recuperar el aliento. Pero ni tengo cuerpo ni edad para esto. Hay que seguir a otro ritmo. Cógeme de la mano, le pidió Catalina. En otra situación, el barbero habría alegado que había sido ella la que había renunciado a ir de la mano cuando habían emprendido la huida, pero se calló y aceptó. Cambiaron las posiciones. Catalina agarró la antorcha y se concentró en aquella mano que sostenía, aquella mano que aplicaba sanguijuelas, que había hecho tantas sangrías, que afeitaba rostros y pescuezos, que había besado los labios de Elvira, que la había ayudado a nacer. ¿Por qué nunca me dijiste que eras mi abuelo? Porque no quería que Elvira me detestase todavía más. No sé qué pasó entre vosotros. Pasó una vida entera, Catalina. Una vida llena de errores y miserias. Pero un hombre, por encima de todas las cosas, tiene que ser responsable de su familia. Y eso es lo que hice. Nosotras también éramos tu familia, replicó ella. Aquella frase se le clavó dentro. No se pueden tener dos familias, se defendió el barbero sin demasiado énfasis. Y escogiste la otra. Escogí la que ya tenía de antes. Reconozco mi cobardía, pero no sé si eso sirve de algo a estas alturas. Volverías a hacerlo, musitó Catalina. Volvería a hacerlo, sí. Les debo lealtad a mi mujer y mis hijos. Y con vosotros tengo una deuda eterna. Y nosotras contigo, contestó ella. Lo vi en los ojos de mi abuela antes de morir, escuché sus pensamientos. Existo gracias a ti y estás salvándome la vida de nuevo, por segunda vez. Eso no me convierte en mejor persona, dijo el barbero. Vas a plantar el tejo, ¿verdad? Voy a cumplir todas las promesas que te he hecho, Catalina. Lo sé, solo quería asegurarme. Entonces paró de caminar, acercó la antorcha a su cara y sacó la lengua mostrando la rueda del martirio, como cuando jugaban en la puerta de la barbería. ¡Mete esa lengua para dentro, que aún te la va a comer un abejorro! Catalina rompió a reír y los insectos también. Le agarró la mano todavía más fuerte y continuaron caminando hasta que, por fin, dejaron atrás Merlo y llegaron al cruce de caminos donde aguardaba por ellos el coche de caballos. Llevaba las riendas un hombre con la cara tapada que parecía querer desaparecer dentro de su ropa. El barbero le entregó un saco lleno de monedas. No se detenga hasta llegar al pazo del señor de Oca, le pidió. El conductor guardó el saco en la chaqueta. Pero falta una, ¿no?, preguntó. La otra no va, murmuró el barbero. Pues venga, que suba ya, contestó el otro. No es seguro estar aquí parados, la noche está llena de ojos. No tenía ni idea de cómo de cierto era eso que acababa de decir.

El barbero abrazó a su nieta y sintió algo moverse en medio del abrazo, dentro de la capa. Catalina, ¿qué llevas ahí?, le preguntó en voz baja. Temía que el conductor pudiese escucharlo y que se echase atrás, no había sido fácil convencerlo, había tenido que entregar los ahorros de tres años de trabajo. Aún no sabía cómo iba a explicarle aquello a su mujer, qué excusa se inventaría para justificar que el dinero había desaparecido de su escondite, debajo del colchón. ¿Qué llevas ahí metido?, insistió el barbero. En realidad, no quieres saberlo, le contestó ella. Está bien, intentaré ponerme en contacto contigo, pero no sé cuándo ni cómo. Cuando sea seguro comunicarme, lo haré. Prométeme que vas a hacer todo lo posible por curar a ese niño, es tu salvoconducto. Si lo consigues, su padre estará en deuda contigo, es un hombre muy poderoso. No lo desafíes, trabaja duro para ganarte su confianza. ¿Has entendido bien? Ella le dio un beso y susurró en su oreja gracias, eres el hombre más importante de mi vida. Aquello que se había manifestado en la cicatriz de su hombro durante el camino que los había llevado hasta allí volvió a empujar la carne con fuerza. Tú no eres un hombre, eres Satanás, le dijo Catalina con la mente a eso que se le retorcía debajo de las capas de piel. Se subió al carro y levantó la mano a modo de despedida. ¡Arre!, gritó el conductor, que se moría por partir. Las riendas estallaron en la noche, los caballos comenzaron la carrera y el barbero empezó a llorar. Hasta siempre, Catalina. Se quedó allí, clavado en aquel cruce de caminos, viendo como la oscuridad se tragaba el coche donde viajaba su nieta, en medio de un vacío inabarcable. Solo esperaba no equivocarse con aquella decisión. Cualquier cosa es mejor que la Inquisición, pensó. Pero eso no era cierto. No lo era.

Volverse asmática

Tracatrá, tracatrá, tracatrá, tracatrá... Catalina imitaba el galope del caballo para recordarse a sí misma que continuaba viva, que aquello estaba sucediendo de verdad y no solo dentro de su cabeza, que abandonaba Merlo con los insectos acurrucados dentro de la capa, coreando junto a ella: Tracatrá, tracatrá, tracatrá, tracatrá... Eran tantas bocas minúsculas reproduciendo el mismo sonido que daba la impresión de que salía directamente del interior de su cuerpo. Su mundo era una colmena, una sociedad secreta. Nunca estaría sola, esa idea la hacía invencible. El cochero le gritaba al caballo constantemente para que no bajase el ritmo y hacía silbar la fusta, que azotaba la carne del animal. ¡Arre, caballo! ¡Vamos, arre!, repetía con ansiedad, atravesando la noche con la urgencia de quien atraviesa un puente que se está deshaciendo, con la amenaza del precipicio pisándole el rabo. Conocía la identidad de la mujer que transportaba y le quemaba tenerla dentro del coche de caballos. Debía llegar cuanto antes al pazo y librarse de ella. ¿Qué pasaría si las autoridades les daban el alto? ¿Cómo iba a justificar que estaba ayudando a salir de Merlo a la nieta de la bruja? Era un colaborador, y todo el mundo sabía lo que les sucedía a los que coqueteaban con aquella clase de mujeres.

Eran como la peste, todo aquello a lo que se arrimaban se pudría. Consagraban los hijos a Satanás en los vientres de sus madres, cometían incesto, mataban niños para hacer cocimientos, comían carne humana y bebían la sangre de los muertos desenterrados, estaban sucias, eran mugre, eran blasfemas, eran el demonio, eran caníbales, ¡eran eran eran eran eran! ¡Arre! ¡Vamos! Necesitaba el dinero, por eso había aceptado la oferta cuando el barbero se le acercó con la propuesta. Si sacas esta noche a Elvira y a su nieta de Merlo y las llevas al pazo de Oca, te entrego un saco de monedas. Son todos mis ahorros. No había sido necesario preguntar de quién huían ni por qué tenían que hacerlo en plena noche. Todo el mundo sabía a qué se dedicaban, él mismo había acudido un par de veces a aquella consulta. La primera, por un mal de ojo. Alguien con la mirada retorcida, cargada de envidia, le había echado encima aquel lastre. No paraban de sucederle desgracias encadenadas, unas detrás de otra. Se cayó por unas escaleras, se le murió un caballo, su mujer enfermó, luego falleció su madre en un accidente y él colgó una ristra de ajos en la puerta de casa y una higa alrededor del pescuezo porque ya no podía más. Pero no sirvió de nada, porque siguieron sucediendo calamidades hasta que se rindió y fue a ver a Elvira. La consulta daba miedo; recordaba una escoba sin pelos cruzada sobre una ventana, las paredes llenas de cruces del revés sosteniendo cabezas de muñecas de trapo, tarros con líquidos verdes donde flotaban órganos, dientes, animales con los ojos abiertos, la humedad del suelo, el olor a hierbas y alcohol, la mirada penetrante de la vieja, que parecía que se te metía dentro del cuerpo. Pero la gente hablaba maravillas, la visitaban clientes de todas partes, algunos caminaban durante días para llegar a su consulta. Elvira salvaba vidas y hacía milagros, la prueba eran todas aquellas personas que narraban sus experiencias. Y más valía llevarse bien con ella, porque también podía multiplicar las desgracias y causar padecimientos peores que la muerte. El día de su primera consulta la vieja le pidió que se sentase y le hizo nueve cruces por el cuerpo con un ramillete de ruda empapada en líquido mientras murmuraba una letanía. Tienes la envidia corriéndote por la sangre, le había explicado. Echa un vistazo en el tejado de tu casa o en las ventanas, quizás encuentres algo que no debería estar ahí. ¿Algo como qué?, le preguntó él. Una manzana con algo clavado, un frasco con líquido, un objeto que no hubieses visto antes y que sospeches que alguien pudo colocar a hurtadillas. Si lo encuentras, quémalo. Y hazme el favor de quitar la ristra de ajos que tienes en la puerta de casa, para que surtan efecto hay que atarlos de tres en tres, tal y como los tienes ahora no sirven de nada. Echa un puñado de sal en la entrada todas las mañanas, lleva este cuerno de cabrito siempre en el bolsillo y consigue una gallina negra para meter en el corral. Así estarás protegido tú y estará protegida tu familia. Y él, que no le había contado a Elvira absolutamente nada sobre la ristra de ajos que tenía colgada detrás de la puerta, se quedó impresionado con semejante revelación y siguió las indicaciones de la bruja al pie de la letra. Encontró en el tejado una manzana con clavos que quemó en una hoguera esa misma noche. Las calamidades pararon y él creyó para siempre en sus facultades, ¿cómo no iba a creer, si le había quitado el mal de ojo? Sin embargo, no existía ninguna deuda pendiente, ya le había pagado en su día con lo mejor de su cosecha y con parte de la matanza, y ahora no le daba la gana de mezclarse con esas mujeres marcadas por Belcebú, no quería que nadie lo relacionase con ellas. ¡Arre, caballo! ¡Arre! Bastante tiempo después de su primera visita a la bruja, su hija mayor había enfermado, y él acudió de nuevo a Elvira con un gallo desplumado debajo del brazo. La vieja le formuló a la muchacha un par de preguntas y ella le explicó que veía luces de colores en su cabeza y que necesitaba que alguien las apagase porque se le aparecían tanto por el día como por la noche, no podía conciliar el sueño y estaba perdiendo las ganas de vivir. Tienes una sombra y no te llevas bien con ella, le dijo la bruja. Hay que quitártela antes de que acabe contigo porque te está chupando la vida. Poned una olla con agua encima de la mesa de la cocina y prended una mariposa de aceite. Si el agua se llena de grumos significa que el ánima es buena. Las ánimas se presentan de muchas maneras, algunas entran de frente, otras dan la espalda. Las buenas son suaves como una caricia y traen luz. Las malas vienen cargadas de oscuridad, y cuando aparecen es como un latigazo. Si es buena es fácil de quitar, si es mala da más trabajo.

El ánima resultó ser buena, y para ahuyentarla tuvo que sacarse la ropa, frotársela con ímpetu por todo el cuerpo hasta hacer enrojecer la piel y luego quemarla y envolver las cenizas en una toalla de damasco. Esa fue la parte más complicada. Consiguieron localizarla en un mercado de Pontevedra donde una vez al mes acudía un hombre sirio que vendía telas. La última parte del ritual consistía en presentarse pasadas las doce de la noche en un puente romano y lanzar al río la toalla, que fue arrastrada por la corriente y, con ella, la sombra que estaba consumiendo a la muchacha. Ese había sido el último contacto con la bruja. Hasta ahora, que estaba llevando a la nieta, su heredera, en el coche de caballos, aunque el trato fuese llevar a las dos; a saber qué le había sucedido a la vieja, no quería ni imaginarlo. ¡Arre! ¡Arre! Tracatrá, tracatrá, tracatrá, tracatrá...

Desde la ventanilla del carro Catalina solo veía oscuridad. No distinguía los árboles, ni las aldeas, ni los campos. Jugaba a imaginarlos y entonces aparecían paisajes verdes como algas y pócimas, paisajes llenos de sombras que se enroscaban alrededor de cada superficie; veía sapos, babosas, lagartos, ciervos volantes y salamandras cargadas de ponzoña preparadas para echar un mal de aire; veía pieles con sarpullido y los ingredientes del remedio para tratarlo; veía culebras, un carnero dorado, los ojos de su abuela flotando. Qué hermoso sería tener la facultad de convertirse en abejorro, araña o caballo e integrarse en la naturaleza, abandonar su cuerpo cuando lo desease y adoptar otras formas. Había brujas que podían, pero ella no, aunque sí convocar insectos. Quizás aún existían otros talentos dentro de ella que estaban por descubrir, como los que se le habían revelado aquella noche. No tenía ningún miedo, pero sí excitación y curiosidad por el lugar al que la estaba llevando aquel desconocido que le gritaba como un loco al caballo para que galopase con más fuerza. Él sí tenía miedo, Catalina podía olerlo. Era un hedor ácido que por momentos se volvía más intenso, y entonces le daban arcadas y se sentía superior a él; el miedo era una muestra grande de debilidad. Si quisiese podría obligarlo a detener el caballo, se bajaría del carruaje y le mostraría el interior de su capa. Si quisiese podría aterrorizarlo. Podemos, Catalina. Si tú lo deseas podemos aterrorizarlo y podemos hacer brillar nuestros élitros y podemos lanzarnos sobre él dibujando espirales en el aire hasta que sus ojos giren como giramos nosotros. No es necesario, susurró ella. Y tragó saliva controlando sus instintos.

El cochero no le dirigió la palabra hasta llegar al pazo. No sabía qué hora era ni tampoco cuánto había durado el viaje. Estaba algo desorientada, y eso alimentaba una cierta sensación de irrealidad. Cuando se bajó del carruaje la recibió una ráfaga de viento frío y fue agradable, no le gustaba perder la noción de lo que era auténtico y de lo que formaba parte de sus fantasías, necesitaba permanecer centrada. Estaban en una plaza con un crucero, delante de la puerta de madera que custodiaba el pazo. Los muros eran imponentes, tanto por su altura como por el grosor. Mientras Catalina trataba de entender la arquitectura de aquel lugar, el cochero ya estaba apurando al caballo para huir de allí sin volver la vista atrás. ¡Arre, caballo! ¡Arre! Se marchó sin mostrar compasión ni pena. Nada. La dejó allí sola, en aquel lugar extraño, escapando como quien acaba de deshacerse de un cadáver y tiene las manos manchadas de sangre. A ella no le importó. Se limitó a abrazar el hatillo donde llevaba todas sus pertenencias, que también eran su garantía. Las indicaciones del barbero sangrador habían sido claras, tenía que ganarse la confianza del señor del pazo. Pero ¿quién era ese hombre y qué dolencia tendría su hijo que ningún doctor había sido capaz de diagnosticar? ¿Iban a permitirle vivir allí dentro? Catalina no tenía ninguna respuesta.

Se acercó a la puerta y golpeó la aldaba de hierro con timidez, era mejor ser discreta. El pazo no estaba completamente aislado, bordeando aquella explanada había varias casas de planta baja y no parecía buena idea alertar a los vecinos. Nadie abría, así que insistió con algo más de ímpetu. Nada. Hola, ¿hay alguien ahí?, preguntó en un tercer intento. Tan solo recibió silencio. Se sentó en el suelo con las piernas encogidas, las rodeó con sus brazos y esperó. Los insectos estaban nerviosos, agitaban los élitros y murmuraban ¿qué sucede?, ¿por qué no nos abren?, ¿no podemos entrar? Es muy tarde, ahí dentro todos duermen, los calmó Catalina. Solo debemos tener paciencia. Abrirán, estoy segura. Pero queremos salir, necesitamos ver qué hay, por favor, déjanos. Ella abrió la capa, los insectos emitían una preciosa luz azul brillante que le restaba dureza a la noche. Los observó con fascinación, eran tan bonitos que de repente quiso llorar. Abandonaron la capa y volaron muy alto, hasta superar los muros. Entraron en la propiedad y durante unos minutos desaparecieron por completo de su vista. Volved pronto, murmuró. Porque le aterraba la soledad y porque a medida que se alejaban le costaba respirar más y más. Nunca había sentido algo así, se le achicaban los pulmones. El vínculo con los insectos era tan potente que le faltaba el aliento, si ellos estaban lejos su pecho silbaba cada vez que intentaba coger aire; se volvía asmática. La idea de asfixiarse la puso nerviosa. Tal vez ellos fuesen conscientes, por eso regresaron antes de que la sensación se hiciese insoportable. Catalina abrió la capa y se acurrucaron los unos sobre los otros con toda naturalidad, como si cada uno de ellos supiera exactamente el lugar que tenía asignado. Hay un patio, hay una torre, hay escudos, hay fuentes, hay un bosque, hay estanques, establos con animales, huertas, jardines, hay un niño enfermo y el recuerdo de una madre, un padre que tiene pesadillas y mucha gente que acata órdenes. ¿Duermen?, preguntó Catalina. Duermen casi todos. Entonces llamaré de nuevo. Volvió a golpear la aldaba y volvió a fracasar. ¿Están sordos? ¡Eh!,

¿qué os pasa ahí dentro? De repente ya no le importaba alertar a los vecinos, empezaba a angustiarse. Chssss, la calmaron los insectos. Está todo bien, solo debemos tener paciencia. Volvió a sentarse en el suelo, con la espalda apoyada contra la puerta. No sentía ningún miedo, estaba acostumbrada a salir al bosque ella sola para buscar a la Santa Compaña en plena madrugada. En el centro de aquella explanada había un crucero, uno de los elementos favoritos de las ánimas en pena, ojalá se le apareciese en aquel instante, abriría los brazos en señal de sumisión y de bienvenida, se haría amiga de aquellas ánimas, les pediría ayuda, les ofrecería la suya. Permaneció en silencio contemplando la luna hasta que la venció el cansancio y se quedó dormida.

En algún momento de la noche, cuando ella soñaba con que se le aparecían de nuevo la abuela y mamá para revelarle secretos que solo conocían los espíritus, se abrió de repente la puerta del pazo. Unos brazos fuertes agarraron a Catalina por detrás antes de que le diese tiempo de entender qué estaba pasando, le taparon la boca y la metieron para dentro. Aquellas manos olían a licor, a gardenia y a semen, aunque las tres sustancias habían entrado en contacto con la piel en momentos distintos. La puerta se cerró de nuevo con un ruido seco, Catalina desapareció detrás de los muros y eso supuso el final de su vida anterior. En una de las viviendas de planta baja que bordeaban la plaza alguien observaba la escena con gran interés a través de una ventana. Los insectos se pusieron en guardia y una lechuza cantó desde su escondite como si estuviese revelando en una lengua antigua secretos que solo ella conocía.

Catalina la Bastarda

Quería gritar, pero no podía por culpa de aquella mano con restos de licor, gardenia y semen que le tapaba la boca. Descuídate un momento y ya verás como te arranco la carne de un mordisco. Luego la trituraré con los dientes y la escupiré delante de tus narices. ¿Cómo se atrevía a agarrarla con semejante vehemencia? Necesitaba insultarlo hasta agotar todos los improperios de su inventario personal. Eres un sapo infecto, una costra repugnante, una aberración. Estoy acostumbrada a tratar con seres como tú, me han llamado muchas cosas terribles en mi vida, estoy preparada para jurar hasta quedarme sin aliento y echarte una maldición, tus palabras no significan nada para mí pero las mías sí para ti. Se retorció como una cobra tratando de zafarse, pero aquellos brazos eran de hierro. Cuando te calmes, te suelto, le dijo él muy bajito, haciéndole cosquillas en la oreja con la punta de los labios, pero solo cuando te calmes. Aquella voz le puso la carne de gallina. ¿Quién era él? ¿Por qué la agarraba así? Le chocaba que fuese capaz de hablar con esa calma en una situación tan violenta. Dejó de retorcerse y él aflojó los brazos. Ni se te ocurra gritar, aquí nadie va a venir a ayudarte, le advirtió para asegurarse de que ella no iba a cometer una imprudencia. Catalina se giró para verle el rostro y lo encontró sonriendo, como si la situación fuese para él un entretenimiento. ¿Tú sabes quién soy yo?, le preguntó ella, haciendo un esfuerzo para que no le temblase la voz. Necesitaba mostrarse firme y segura de sí misma. La persona que va a curar a mi sobrino, contestó él. En ese momento Catalina agradeció que fuese noche cerrada y que las sombras le sirviesen de parapeto. Estaba desconcertada y no encontraba recursos para zafarse de aquella situación. ¿Y qué hace un noble ensuciando sus manos con una bruja?, continuó, sin tener que esforzarse mucho para parecer desafiante. En realidad, esa era su naturaleza. Ese arranque lo tenía ella, lo había tenido su madre, lo había tenido su abuela y así hasta perderse en una línea de sucesión difusa. No conocían a sus antepasadas, tan solo a las inmediatamente anteriores, porque no había memoria familiar, no sabían escribir, no quedaba ningún rastro del pasado. Tan solo el instinto, las habilidades, los conocimientos y la rabia. En eso concentraban sus esfuerzos. ¿Bruja o curandera?, preguntó él. A veces curo y otras mato. Esto le salió sin pensar, no solía ser tan imprudente. Cuidado, Catalina, le advirtieron los insectos. No digas esas cosas, no te pongas en riesgo, no dejes libre tu furia, es un noble, es el tío del niño, no lo retes, tiene los brazos de hierro, tiene dinero y tiene poder. Por tu bien, le contestó él muy tranquilo y sin un ápice de agresividad, te recomiendo que no hables así dentro de estos muros. En mi familia no son tan comprensivos como yo. Catalina respiró con cierto alivio. Sabía que había sido ofensiva, que acababa de lanzar una amenaza. No podía permitirse esos lujos, no estaba en su casa, ni en su bosque, ni en el cementerio de una sola tumba que pronto sería el cementerio de dos tumbas. Estaba en territorio desconocido, en el lugar donde le ofrecían la única oportunidad que tenía de mantenerse a salvo de la Santa Inquisición, esos bárbaros con libertad para torturarla con la garrucha, con el tormento del agua, con el potro. Triturarían sus huesos como habían hecho con Elvira, le colgarían del cuello el sambenito para toda la vida, le confiscarían todas sus pertenencias, aunque no podrían arrebatarle los conocimientos ni sus facultades... Maldita sea, os trastornaré a todos, a todos, a todos y cada uno de vosotros. Discúlpame, dijo en voz alta, porque pensó que era mejor mostrar sumisión, necesitaba entrar en ese pazo con el pie derecho, aunque eso implicase ir en contra de su propia naturaleza. No me pidas perdón, pídete perdón a ti misma, contestó él. Catalina no entendió aquella respuesta, le pareció un enigma. Y ahora dime, ¿dónde está la auténtica bruja? El acuerdo era que se instalaría en el pazo la bruja de Merlo y que acogíamos a su nieta por clemencia, pero aquí solo estás tú. Catalina tragó saliva. Yo soy la auténtica bruja. Él la miró de arriba abajo y sonrió de nuevo. O tienes la fórmula de la eterna juventud o algo falla... Esperábamos a una mujer mayor. Ahora yo soy la única bruja de Merlo, matizó Catalina, bajando la voz de manera inconsciente. Mi abuela se ha muerto esta noche. Te acompaño en el sentimiento, se apresuró a decir él, mostrándose serio por primera vez. Espero que hayas heredado sus conocimientos y que estés preparada para esto porque mi hermano no aceptaría un fracaso, ¿comprendes lo que te estoy diciendo? Catalina se limitó a asentir, pero en realidad no estaba asimilando la gravedad de lo que él intentaba expresarle. Acompáñame, te llevaré a tu dormitorio. Por lo que dices ha sido un día difícil, querrás descansar.

La puerta principal del edificio estaba a la derecha del patio central. La luna coronaba una gran torre de piedra con almenas y una bandera en cada esquina. El pazo estaba formado por varios edificios anexos con formas rectilíneas. Olía la naturaleza y de fondo se escuchaba rumor de agua. El hombre sacó una llave, abrió la puerta de uno de los anexos laterales y le hizo un gesto a Catalina para que entrase. Había quinqués iluminando la estancia, un pequeño recibidor con una cómoda y algunos cuadros de antepasados. Atravesaron un corredor con cinco puertas cerradas. La última era el cuarto de Catalina, sobrio pero funcional. Había un mueble con cajones, un armario y un escritorio. Te recomiendo que pases la llave siempre. Compartes vivienda con parte del servicio. El desayuno es a las seis en punto en la cocina, pero mi hermano quiere mantenerte al margen, así que desayunarás aquí, en tu cuarto. Te dejarán una bandeja delante de la puerta sobre esa hora. ¿Y esa otra puerta?, preguntó Catalina, señalando la pared del fondo. Este es el único cuarto de esta ala que tiene entrada directamente desde el exterior, le explicó. La llave está puesta, guárdala bien y disfruta de ese privilegio. Puedes entrar y salir de tu cuarto cuando lo desees, pero no intentes huir. Mi hermano no descansaría hasta localizarte, está desesperado. ¿Cómo se llama el niño?, le preguntó ella tratando de arrancarle alguna información. Se llama Manuel y tiene siete años, pero está tan escuchimizado que parece más pequeño. Mañana tendrás oportunidad de conocerlo. Te recomiendo que intentes dormir, aquí dentro la vida no da tregua. Gracias, murmuró ella a modo de despedida. Espera, no sé tu nombre. Me llamo Gonzalo. Gonzalo de Oca.

La puerta se cerró y Catalina pasó la llave. Se quitó la capa y la agitó con cuidado para que los insectos volasen libres y le tomasen el pulso al que sería su hogar de ahora en adelante. Fueron directos al colchón, perforaron la tela con sus cuernos y buscaron cobijo entre los nudos de lana. Ella se acostó sobre la cama y se echó por encima el cobertor. No se había acordado de llevar camisón, y estaba tan agotada que ni siquiera se quitó la ropa. Se encogió tal como estaba, cerró los ojos y tomó conciencia de lo que había cambiado su vida en las últimas horas. Ya no podía escuchar de fondo la oración de Elvira ayudándola a conciliar el sueño: «Voy a haceros pagar uno a uno por cada rotura de cada hueso, por cada lágrima, por cada una de las mentiras que me habéis hecho pronunciar. Juro que os trastornaré a todos. Invocaré a los espíritus avernales para que se cobijen en vuestros cuerpos. Nunca más conoceréis el descanso ni el sosiego. Amén». Tampoco le llegaba el olor de la leña de la cocina, ni los sonidos de la casa atravesada por el espíritu de Marina; la casa que ahora estaba vacía sin ella, sin la abuela, sin los insectos. Los tarros donde flotaban las vísceras que conservaban para sus hechizos estaban condenados a acumular polvo y quedar sepultados en el olvido, la mariposa de aceite por el ánima de mamá se quedaría apagada para siempre, el barbero no podría cumplir su promesa, o por lo menos no de la manera en que a ella le gustaría. Visitar la casa de la bruja, aunque estuviese vacía, suponía exponerse a la sospecha de los habitantes de Merlo, toda esa gente las necesitaba, eran víctimas de males que solo ellas sabían curar, pero qué sencillo y qué escalofriante la facilidad que tenían para pasar de la condición de víctimas a la de verdugos. Venderían a cualquiera por un puñado de monedas o simplemente por contar con el trato de favor de las autoridades. Aquellas que acudían a la consulta suplicando ayuda con cara de corderos degollados, cargadas con las mejores viandas para mostrar su agradecimiento, ahora estaban del lado de los enemigos, eran malas como la peste, eran la lepra. Eran lobas con piel de cordero. Y con el barbero sangrador tampoco podía contar porque tenía otra familia, otra mujer, otros hijos y nietos que no eran bastardos. Ella sí que lo era, Catalina la Bastarda. ¿Por qué motivo iba a cumplir las promesas que le había hecho? No tenía esa obligación, ahora estaban lejos y no tardaría nada en olvidarla porque esa era la condena de la distancia. Malditos seáis todos y maldita cada piedra de ese pueblo. Algún día Merlo arderá entre llamas de furia, vaticinó atravesando la línea que separa la vigilia del sueño. Duerme, Catalina, no pienses más, estás haciéndote daño, murmuraron los insectos muy bajito. Descansa, sueña con la abuela, con mamá, con el bosque, con un carnero dorado, con la sangre resbalando por tus muslos arrasando una cosecha, o matando una plaga de escarabajos, o haciendo un amarre que solo puede romper la muerte, con los animales que tienen la ponzoña, con la peste de un corazón cocinándose en una olla, con el caldero de la lavadura sobre el cuerpo de pústulas del hijo del herrero, con un huevo negro que hace la eclosión una noche de luna llena y nace una criatura que fabrica pesadillas, con la serpiente que se enroscaba alrededor del pescuezo de Elvira, con Belcebú. Felices sueños, Catalina. Felices sueños, insectos.

La despertó el sonido de unos nudillos golpeando su puerta. No encontró a nadie al otro lado, pero habían dejado una bandeja con el desayuno: pan caliente, manteca, leche y una fruta que devoró sentada delante del escritorio que había pegado a la ventana. Era de madera labrada y tenía varios cajones vacíos, le pareció ideal para fabricar los ungüentos y pócimas. Aquel sería su centro de trabajo. Ni siquiera había deshecho el hatillo donde había guardado sus cosas a toda prisa.

Estaba oscuro, todavía no había amanecido, pero ya se escuchaban trinos de pájaros y también rumor de agua. Había detectado ese mismo sonido la noche anterior, allí cerca tenía que haber una fuente. A lo lejos se oían voces, y podía percibir el aroma del pan en el horno, de una vaca acabada de ordeñar, de un gallo que se atusaba las plumas cada vez que se preparaba para cantar. La vida en el pazo empezaba temprano, pero nadie le había dado instrucciones sobre lo que debía hacer ahora. Ojalá tuviese un espejo para poder verse, necesitaba comprobar si su cara era la misma o si el cambio que sentía dentro de ella también se había manifestado en el rostro. Su olfato se había agudizado de tal modo que estaba impresionada de poder distinguir tantos aromas, le había sucedido con las manos de Gonzalo cuando la había sujetado la otra noche y estaba sucediéndole en este mismo instante. Eso le proporcionaba un nuevo poder. ¿Era posible que se lo hubiese transmitido Elvira antes de morir? Sentía que ahora todo era nuevo, como si más allá de Merlo y de su casa el mundo fuese una gran revelación. Alisó su ropa y cogió la capa. Antes de abotonarla abrió los brazos como un ave desplegando las alas. Venid conmigo, murmuró. Los insectos atravesaron el colchón y volaron hasta Catalina. Cogió el candil que estaba colgado en la pared, abrió la puerta que daba al exterior y guardó la llave.

Fuera hacía frío pese a que el cielo estaba despejado. En cuanto saliese, el sol derretiría la capa de escarcha que se había formado durante la noche, pero para eso aún faltaban horas. Catalina atravesó los arcos del patio y llegó a una explanada con una fuente en el centro. Tenía curiosidad por saber si había peces o monedas en el fondo, pero estaba demasiado oscuro. Casi no sabía nada de aquel lugar, había vivido aislada en

Merlo y muchas veces soñaba con salir de esa burbuja, pero no conocía otra cosa distinta de su bosque, sus pócimas, las manos sabias de su abuela. Entonces apareció en la oscuridad un hombre que caminaba con paso cansado. Venía de los jardines y traía las manos cargadas de huevos. No se sobresaltó, como si esperase encontrarla allí o como si llegado un momento en la vida ya no quedase nada capaz de sorprenderte. Sabes que puedes matar a alguien de un susto, ¿verdad?, le preguntó. Catalina permaneció en silencio. No son horas para pasearse con un candil por los jardines, cualquiera podría confundirte con un ánima. Aquello le hizo gracia, tantos años fracasando en su búsqueda de la Santa Compaña y ahora la confundían a ella. Las ánimas van de blanco, las que van de negro son las sombras, le contestó ella. Tú eres la nieta de la bruja, ¿verdad? Mi abuela se ha muerto, ahora soy yo quien va a ejercer el oficio. Pero ¿qué edad tienes? ¿Acaso es importante eso?, respondió Catalina poniéndose a la defensiva. Disculpa, no pretendía importunarte, solo es que pareces muy joven. Lo importante no es la edad, lo importante es si tienes el don y si sabes manejarlo. Las dos cosas son ciertas, le confirmó ella, mi abuela me enseñó todo lo que necesito saber, el resto está en los libros. Ojalá supiese leer, pensó. Pero eso no lo dijo. Deberías esperar por la alborada. Este sitio es demasiado bonito como para verlo a la luz de un candil, le sugirió el hombre. Además, no creo que sea del agrado del señor que andes por aquí sin su autorización. Y esto no lo tomes como una advertencia, tómalo como un consejo. Lo más importante aquí es no importunarlo. Si sigues esa norma no te pasará nada.

Desde que había llegado a aquel lugar todo eran recomendaciones cargadas de desasosiego. ¿Qué clase de persona era el señor de aquel pazo? ¿Sus trabajadores le tenían respeto o miedo? No le quedaba claro, pero acababa de llegar, tenía toda la vida por delante para descubrirlo. ¿A qué hora suele levantarse el señor?, le preguntó. Nunca antes de las ocho y media. ¿Y su hermano? Con Gonzalo nunca se sabe, depende de la hora a la que se acueste, digamos que no tiene horario fijo. Y ahora, si me disculpas, debo continuar con las tareas, hay alguien esperando por estos huevos. El hombre prosiguió su camino y desapareció entre los arcos del patio. Catalina sintió un frío repentino, pero no venía de fuera, procedía de su interior. Regresó a su dormitorio, abrió el hatillo con sus cosas y empezó a colocar los frascos de vidrio con las hierbas medicinales encima de la mesa, las venenosas dentro de un cajón, los amuletos en otro distinto, las obleas para cuando sangrase en una compuerta, el *Libro de san Cipriano* debajo del colchón. Cuando terminó, no supo qué más hacer. Era agradable tener todo aquel material a la vista, pero se sentía como en una prisión. Aquella era su celda y el señor del pazo, al que ni siquiera había tenido delante, su carcelero. ¿Y si el barbero se había equivocado y en lugar de salvarla la había condenado en vida? Ese pensamiento formaba una bola en su estómago y no sabía cómo expulsarla. Abuela, murmuró, ¿estás ahí? ¿Puedes oírme? Dime qué debo hacer. No puede escucharte, Catalina, le recordaron los insectos, está muerta, ya no pertenece al mundo de los vivos, ahora está con los espíritus, con las ánimas, con tu madre, más cerca del diablo que de nosotros. Abuela, contéstame, insistió, por favor, dime algo. Abuela, dinos algo, repitieron los insectos. Contéstanos. ¿Estás ahí? ¿Puedes oírnos? ¿Puedes oírnos, abuela?, repitieron, más fuerte. Pero nadie respondió. Catalina se colocó en posición fetal y rompió a llorar.

Sus ojos son un espejo

Ya había despuntado el día cuando una de las mujeres que servían en el pazo fue a buscar a Catalina a su cuarto. Se presentó con el nombre de Angustias. Vestía una falda y una blusa negras con mangas voluminosas y un delantal blanco a juego con una cofia que le cubría casi todo el cabello. Llevaba el uniforme impecable, cosa que hizo sentir a Catalina más sucia de lo que en realidad estaba. Tenía la mirada clara, la piel llena de surcos, como la tierra cuando se cuartea en una sequía, y el cuerpo ligeramente encorvado hacia delante. Pese a que Angustias era amable, Catalina se mantenía a la defensiva, entrar en aquel lugar bajo la condición de bruja implicaba que algunos la fuesen a tratar con desprecio y otros con recelo o miedo. Siempre sucedía de esa manera, era consciente de lo que provocaba en los demás, y rara vez la conducta de la gente con la que se cruzaba se desviaba de ese patrón. El barbero sangrador había sido una excepción, pero ahora que sabía que era su abuelo la percepción que tenía sobre él también había cambiado. Pensó que Angustias había ido a buscarla a su cuarto para llevarla inmediatamente a hablar con el señor del pazo, pero no era así. Antes de eso tienes que bañarte, le dijo. Catalina intentó recordar la última vez que se había lavado con agua y jabón, pero no estaba segura porque los últimos días habían sido un remolino de cosas.

Estaba extendida la idea de que la buena salud dependía de que los cuatro humores (sangre, cólera, melancolía y flema) estuviesen en equilibrio. Los malos humores se evacuaban de manera natural mediante vómitos, diarreas, sudor, hemorragias... Y, si era necesario, se recurría a las sangrías. La gente había asumido que a través del agua caliente estancada entraban por los poros los efluvios malignos de la peste, que esa agua avivaba la lepra, atraía las enfermedades. Pero Catalina y Elvira adoraban el agua. En el verano aprovechaban para bañarse en el río siempre que tenían oportunidad. Dejaban la ropa en la orilla y se metían desnudas, desafiando las normas. Sabían que descubrirlas así era motivo suficiente para presentarlas delante de las autoridades, ¿qué hacían dos brujas desnudas metidas en el río? Pero ellas se exponían porque no estaban dispuestas a renunciar a ese momento de libertad tan radical. Luego se aplicaban ungüentos para calmar la piel, aliviar las manchas encarnadas, oler a plantas, sentirse todavía más integradas con la naturaleza que tanto les daba. En el invierno era diferente porque el frío era el gran enemigo de esos placeres, y a Elvira le dolían tanto los huesos y las articulaciones que no soportaba meterse en el agua. Catalina, a poco que el sol calentase, se lanzaba al río.

Ante la presencia de Angustias los insectos permanecieron muy quietos, no se movieron de los nudos de lana del colchón y hablaron tan bajo dentro de la cabeza de Catalina, que tuvo que hacer un esfuerzo para oírlos. Vuelve pronto, ten cuidado, no bajes la guardia, no te fíes de nadie. Ella fue detrás de Angustias, que la guio hasta el cuarto de baño del servicio. Delante de una bañera de hierro llena de agua que olía a flores esperaba otra mujer de mayor edad, robusta, de grandes pechos y con el rictus más duro que Angustias. Llevaba dos iniciales bordadas en el pecho del delantal, y ese detalle fue suficiente para que Catalina cayese en la cuenta de que se trataba de la responsable del personal de servicio. Mi nombre es Flora y estoy a cargo del servicio de este pazo. El señor va a recibirte dentro de una hora y debes estar presentable. La limpieza es uno de los signos de distinción de esta residencia. Por favor, desnúdate. La única persona que había visto desnuda a Catalina era su abuela, nunca se había quitado la ropa delante de nadie. Si por lo menos estuviesen allí los insectos para darle seguridad se aliviaría esa sensación de vulnerabilidad. Pero ¿qué te pasa, Catalina?, pensó entonces recordando la noche del primer día que había sangrado, cuando Elvira le había ordenado ponerse el vestido blanco y docenas de manos femeninas habían impregnado su cuerpo con el ungüento mágico, recorriéndola de arriba abajo. Esa noche no había tenido nada de pudor, pero ahora sí. Venga, que no tenemos todo el día, la apremió Flora. ¿Qué pasa? ¿Tienes algo raro entre las piernas? Angustias se puso rígida y a Catalina le entró la tentación de decirle que entre las piernas ahora mismo no tenía nada, pero que una noche de luna creciente había tenido uno de los rabos de Belcebú. Se mordió la lengua y se quitó lo que llevaba puesto. Era su vestido de los domingos y daba pena verlo, tenía los bajos llenos de tierra y manchas de sudor en las mangas, lo había puesto perdido durante la carrera por el bosque. Flora no podía evitar dirigirles miradas furtivas a las tetas y al pubis, y ese detalle no le pasó por alto a Catalina. Venga, para dentro, le ordenó Angustias, tendiéndole una mano. El agua estaba tibia y tenía algunas flores de azahar. Suspiró de placer, era diferente a meterse en el río, pero igual de agradable. La cabeza también, hay que lavar esos pelos, comentó Flora, a saber qué bichos han anidado ahí. Si tú supieses, dijo para sí Catalina, pensando en sus insectos colocados unos sobre los otros dentro de su capa. Las mujeres cogieron pastillas de jabón y se lo aplicaron en el cabello. Mientras Flora frotaba su cabeza con brusquedad, Angustias iba echando despacio agua limpia con una jarra de porcelana blanca con motivos de color azul. Le ofrecieron su propia pastilla de jabón y Catalina se la pasó por todo el cuerpo mientras observaba cómo el agua se iba oscureciendo. Sentía la cicatriz más viva que nunca, allí estaba Satanás manifestándose ante su desnudez, ahí palpitará mi corazón cuando tengas dudas, para que sepas que veo todos tus movimientos. Había desaparecido todo el pudor, ahora lo que deseaba era que la dejasen sola y poder frotar sus partes más íntimas con aquella pastilla que resbalaba tanto y que olía a pétalos de rosa. No te acostumbres a esto, hoy porque es el primer día, normalmente pasamos tres por la misma bañera, una detrás de otra, le explicó Flora, y nunca entre semana. Pero a ver quién se atreve a meterse después de ti en este pozo negro, añadió, observando el agua oscura. A Catalina le dio la risa. Ahí dentro debe de haber sapos y culebras, añadió la jefa de servicio sin esforzarse en disimular. Y aquel comentario ya no le hizo tanta gracia, porque Flora justo había escogido dos animales que tenían la ponzoña para marcar las distancias y dejarle bien claro que sabía que era una bruja y que no le gustaba que estuviese allí, que la aceptaba porque no le quedaba otro remedio, así se lo había ordenado el señor que mandaba en aquel pazo y era su deber, pero a lo que no estaba obligada era a ser amable. ¿O sí?

Le mandaron sentarse en un taburete y fueron separando mechones de pelo para secarlos todo lo posible frotando con unos paños. Angustias era delicada y Flora era todo lo contrario, por momentos daba la sensación de que tiraba del pelo más de lo necesario, pero Catalina no protestó, aguantó los tirones sin mostrar ni un solo signo de debilidad. Después de secarla le deshicieron los nudos de la melena con un peine y, finalmente, la perfumaron. Había una falda y una blusa negras preparadas para ella. Primero te pones la enagua y luego la falda, le indicó Flora como si fuese una cateta, como si nunca hubiese tenido delante piezas de ropa limpia. Necesitas un corsé, ¿sabes para qué sirve?, continuó, contemplando sus tetas con descaro y también con un punto de envidia, porque hacía demasiado tiempo que ella no tenía las carnes en su lugar, aunque también era cierto que jamás había lucido un cuerpo y un rostro tan hermoso como el de Catalina. No soy una retrasada, le espetó ella mirándola a los ojos, harta de tanta soberbia. Tal vez sea la primera vez que entro en una bañera, pero apuesto a que paso por el agua más veces por semana que tú. Mi papel aquí es orientarte y comprobar que sigues las normas, desconozco lo que sabes y lo que no sabes, le contestó la señora, mirándola con desdén. Pues entonces deja de dar por supuesto que soy imbécil y que vivo como los animales en los establos, sentenció Catalina. No le tenía miedo a aquella mujer, no le importaba que fuese la jefa, ella era la bruja, ella era a quien debían temer y no al revés, su abuela se había preocupado de grabarle esa idea en la conciencia y no pensaba desviarse lo más mínimo de ese pensamiento. Además, no iba a consentir que pisasen su orgullo así como así. Aquí no están bien vistas las muestras de carácter, le advirtió Flora. Pues en mi familia no están bien vistos los menosprecios, replicó ella, dando un paso para delante así, desnuda como estaba, acercándosele más de la cuenta hasta casi rozarla con los pezones. De hecho, no los toleramos, la última persona que se atrevió a semejante cosa murió con el cuerpo lleno de pústulas, con un caldero de lavadura por sombrero. ¿No ha llegado hasta tus oídos esa historia? Flora tragó saliva. Que se vista y vaya directa al despacho del señor, dijo entre dientes antes de abandonar el cuarto de baño con el rostro encarnado por la impresión. Angustias cogió un corsé del armario y se lo puso a Catalina por la cabeza. Tienes mucho valor, niña, pero eres una inconsciente, le dijo en voz baja. Nadie le habla así, va a hacerte la vida imposible. Que se atreva, murmuró Catalina. Cálmate, y, por tu bien, ni se te ocurra hablarle de esa manera al señor, muéstrate humilde y agradecida y las cosas serán más fáciles. Si consigues curar al niño, todo irá bien. Le tensó el justillo, la ayudó a acabar de vestirse y abrió la puerta del armario, que estaba forrada de arriba abajo con un espejo. Hacía tanto que Catalina no veía su reflejo que se impresionó. Le habían crecido las tetas, las caderas se habían ensanchado y su rostro ya no era el de una niña. Le gustaba lo que tenía delante, la visión de su propia imagen la hacía sentirse poderosa y también la ayudaba a encajar el interés con el que Flora había observado su cuerpo. La belleza puede ser una carga difícil de llevar, comentó Angustias como si pudiese leerle el pensamiento cuando en realidad lo que estaba recordando era su propio pasado, porque ella también había sido joven y guapa y una pizca insolente, aunque no tanto como Catalina, y el precio que había tenido que pagar había sido demasiado caro.

El despacho del señor se encontraba en la torre. Catalina estaba rabiosa por conocerlo, tanto preámbulo empezaba a cansarla, aunque reconocía que el baño le había sentado bien. Siguió a Angustias y accedieron a la parte principal del pazo. Primero subieron por unas escaleras anchas, de piedra, cubiertas por una alfombra azul con motivos dorados, presididas por el retrato de un noble, y luego fueron atravesando salones llenos de cuadros de antepasados, grandes mesas de madera, lujosos sofás y vitrinas donde se exponían colecciones de muñecas de porcelana. Catalina intentaba vislumbrar entre las rendijas de las puertas a medio abrir qué había en el interior de aquellos cuartos con las paredes forradas de papel pintado. Consiguió atisbar sillas tapizadas con estampados de rayas y flores, camas con colchas de ganchillo y el emblema de la familia en los cabeceros, escudos con tres truchas en el centro por todas partes. Escuchó algunas voces femeninas y risas infantiles, pero no vio a nadie. Cruzaron un pasillo con el suelo de madera hasta llegar a otras escaleras, estrechas y empinadas, a través de las que se accedía a la torre. Estaba impresionada, ni siquiera en sus sueños había imaginado que podía existir un lugar como aquel, ojalá pudiese husmear en cada una de las estancias, caminar libre por todas aquellas habitaciones, observar con atención cada objeto y sentir los espíritus de los antepasados. De pronto oyó el zumbido familiar de unas alas vibrando en el aire. El insecto posó las patitas sobre su hombro derecho y buscó cobijo debajo del cuello de su camisa. Ella sonrió. Ahora sí estoy preparada para enfrentarme a todo, no me importa a quién me pongan delante, no estoy sola, soy la bruja de los insectos y nada me va a amedrentar.

El señor no se encontraba solo en su despacho. Recostado en una butaca, con las piernas extendidas y los brazos cruzados sobre el pecho, estaba Gonzalo. En ese instante había más libertad en aquella postura que en la vida de Catalina. Con su permiso, señor, aquí está la curandera, anunció Angustias. Yo no soy una curandera, soy una bruja, pensó ella con cierto disgusto. El señor le dio las gracias y le pidió que se retirase. Catalina miró de reojo a Gonzalo, que, igual que la otra noche, volvía a tener esa expresión en el rostro, como si todo le pareciese un juego divertido. Así que curandera, ¿eh?, la retó él. Catalina recordó el consejo de Angustias y se calló, pese a que se muriese por decirle: tal y como te expliqué ayer, a veces curo y otras mato. El señor del pazo era bastante mayor que su hermano y permanecía rígido en su silla, detrás de una mesa de madera labrada. En la pared había una gran cabeza de ciervo y muebles con mallas metálicas que protegían libros. Catalina observó con pena los ojos vacíos del animal. Mi hermano ya me ha puesto al día de la situación, dijo el señor sin invitarla a tomar asiento. Lamento la pérdida de tu abuela, que supone para mí un contratiempo con el que no contaba. Voy a serte franco: no tengo margen para negociar esto, yo contaba con tener aquí una mujer con experiencia y cierta fama y me encuentro a una joven desamparada de la que no tengo referencias. No puedo poner a mi hijo en manos de una aprendiz, esto no es lo que acordé con el sangrador. Fernando, lo interrumpió su hermano, permíteme discrepar contigo. No conocemos las capacidades de esta mujer y el barbero es un hombre de fiar. Si la envió aquí es porque está preparada. Además, ya has agotado la vía de los doctores, ¿qué perdemos por probar? No tenemos otra alternativa. El señor le clavó la mirada a Catalina. ¿Qué experiencia tienes?, le preguntó. Por fin le daban permiso para hablar, y ella era consciente de que aquella respuesta iba a marcar el rumbo de su vida. Infló los pulmones de aire y se soltó: Vengo de una familia de sabias. Todos los conocimientos me los transmitió mi abuela, pero hay otros que no se aprenden, sino que se reciben a través de la sangre, y yo soy heredera de una serie de talentos que son una bendición y, al mismo tiempo, una condena. En la cocina de mi abuela preparé cientos de ungüentos, en su consulta atendí a pacientes desesperados que recuperaron las fuerzas para vivir, en el bosque aprendí a distinguir las plantas medicinales de las venenosas, en la noche descubrí el poder de las sombras y con la muerte de mi abuela salieron a la luz habilidades que ni siquiera sabía que vivían dentro de mí. Gonzalo ya no sonreía, ahora la observaba con fascinación, había algo animal en Catalina, en su manera de expresarse y moverse, que no había visto antes en ninguna otra mujer. Necesitaba que siguiese hablando, que no parase nunca de describir su vida y su condición, Catalina tenía una lengua hipnótica, era fuego, y él tuvo que recolocar disimuladamente la entrepierna. No puedo ser más sincera con usted, señor. Esto es lo que hay, o lo acepta o me devuelve al lugar del que vengo. ¿Te gustaría regresar allí?, preguntó Fernando con cierta sorpresa. En cierta manera sí, confesó ella. Es mi sitio, allí están el bosque en que me crie, el río que a veces siento que también corre en mi interior, la tierra que da alimentos valiosos si la sabes cuidar, y puedo levantarme con el sol y acostarme con la oscuridad, no existen las normas; en casa hay siempre encendida una mariposa por el alma de mi madre y no conozco sensación más reconfortante; es mi obligación también encender una por mi abuela y no voy a poder porque ahora estoy lejos. Eso también puedes hacerlo aquí, la invitó el señor. Pero sus espíritus se han quedado allí, atrapados dentro de aquella casa. ¿Acaso los espíritus no viajan? No puedo contestarle a eso, dijo Catalina. Tampoco sé si voy a poder curar a su hijo, añadió con honestidad sin apartar la vista de sus ojos, pero puedo aplicar todos mis conocimientos para intentarlo. Fernando permaneció en silencio, Gonzalo aguantaba la respiración, Catalina se sentía tranquila y también liberada de echar fuera todo lo que la reconcomía por dentro, el insecto murmuraba en su oreja eres una artista, Catalina, tienes el don de la palabra sin saber leer, eres muy hábil, eres una maga, eres una verdadera bruja. A diferencia de lo que sucede en tu casa, aquí sí existen normas, la informó Fernando. El servicio tiene unos horarios que hay que cumplir y un secreto que guardar, y tú no vas a estar obligada a lo primero, pero sí a lo segundo. No te incorporarás al régimen que tiene el resto del servicio porque tus competencias serán otras, pero no debes revelar tu condición bajo ningún concepto. Tan solo Flora, Angustias y mi hermano saben quién eres en realidad, para el resto serás presentada como una simple curandera, especialmente para el cura. En el pazo hay una capilla donde acude a diario mucha gente de los alrededores, pero sobre todo los sábados por la tarde y domingos por la mañana. El cura vive junto al pazo y va a querer hablar contigo, poner a prueba tu fe y, sobre todo, que asistas a sus misas. Tú acatarás sus sugerencias y fingirás entrega. Debes comportarte como una buena cristiana, ¿entendido? No sé cómo se hace eso, contestó

Catalina. A Gonzalo se le escapó la risa y Fernando lo fulminó con una mirada, lo que estaban tratando era un asunto importante, su hermano nunca mostraba respeto por nada, en su vida todo era una broma. Yo me encargaré de enseñarle lo que significa ser una buena cristiana, se ofreció Gonzalo para aliviar tensión, y a pesar de que lo dijo en serio y sin segundas intenciones, el señor del pazo hizo una lectura diferente. ¿Alguna petición?, le preguntó Fernando a Catalina. Ella miró a su alrededor, observó los libros que poblaban las estanterías del despacho, los documentos que había sobre el escritorio, la pluma y la tinta. Tan solo una, dijo ella aferrándose a la oportunidad que le acababan de brindar, me gustaría aprender a leer y a escribir. Una petición bastante rara para una joven como tú, ¿no crees?, la retó él. Catalina tuvo que morderse la lengua de nuevo, y ya eran muchas desde que había pisado aquel pazo, un ejercicio permanente de contención. ¿Para qué quieres leer? Para saber lo que está escrito en los grimorios, le contestó ella. Y aunque aquello no era del todo cierto, sabía que esa respuesta no iba a tener réplica, porque todo lo relacionado con la magia excedía de lo que aquel hombre podía manejar. Yo también puedo encargarme de eso, si tú aceptas, se ofreció Gonzalo mirándola fijamente. Catalina se puso rígida porque no tenía nada claro si le convenía pasar tanto tiempo con él: las lecciones de buena cristiana, enseñarle a leer y escribir, aquella torre llena de habitaciones de colores deliciosos... Recordó el olor de sus manos y se le puso la carne de gallina. ¿Tú metido dentro de un despacho más de media hora?, se burló Fernando, relajándose por fin. Eso quiero verlo yo. Por mí no hay inconveniente, añadió, sin esperar la respuesta de Catalina. Va a enseñarte a leer y a escribir y va a querer ver lo que tienes debajo de la falda, sus ojos son un espejo de lo que le pasa por la cabeza y todavía más dentro dentro dentro dentro dentro. Chsssss, insecto, dijo ella con la mente. Necesito centrarme. Pero en aquel pazo nunca había ni un momento para respirar. Jamás.

Hasta que su corazón se para

Encontraron a Manuel en su cuarto sentado sobre la alfombra, entreteniéndose con un ejército de soldados de plomo. Su rostro tenía el color de la enfermedad y movía las manos con desgana, como si aquello fuese un trabajo mecánico y obligatorio en lugar de un divertimento. No estaba imaginando batallas ni imitando el ruido de las armas, ni fantaseando con las estrategias de los soldados, se dedicaba a construir figuras geométricas en silencio. Colocaba las piezas formando rombos, cuadrados, triángulos... Construía, destruía y volvía a empezar. Catalina no conocía a ningún niño que viviese como él, con personal de servicio, seguramente un maestro particular y todas las comodidades de las que disfrutaba su familia. Los niños eran para ella esos que corrían descalzos por el centro de la plaza persiguiéndola y suplicando para que les diese algo de comer, los que trepaban por los árboles ágiles como gatos para coger la fruta en los campos de los vecinos, los que cantaban, hacían la rueda, saltaban a la cuerda y llenaban los caminos con sus risas. Algunos también con lágrimas, porque las pataletas eran para los niños lo que las pulgas para los perros. Los niños se conjugaban en plural porque rara vez estaban solos, como si se necesitasen unos a otros para poder crecer. Manuel no era nada de eso, era un niño triste, solitario y esmirriado, una criatura-carcasa como las ánimas de la Santa Compaña, que estaban abiertas por detrás y vagaban por los caminos para toda la eternidad, no había más que verlo. Lo tenía todo al alcance de la mano y al mismo tiempo no tenía nada de nada, qué lástima. Tú tampoco tienes madre, ni abuela ni nada, se dijo Catalina. Muchas veces se descubría a sí misma siendo demasiado dura.

En aquel cuarto con el techo forrado en madera olía a cirio, a lavanda y a otra cosa más fuerte y desagradable que en ese momento no supo identificar. Buscó velas para saber de dónde procedía el olor a cera, pero no las localizó. El ambiente estaba cargado, el aire pesaba. Había tres camas con el cabecero de metal pintado de blanco, con una corona dorada encima de las iniciales SMP, y sus correspondientes mesillas. Un cuadro con el retrato de Jesucristo sosteniendo un corazón con una corona de espino ensartada, otro con la Virgen María y dos ventanas por donde entraba mucha luz. El sol atravesaba la tela de las cortinas con libertad. Catalina reparó en que en el centro de la alfombra roja donde Manuel construía las figuras con los soldados estaba ese escudo con los tres peces que ya había visto varias veces. La intención del padre era que examinase al niño allí mismo para no moverlo de su espacio, pero a ella esa idea no la acababa de convencer. Ni tenía a mano todo aquello que necesitaba para atenderlo, ni se sentía cómoda delante de toda esa gente que analizaba con lupa cada uno de sus movimientos: Fernando, Angustias, Gonzalo, Flora, una mujer muy elegante con un vestido verde que dio por hecho que era la madre del niño y otra mayor, seguramente una de las abuelas. Se sentía observada a unos niveles asfixiantes con tantas personas por en medio. Y ese condenado olor repugnante que lo envolvía todo y no la dejaba concentrarse. Yo aquí no puedo trabajar, anunció. Necesito tener mis cosas cerca y mucha menos gente alrededor. Quiero solo una persona acompañando al niño. Flora dio un paso adelante dispuesta a protestar, pero Fernando la mandó callar con un gesto y accedió a la petición.

Fernando nunca pisaba el edificio del servicio, aquello era una excepción. Cuando entró en el cuarto de Catalina con su hijo y con aquella mujer tan elegante del vestido verde que todavía nadie le había presentado, el hedor también penetró con ellos. Era evidente que únicamente Catalina lo percibía. No quería ser inoportuna, bastante echada para delante había sido exigiendo solo una persona en la consulta, así que transigió, eran los padres, ¿cómo iba a negarle a uno de los dos el derecho a estar presente? Les ofreció sillas para que tomasen asiento y agarró a Manuel de las manos. Me llamo Catalina y estoy aquí para hacerte sentir mejor. Me contaron que te niegas a comer, a hablar y a jugar con otros niños. Pareces triste, Manuel. Quiero ayudarte, y para eso necesito que me contestes una pregunta: ¿qué sientes? Él levantó la cabeza y la miró a los ojos. Estaban vacíos, eran un pozo negro, como la cabeza de ciervo del despacho. La atravesó un escalofrío. En realidad, a Catalina no le interesaba la respuesta del niño, le había formulado la pregunta solo para ganar tiempo mientras aprovechaba para afinar todos sus sentidos, tal y como le había enseñado Elvira que debía hacer. El padre apremió a Manuel para que contestase y él encogió los hombros con desinterés. Te haré la pregunta de otra manera, prosiguió Catalina. ¿Tienes algo dentro que te hace sentir mal? Le acarició la piel de las manos con las yemas de los dedos, respiró profundo concentrada en el hedor, que era cada vez más denso, agudizó el oído intentando captar algo, por leve que fuese. Fuera cantaban los pájaros, corría el agua de las fuentes y también la que circulaba por los canales para regar las huertas, una vaca mugía en la corte, alguien arrastraba una mesa, la campana de la iglesia daba las doce del mediodía. Una calma tensa flotaba a su alrededor y Catalina no conseguía identificar el origen. El suelo vibraba levemente, algo estaba cociéndose allí dentro, en las entrañas de aquel cuarto. Contesta, hijo, insistió Fernando. El niño abrió la boca para decir algo y a Catalina se le descompuso el rostro. ¿Pasa algo?, preguntó el señor. Catalina miró alternativamente a Fernando y también a su mujer, tan hermosa y tan distinguida, que esperaban una respuesta. Pero ¿cómo explicarles lo que acababa de ver?, ¿cómo poner palabras a algo así? Tiene los dientes negros, la lengua negra, las encías negras, la boca toda negra, el niño ha tragado ponzoña, dentro de él ha anidado un mal terrible, está condenado, murmuraron los insectos, moviéndose alterados por todo el colchón. Catalina quería que el niño abriese de nuevo la boca porque no daba crédito a lo que acababa de ver, la masa negra que llevaba dentro, por eso formuló la primera pregunta que le vino a la cabeza, sin imaginarse lo que estaba a punto de desatar. Manuel, ¿por qué crees que tus padres están tan preocupados por ti? En ese momento el hedor se volvió tan fuerte que le dio una arcada, el suelo vibró como si estuviese a punto de abrirse una grieta que permitiese salir a aquello que se estaba manifestando, fuese lo que fuese. Entonces los insectos se dieron cuenta de lo que pasaba y se descontrolaron dentro del colchón, clavaron sus pinchos en la tela, se pisaron unos a otros, frotaron las alas con tanta fuerza que Fernando torció la mirada buscando la procedencia de aquel sonido tan extraño. Es la madre, Catalina, es la madre quien porta el mal, es ella la que tortura al niño, es una sombra, el niño lleva un muerto encima y es ella. El niño abrió de nuevo la boca negra para hablar y dijo mi madre está muerta, y Fernando se puso de pie con brusquedad y preguntó qué está pasando aquí y la muerta, a la que solo Catalina podía ver, abandonó su forma humana y se volvió una sombra con los ojos blancos muy brillantes y ella tuvo que reunir todo el valor para no perder la compostura, porque no podía olvidar bajo ningún concepto que aquel niño era su salvoconducto, su vía de escape de la Santa Inquisición, aunque por dentro reventase de miedo porque ese espíritu había conseguido engañarla haciéndola creer que era una viva. Tranquilo, le dijo a Fernando, tragando su propio nerviosismo. Vuelva a sentarse, por favor. Dígame dónde está enterrada su mujer. Está en el mausoleo familiar, en el cementerio principal de la villa. ¿Por qué me haces esa pregunta? Catalina quería calmarlo y aparentar normalidad, pero ninguna de las dos cosas era posible, porque enseguida la sacudió otra arcada, más potente que la primera. Abrió la ventana para que entrase el aire, agarró un frasco donde guardaba raíz de regaliz y masticó un trozo para combatir las náuseas, estaba al borde del vómito. Se negaba a mirar la sombra fijamente porque no se sentía preparada, todavía no. El espíritu se elevó en el aire y se agrandó ocupando todo el techo. Le clavaba los ojos blancos a Catalina desafiándola. Tragó saliva, apretó los puños hasta clavar las uñas en su propia carne, hasta que se le pusieron los nudillos blancos de tanta fuerza como estaba haciendo para descargar la tensión. Necesito continuar esta conversación a solas, sin el niño, murmuró. Eso, echa a la muerta de aquí, que se marche de este cuarto, fuera fuera fuera fuera, con ella no podemos pensar, está bloqueándonos, haz que se vaya, Catalina, haz que se marche ya, no la queremos cerca. Fernando abrió la puerta de la habitación y dio una voz para que alguien acudiese. Ese alguien fue Angustias, que sacó de allí a Manuel con palabras amables y una gran sonrisa, ignorando lo que acababa de suceder. Junto a ellos se marchó la sombra retorciéndose alrededor del pescuezo del niño, y también el hedor.

Se quedaron a solas el señor, Catalina y el ejército de insectos. El suelo había dejado de vibrar y por la ventana entraba una corriente de aire fresco. ¿Puedes explicarme qué está pasando con mi hijo?, le exigió Fernando. Estaba enfadado, pero ni siquiera podía explicar el motivo, y a ella le correspondía encontrar las palabras para decirle que el niño llevaba a una muerta encima; su madre muerta. ¿Ha oído hablar alguna vez de los males de aire?, le preguntó. Los hay de varios tipos, algunos más peligrosos que otros. Cuando un niño tiene un mal de aire puede cortarlo una mujer como yo, o bien darle a la familia las instrucciones de cómo puede ser cortado; hay muchas maneras, dependiendo de la clase de aire que sea y del estado de gravedad en que se encuentre el niño. Catalina recordaba cómo Elvira había curado a una niña afectada por un mal de aire hacía solo unos meses. Le había mandado a la madre que, al amanecer de un día que no tuviera erre, llevase a la criatura a un bosque con una encrucijada. Allí debía desnudarla y atarla a la cruz ligándole las manos y los pies con una cuerda de esparto. Luego debían esperar en completo silencio hasta que pasase por delante de ellas un desconocido. Solo en ese momento estaba permitido romper el silencio para decirle a ese caminante: «Hombre o mujer de buena fe y buena fortuna, córtale el mal a esta criatura». Así había sido, un desconocido cortó las cuerdas de esparto y el mal se quedó atrapado para siempre en ese lugar, confundido en medio del cruce de caminos. Regresaron a casa con la niña desnuda; era necesario hacerlo de esa manera ya fuese invierno o verano, por un camino distinto del que las hubiese llevado al crucero, y que entraran en la vivienda por un acceso diferente del que hubiesen usado la primera hora del día. La niña se había curado y la familia le llevó a Elvira lo mejor de la última matanza. Le había salvado la vida, qué menos.

¿Eso es lo que tiene mi hijo, un mal de aire?, quiso saber Fernando. Catalina necesitaba suavizarle la verdad, por eso improvisó un relato con muchas vueltas. Sospecho que sí. El aire puede proceder de personas, animales, caminos, puertas o ventanas, sepulcros, encrucijadas, de las escobas y del mar. Los efectos son los que presenta su hijo: la criatura va consumiéndose poco a poco y pierde el ánimo y la salud, se convierte en un saco de piel hasta que su corazón se para. El aire de personas puede proceder de muerto o de vivo. El de muerto es el más peligroso. ¿Qué lo provoca? Fernando estaba ansioso. Es un aire que está perdido y vaga por el mundo. Puede proceder de un cadáver fresco, de uno excomulgado, de la Santa Compaña, de un moribundo que exhala el último suspiro o de un espíritu que esté condenado. El señor del pazo se puso rígido. ¡Manuel estuvo presente cuando falleció mi mujer, pero yo también estaba allí y no tengo síntoma de nada! El mal de aire se agarra a una sola persona y no la suelta, le explicó Catalina. Es más fácil pegarse a un niño que a un adulto. Pero todo eso que acababa de contarle era una verdad a medias. Porque el problema de Manuel era más grande, no solo tenía un aire, tenía la sombra completa aferrada a él, nunca había visto nada semejante. ¿Puedes curarlo? A eso no puedo contestarle, tengo que probar cosas distintas, y algunas no le van a resultar agradables, ni a usted ni a su hijo. ¿A qué te refieres? No quieras saberlo, Fernando, no me preguntes esto porque no estás preparado, y aunque tú seas el señor del pazo y yo una bruja perseguida por la Inquisición que confunde muertos con vivos, tengo la cabeza en su sitio; no pienso caer en esa trampa, seré sincera cuando crea que debo serlo y mentiré para salvarme las veces que sean necesarias, no me importas tú, ni me importa tu mujer muerta, ni me importa este pazo, como yo tampoco le importo a nadie desde que se murió mi abuela. Todo a su debido tiempo, susurró ella. Catalina, tenemos que buscar cómo triturar la sombra, tenemos que obligarla a irse, tenemos que destruirla, tenemos que hacerla volar como el humo, como un cuervo negro que presagia la muerte, como las águilas de mal agüero que salen al paso de los viajeros, como nosotros cuando estamos fuera de este colchón y de este cuarto y de este pazo donde suceden cosas terribles.

Fernando se marchó consternado, con más dudas que certezas, y ella se acurrucó en la cama para sentir los insectos más cerca; quería fundirse con ellos, meterlos dentro de su propio cuerpo y convertirse en una bruja que en realidad eran cientos de brujas diminutas con un cuerno en la frente. Estaba tan cansada que no tenía fuerzas ni para mantenerse en pie. Cerró los ojos y vio a la madre del niño atravesándola con sus ojos blancos, abriendo la boca para tragarla, susurrándole barbaridades al oído, advirtiéndola de que no tenía nada que hacer con su hijo porque ya estaba más cerca del mundo de los muertos que del mundo de los vivos. Chsssss, tranquila, Catalina, estamos contigo, no vamos a abandonarte nunca. Nunca nunca nunca nunca...

Condenadas a parir bastardas

El pazo absorbió a Catalina. No fue Manuel, ni fue la sombra, ni fue Fernando, fue el pazo, que tenía una fuerza descomunal. Le molestaba vivir al lado de una iglesia con un cura pegado a ella a todas horas, y eso que Fernando ya se lo había advertido, pero hasta que lo vivió en primera persona no comprendió lo incómoda que resultaba su presencia; era tan inoportuno y tan mal recibido como una garrapata. La perseguía, estaba siempre controlando sus pasos. Era de las pocas personas con acceso libre al pazo porque la capilla tenía una puerta que conectaba directamente a un lateral del jardín, y eso le facilitaba estar siempre al acecho interrogando al personal de servicio, velando porque cumpliesen el mandato de Dios y apresurándose a informar al señor cuando alguien se desviaba del camino marcado. Fernando confiaba en él, aunque no lo bastante como para confesarle que Catalina era una bruja.

La iglesia estaba consagrada a san Antonio de Padua, y a Catalina aquello le parecía algo cruel porque ese santo era el protector de los niños. Tenía dos campanarios con sus veletas, que marcaban los cuatro puntos cardinales, una pareja de escudos con los tres peces esculpidos en la piedra y un paso elevado con una balaustrada de piedra. Sabía de memoria cada símbolo y había aprendido el lenguaje de las campanadas. Las campanas hablaban, lo sabía desde siempre, pero nunca había vivido tan cerca de una iglesia y ahora, a fuerza de prestar atención, había logrado descifrar aquel código y podía distinguir cuándo avisaban de un chaparrón o de un incendio; cuándo llamaban a misa; cuándo requerían al cura; cuándo un vecino estaba recibiendo la unción de los enfermos; cuándo anunciaban un funeral o que el muerto llegaba a tierra; incluso había aprendido a diferenciar si el fallecido era hombre, mujer o niño. Las campanadas marcaban el ritmo de los días, eran advertencia, eran reloj y convocatoria. Los niños también conocían el idioma de las campanadas, y cuando tocaban por un fallecido, hacían la rueda y empezaban a cantar tenemos que correr, tenemos que escapar, que hay un muerto a punto de llegar.

Una de las cosas que más detestaba de la cercanía de la iglesia era el incienso, no conseguía acostumbrarse a ese hedor. Donde sí le agradaba buscar cobijo era en los jardines. Cada día recordaba el bosque y lo echaba de menos, eso resultaba inevitable, pero en las tierras que formaban parte del pazo había una gran variedad de plantas, algunas de ellas de especies exóticas que no conocía y que los diferentes dueños del pazo habían ido trayendo de sus viajes por el mundo, y eso la hacía sentir más cerca de sus raíces, aquellas que la mantenían en conexión con la naturaleza. A veces percibía a Gonzalo vigilándola, ella fingía no darse cuenta, pero sabía que la observaba, sobre todo cuando estaban en los exteriores del pazo, fuera del control de Flora y de su mirada acusadora. A quien no había vuelto a ver era a Fernando, que había avisado de que se iba a ausentar unas semanas, y eso le daba a ella tiempo para enfrentarse a la muerta que el niño llevaba encima y estudiar el caso sin la presión de tener al padre pendiente. Tampoco habían vuelto a mostrarse las ánimas de Elvira y Marina. Necesitaba saber que estaban ahí pero no conseguía que apareciesen, ni siquiera podía sentirlas, y eso la rompía por dentro. Temía olvidar la cara de su abuela, que ahora solo vivía en su memoria, envidiaba a Fernando y a toda esa familia que podía pagar retratistas que inmortalizasen los rostros de todos ellos; los pobres estaban condenados al olvido y los ricos tenían el privilegio de ser eternos en las paredes de sus propiedades en un alarde permanente de clase. El señor la había invitado a encender mariposas de aceite por las ánimas de Elvira y Marina, y Catalina lo hacía con la esperanza de atraerlas hasta aquel lugar, pero muchas veces pensaba que si el barbero cumplía con su palabra pudiesen acabar extraviadas, sin saber si debían acudir a la casa o al pazo, atrapadas en un cruce de caminos. ¿Cómo llegar a ellas? Les preguntaba a los insectos cada noche, pero siempre le daban la misma respuesta: Las ánimas no acuden cuando las requieres, las ánimas acuden cuando las necesitas.

La primera lección de Gonzalo tardó muchos días en llegar. Catalina se moría por aprender el significado de las letras para poder descifrar por fin lo que decían las páginas del *Libro de san Cipriano* que había escondido debajo del colchón, protegido por sus insectos. Se sabía de memoria el inicio porque se lo había enseñado Elvira: «Yo, Jonás Sulfurino, monje del monasterio de Brooken, afirmo y declaro mayestáticamente, postrado sobre mis rodillas y ante el testimonio de la estrellada bóveda, que sostuve acuerdos con todas las entidades más elevadas del cortejo del infierno. Mediante tales pactos, me proporcionaron este libro, trazado en caracteres hebreos sobre pergamino inmaculado». Ese grimorio era un libro prohibido de pactos con los espíritus infernales que Elvira había recibido como herencia de su abuela. Ninguna de ellas conocía el contenido exacto del volumen porque ninguna sabía leer, pero sí manejaban alguno de los conjuros del grimorio, que se habían ido transmitiendo de boca de bruja a boca de bruja.

La primera lección de Gonzalo tardó muchos días en llegar. Catalina lo había solicitado en varias ocasiones y siempre recibía una excusa, era un hombre muy atareado, estaba ocupado, tenía obligaciones que no podía demorar. Y la realidad era que pasaba horas ocioso en los salones del pazo, contemplaba las ocas del estanque pese a que su cabeza parecía estar en otro lugar, salía a montar a caballo... Cuando Flora no estaba cerca, el personal del servicio compartía habladurías sobre las supuestas escapadas de Gonzalo al burdel o sobre las noches en que metía putas en su cuarto. Catalina se había convencido de que Fernando le había contado a su hermano su particular versión de lo sucedido el día del primer contacto con el niño y Gonzalo había decidido tomar distancia porque ella era una demente, una loca que tal vez merecía ser entregada a las autoridades, pero luego lo descubría observándola en el jardín, acechándola desde la distancia, y empezaba a dudar.

Las cosas cambiaron un día que las campanas de la iglesia empezaron a tocar anunciando lluvia. Eran las siete de la tarde y el viento silbaba, las veletas de la iglesia giraban desorbitadas. Las sombras flotaban sobre el jardín y Catalina recibió la visita inoportuna del cura, que no le quitaba ojo e insistía en que era importante que asistiese a misa de ocho. Gonzalo apareció por sorpresa y su intervención fue un alivio. Catalina no puede ir a misa porque hoy comenzamos las lecciones. El cura los miró desconfiado y se marchó después de recordarles que el Señor era omnipresente y tenía la mirada puesta sobre todos ellos para comprobar que eran buenos cristianos. Ella seguía sin saber qué quería decir exactamente ser una buena cristiana, aunque Angustias le fuese dando alguna pista de vez en cuando, que se limitaba a permanecer callada siempre que fuese posible, hablar solo cuando le pregunten directamente y no tomar iniciativas de ninguna clase porque todo era pecado, sobre todo cuando eras mujer. Ven conmigo. La voz de Gonzalo, aquella orden tan directa, la hizo estremecer. Había algo en él que la alteraba y fue, claro que fue. No había vuelto a entrar en la parte del pazo dedicada a la residencia familiar, y en esta ocasión las puertas de los cuartos estaban abiertas de par en par. Gonzalo caminaba pegado a ella, consciente de la impresión que causaba aquel lugar. Este es el Salón de los Continentes y aquí duermen mis primas, no las has visto aún porque vienen solo en época de celebraciones. Había un brasero dorado en el centro y cuatro alcobas ocultas detrás de tabiques de madera policromada, dedicados a los cuatro continentes en los que se dividía el mundo: Europa, Asia, África y América. Son preciosos, murmuró Catalina pasando las yemas de los dedos por la pintura azul y dorada de la madera. ¿Duermen metidas ahí dentro? Gonzalo sonrió de forma algo maliciosa y abrió el de Asia. Eso dicen ellas, que duermen. La alcoba tenía el espacio justo para una cama con dosel, una mesilla y un tocador. Cruzaron un salón de baile, pasaron por delante de dormitorios que tenían edredones de flores, de estampado idéntico al del papel de las paredes, y subieron a la torre hasta un despacho junto al dormitorio de Gonzalo. La mitad inferior de la pared estaba forrada de madera y la superior tenía papel pintado con motivos de color gris. Había otra cabeza de ciervo con los ojos vacíos, planos de los jardines y un grabado de un juego de la oca. La invitó a sentarse a su lado y sacó un manual que abrió sobre el escritorio. Es la primera vez que asumo una responsabilidad como esta y he estado informándome sobre el mejor método para aprender a leer y escribir. Necesito que te concentres y que me prestes atención. Fíjate en estas cinco letras que hay aquí. Se llaman *vocales* y son como pájaros que vuelan libres, no necesitan de ninguna otra letra para ser pronunciadas, basta con abrir la boca, emitir el sonido y dejarlo salir así: a-e-i-o-u. ¿Ves? Acabo de soltar un pájaro, ahora prueba tú. La *a* está en palabras como *caza*, *pan* o *amar*, la *e* puedes encontrarla en la miel o en el verde del jardín; la *i* está en tu manera de reír, y de ir y venir por el pazo; la *o* es un oso, el dolor, un sol; y la *u* es la luz o el sur o este lunes en que estamos juntos y a solas por primera vez en este lugar. Catalina lo escuchaba con fascinación porque jamás había recibido una lección diferente a algo relacionado con cataplasmas, clases de plantas o pócimas, porque por fin alguien la ayudaba a revelar el misterio que existía detrás de aquellos signos ininteligibles que estaban por todas partes y porque aquel hombre era lo primero que le despertaba cosas a las que no era capaz de poner palabras. La cicatriz de su hombro se calentó y empezó a palpitar, y supo que allí estaban los ojos de Satanás y que por mucho que el cura hubiese dicho que Dios era omnipresente y tenía la mirada puesta sobre ellos para comprobar que eran buenos cristianos, ella nunca lo había sentido, pero sí a Belcebú, Belcebú nunca la soltaba, era como la sombra de la madre agarrada a Manuel, chupándole la vida hasta vaciarlo, y ni siquiera san Antonio de Padua había podido protegerlo. Se puso rígida y trató de apartar la mirada de la boca de Gonzalo y fijarla en el libro, nunca le había parecido apetitosa una boca, pero en aquel momento sentía una atracción inusitada que la obligó a cambiar de postura en la silla. Vamos, libera otro pájaro. Inténtalo por lo menos. A-e-i-o-u, accedió ella con la voz entrecortada y los ojos clavados en el libro. Más alto y mirando hacia mí, quiero ver volar esa ave, le pidió rozándole el mentón con la mano derecha, dirigiendo delicadamente su rostro hacia él. Entonces, la cicatriz se puso tirante y se aceleraron los latidos, también su corazón se desbocó y algo cálido nació entre sus piernas. Esto es lo que les pasa a las mujeres histéricas y por eso hay que soltarlas, es esta presión que se instala ahí abajo por culpa de los hombres, no podía permitir que le sucediese semejante cosa, necesitaba que la cicatriz dejase de bombear, suéltame, Belcebú, para ya, te digo que pares. No fue capaz de retener aquel pensamiento, y resulta que acababa de cometer la osadía de darle una orden a Satanás. ¿Estás prestándome atención, Catalina? Por supuesto, mintió ella. Las vocales se apoyan en otras letras para formar sílabas y así nacen las palabras. Una sílaba es un disparo de sonido. De eso están compuestas las palabras, de disparos de sonido. Fíjate, tu nombre tiene cuatro disparos Ca-ta-li-na. El mío tiene tres Gon-za-lo. Empezó a contar en su cabeza disparos de palabras que para ella eran importantes. A-bue-la, te-jo, bar-be-ro, ci-ca-triz... Hay palabras con una sola sílaba y un solo disparo de sonido. Luz, sol, mar. Dime tú una de dos sílabas, inténtalo.

Som-bra. Fantástico, ¿y una de tres? In-sec-tos. ¿Y una de cuatro? Catalina dudó porque no sabía exactamente dónde romper la palabra que tenía en la cabeza, pero finalmente dijo In-qui-si-ción y Gonzalo la miró con asombro. Aprendes muy rápido, susurró. Ella sentía el calor concentrado en las mejillas y en la cicatriz y le dijo tenía muchas ganas de que me enseñasen a leer en un murmullo casi imperceptible. Tu nombre tiene cuatro sílabas, pero solo dos vocales distintas, siguió él, sosteniéndole la mirada. Hay muchos nombres de mujer que llevan la letra *a.* Ella hizo un recorrido mental por Elvira, Marina, Angustias y Flora y le pareció una auténtica revelación. Cada palabra que salía de la boca de Gonzalo era algo nuevo y sorprendente. Dime una palabra bonita de tres sílabas, le pidió ella. Y él tardó bastante en encontrar la palabra perfecta pero finalmente dijo au-ro-ra. Porque es la primera luz y la más hermosa del día, y porque la aurora también son los primeros tiempos de aquello que comienza. Y esa explicación le pareció a Catalina una de las cosas más bonitas que había escuchado jamás. Aquella primera lección terminó demasiado rápido. Sintió una leve presión en el pecho y algo semejante a la angustia cuando él cerró el libro. Elvira le había enseñado muchas cosas, pero nunca le había explicado lo que sucede en tu cuerpo cuando te atrae una persona. Recordaba perfectamente la advertencia que le había lanzado el primer día que sangró. El sino de nuestra estirpe es ser traicionadas por los hombres, siempre nos engañan y luego nos abandonan. Sucedió lo mismo con mi madre y con la madre de mi madre. Todas somos hijas de madre soltera, estamos condenadas a parir bastardas y no te librarás de esta sentencia por mucho que pienses que tu vida va a ser diferente de la de tus antepasadas.

Estamos condenadas a parir bastardas, a parir bastardas, parir bastardas. Nosotros nunca te abandonaremos, Catalina, murmuraron los insectos cuando regresó a su dormitorio. Nunca nunca nunca nunca jamás.

Un sueño en tres actos

No le permitían salir del pazo, esa fue una de las normas que estableció Fernando. En realidad, dentro de aquellos muros tenía todo lo que podía necesitar, pero la prohibición de cruzar la puerta principal la hacía ansiar ver qué había al otro lado. Nadie en aquel pazo, ni la familia del señor ni tampoco el personal de servicio, se imaginaba que el exterior acabaría filtrándose dentro de una manera sutil, como un golpe de brisa. Ella no podía salir, pero fueron a buscarla. Alguien del servicio había comentado un día de mercado que en el pazo de Oca vivía una joven con dotes de curandera que sabía aplicar plantas medicinales y tenía recetas para elaborar cataplasmas, que conocía las enfermedades de los animales y de las personas, que eliminaba plagas y verrugas y sarpullido y seguro que también esos males indecentes que se agarraban a las partes íntimas como garrapatas. Una joven salvaje y sabia que había venido para tratar la enfermedad del niño, ¿por qué no iba a ayudar a otra gente? Ya que estaba allí, los vecinos de la villa podían beneficiarse de sus conocimientos.

La primera en solicitar ver a Catalina fue una mujer de luto con el ganado enfermo. Golpeó la aldaba y rogó que la dejaran entrar para pedir consejo a la joven, seguro que ella sabe cómo atacar el mal, no podemos seguir perdiendo animales, nos vamos a quedar sin nada, y Flora le permitió entrar porque tenían parentesco y no le quedó otro remedio. Catalina la ayudó sin pedir nada a cambio, le dio las pautas para curar al ganado, recoger puñados de tierra de las cuatro esquinas donde dormían los animales y quemarlos para que la ponzoña se marchase con el humo. Así logró salvar una parte importante de los animales y la mujer se lo contó a varias personas que, a su vez, también se lo contaron a otras tantas.

La segunda mujer de luto acudió a Catalina porque tenía un hijo pequeño con dolores muy fuertes de anginas, abre la boca, hijo. ¿Ves que están infladas como fresas? No puede tragar, lleva así trece días, necesitamos ayuda y no tenemos cuartos para ir a buscar a un doctor. Catalina metió hierba doncella y hojas de zarza secas dentro de un paño que ató con un cordel, y le indicó que se lo diese en infusión tres veces al día. El niño mejoró enseguida y la madre se lo contó a varias personas que, a su vez, también se lo contaron a otras tantas.

La tercera mujer de luto venía con su hija de doce años porque estaba embarazada. Catalina pensó que esas señoras vestidas de negro eran como flores de la noche, condenadas a la oscuridad. Llevaban el luto aferrado a su cuerpo como los pétalos se aferran al pistilo. En todas las familias se producían muertes, era inevitable, y les correspondía a las mujeres esa expresión de pena ante la pérdida de quien se había marchado al otro mundo. Esa criatura no puede ir arriba, quiero que la eches abajo. Se lo dijo en un murmullo, mirando de reojo el vientre de su hija. Mi marido no sabe nada, prométeme que esto no va a salir de las paredes de este cuarto, porque si llega a sus oídos, la mata. Te mata, María, le dijo a la chica, no tienes cabeza ninguna, no puedo echarte la culpa, pero esto es muy grave. María no dijo ni palabra, tenía las manos cruzadas sobre el vientre, la cabeza agachada, la mirada fija en el suelo y pose de patíbulo, estaba muerta de miedo o quizás no entendía bien lo que estaba sucediendo allí. Necesito que seas discreta. Las paredes de este cuarto son una fortificación, son un confesionario, son tu consulta prohibida de bruja, Catalina, se manifestaron los insectos. Ten cuidado con lo que haces, lo que te está pidiendo es peligroso, si le pasa algo a la hija estás perdida, va a acusarte a ti, a ti, a tiatiatí. Hacer algo como esto que pides nos pone en peligro a las tres, le dijo Catalina. Nunca había practicado un aborto, pero había visto a Elvira hacer un preparado a base de ruda, perejil, hierba de Santa María y artemisa y, una hora después, a la mujer que lo había bebido retorciéndose, gritando y sangrando hasta la extenuación, hasta que su vida pareció un espejismo. Arrancar un hijo de las entrañas era algo bastante habitual, pero pertenecía al territorio de lo más oscuro. Jamás te delataremos, te lo juro, le aseguró la madre. No es solo eso, la vida de las mujeres que abortan con estos métodos corre peligro, ¿comprendes? Catalina formuló esta pregunta mirando a María, pero ella no quería formar parte de aquella conversación, continuaba con el cuerpo inclinado hacia delante, con una torsión exagerada del pescuezo que ocultaba su rostro, se negaba a hablar, se había convertido en una muñeca de trapo con un embrión dentro. Su vida también corre peligro si no lo hacemos, sentenció la madre. Clavó los ojos en los de Catalina y, entonces, la bruja tuvo la seguridad de que había algo importante que no sabía y que era crucial: la identidad del padre de la criatura. La va a matar, ¿entiendes? Mi marido la va a matar. Está desesperada, Catalina, la mujer dice la verdad, pero eso no le resta riesgo a lo que te pide. María, mírame, le exigió Catalina, sujetándole el mentón para obligarla a levantar la cabeza y meterla en la conversación, porque se trataba de su cuerpo, de su embrión y de su futuro, y no le parecía justo seguir adelante sin escuchar su opinión. Y entonces, cara a cara con una frente demasiado prominente, la boca a medio abrir empapada en saliva brillante, la lengua asomando, la mirada estrábica, la cabeza tan pequeña en relación con el resto del cuerpo, las manos desarticuladas y retorcidas sobre el vientre, supo que María no intervenía porque no estaba capacitada. La visión de aquel rostro la impresionó. Mi hija no tiene dónde ir, no puede escapar. Está sentenciada y solo tú la puedes salvar. Sal-var-me, habló por fin María, soltando con cierta dificultad aquel pájaro de tres sílabas donde estaba tan presente la *a*, la letra de los nombres de las mujeres. La bruja de los insectos se activó con la voz de María como si se hubiese roto un hechizo. Prepararé una mezcla, pero no puede tomarla aquí, le explicó a la madre, tiene que ser en vuestra casa. La mujer la estrechó con sus brazos negros y la besó en las mejillas, le dio las gracias con lágrimas en los ojos, sosteniéndole las manos como quien sostiene el filo del que pende la vida, y regresaron al día siguiente. Esto va a doler bastante, les advirtió entregándoles un frasco con el brebaje. Oblígala a tomar aguardiente para que le sirva de anestesia. Después de beber esto empezará a sangrar hasta que su cuerpo expulse por completo la criatura, pero hay veces que se quedan dentro restos que se infectan. Si eso sucede, si notas que no se recupera, que los dolores no cesan al cabo de cinco o seis horas, ven aquí corriendo, no pierdas tiempo, pero tráela vestida con tu ropa negra, no quiero que la vean sangrando. ¿Entendido? María sonrió y la madre lloró y los insectos se agitaron en el colchón. Aquella tercera mujer vestida de luto no tuvo que volver al pazo porque el brebaje fue efectivo. Catalina lo soñó todo en tres noches distintas, como una obra en tres actos: la vio tomar aguardiente directamente de la botella, luego la madre le ofreció el preparado de Catalina y le ordenó que lo bebiese de un trago hasta que llegaron los retortijones que la reventaron por dentro. En el segundo sueño se partió por el medio, abrió las piernas y sangró y sangró sobre la cama y también sobre el suelo de su cuarto. Había líquido y había coágulos del tamaño de un limón y un dolor indescriptible en la espalda y en el bajo vientre. En el tercer sueño, una de esas gotas de sangre resbaló hasta una esquina de la estancia y se aferró a la tierra, penetró dentro de tal manera que a los pocos días germinó un tallo verde que creció muy rápido hasta que nacieron los brotes y, cuando florecieron, eran bebés en miniatura boca arriba; de cada uno de sus ombligos germinaron nuevas ramas de las que también salieron brotes, de los que también nacieron bebés en miniatura. A todos ellos les crecieron unas alas anteriores y posteriores transparentes y con membranas, como las de las libélulas, y podían batirlas de manera simultánea o alternando unas y otras. María le ocultó a su madre la existencia de aquella planta de niños de teta, pero lloraba sobre ella, otras veces escupía y algunas le cantaba canciones de cuna; y enseguida los bebés agitaron las alas tan fuerte que consiguieron desprenderse de la planta matriz y salieron volando por una ventana. Se perdieron en el horizonte y María aplaudió y rio muy fuerte, y su padre pensó que aquella hija imbécil veía cosas que no existían cuando la realidad es que veía cosas que los demás no podían ver.

La tercera mujer de luto que acudió al pazo a pedirle ayuda a Catalina no le contó a nadie lo que había sucedido y ahí quedó el secreto del aborto, protegido para siempre. Pero en aquel momento ya todo el mundo sabía que en el pazo del señor de Oca vivía una curandera con poderes extraordinarios. Una mañana la visitaron una mujer que llevaba a su hija con la cara quemada, un hombre que sangraba cada vez que tosía y una vieja con la lepra. Flora no dejó pasar a la vieja y la echó de allí a gritos. Y aquí empezaron los verdaderos problemas. No te voy a permitir que conviertas esta casa en una leprosería, le advirtió. ¿Quieres que acabemos todos con el cuerpo lleno de pústulas? Y Catalina, a quien se le disparaba la insolencia cuando tenía a Flora cerca, le dijo bien claro que ella no mandaba en el pazo y que la clemencia y la generosidad eran cualidades que aquel Dios al que apelaba con tanta frecuencia daba por sentadas en una mujer, y carecer de ellas la convertía en una mala cristiana. Tuvieron una discusión durante la que Flora levantó la voz y Catalina estuvo a punto de levantar la capa para mostrarle los insectos. Si no lo hizo fue porque apareció Gonzalo, que le pidió a Flora que se retirase y masticó la rabia y se la tragó porque no le quedó otra. Debes contenerte, Catalina, le recomendó él. Desafiar a Flora implica tener una enemiga dentro de estos muros. Ella no me quiere aquí. Pues no le des más material para seguir alimentando ese odio, porque está deseando que te echen; céntrate en Manuel. Él es quien tiene que recibir todos los esfuerzos, porque si mi hermano regresa sin percibir mejoría, va a pedirte explicaciones.

Catalina siguió aquel consejo y pasó a atender solo a aquellas personas a las que Flora permitía de vez en cuando la entrada, siempre gente escogida, de buena familia, vecinas a las que era conveniente hacer un favor por si en algún momento necesitaba acudir a ellas. De esa manera Flora sintió que había ganado una batalla.

Catalina descubrió que no podía recibir a Manuel en un cuarto cerrado porque la sombra de su madre ganaba fuerza. Por el contrario, al aire libre se diluía, perdía poder, el viento aliviaba su hedor y era algo más manejable. Por eso Catalina decidió atenderlo siempre en un rincón del jardín. Escogió una de las fuentes, que estaba protegida por un emparrado. Había una mesa con bancos de piedra y la escultura de una figura de cara grotesca en posición sedente con las manos apoyadas en las rodillas. Pese a que su expresión le producía cierta desazón, le calmaba escuchar el rumor del agua tan cerca y, sobre todo, el hecho de estar piel con piel con la naturaleza. Catalina aprendió a hablar con la sombra que gobernaba al niño por completo. Le pidió muchas veces que se marchase, que lo dejase libre, no me obligues a echarte, le exigía. Y los insectos hacían de eco repitiendo las palabras de la bruja y Catalina parecía multiplicarse; la sombra se encogía sobre sí misma y Catalina crecía. Entonces Manuel parecía recuperar algo de color en el rostro, comía y a veces hasta iniciaba alguna conversación. Pero la sombra siempre volvía a expandirse. Al tiempo que bruja y muerta medían sus fuerzas, Catalina avanzaba en las lecciones de Gonzalo y ya sabía que la *be* sonaba igual que la *uve* aunque fuesen letras distintas, que la doble *ele* formaba la *elle* y ya era capaz de leer palabras de tres disparos, incluso las difíciles, como *abrochar* o *estrella*. Si continuaban con las lecciones diarias y seguía practicando en su cuarto siempre que tuviese un momento libre, pronto podría acceder al conocimiento que había en las páginas del *Libro de san Cipriano*. Pero ¿cuál era el precio que debía pagar? Cada vez que tenía cerca a Gonzalo, Catalina se aceleraba. Primero era la sangre bombeando demasiado rápido, luego aquella sensación como de flotar, los ojos clavados en su boca, la carne de gallina cuando él la rozaba accidentalmente o tal vez no tanto, era un hombre rico y le sobraba experiencia con las mujeres, sabía cómo seducirlas, no había más que afinar la oreja en la cocina o en el ala donde vivían los empleados para saber de las salidas nocturnas de Gonzalo, el color del cabello de las putas que metía en su cuarto, su procedencia. ¿Y si son solo historias? A la gente le gusta inventarse cosas de los demás, comentó un día Catalina de manera casual, hablando con Angustias. Gonzalo siempre ha sido un hombre libre, le explicó la vieja, pero yo me encargo de arreglar su cuarto y hace mucho que no mete a una mujer allí dentro. Catalina se había ganado la confianza de Angustias, que poco a poco se había ido convirtiendo en su protectora. Gonzalo era otro de sus protectores. En el fondo, siempre había tenido a su lado a alguien que se encargaba de velar por ella: Elvira, el barbero sangrador, los insectos... Las habladurías son fatales, pero a ti no debe importarte nada lo que hace o deja de hacer Gonzalo. No creas que no me he fijado en cómo lo miras. Es un noble y tú eres una sirvienta, ¿comprendes eso? No soy una sirvienta, soy una curandera. No te engañes, Catalina. ¿Crees que hay alguna diferencia entre tú y el resto del servicio? Pensé que eras más lista. ¿Sabes cuántas criadas han pasado por la cama del señor? ¿Piensas que se va a casar con alguna? La sustituta de su mujer será una joven de la nobleza. Y lo mismo sucederá con Gonzalo. No se mezclan, y menos aún con mujeres como nosotras. Nos quieren dentro de sus camas, pero no dentro de sus vidas, y no existe nada que pueda cambiar eso. Las tierras que rodean este pazo tapan muchos pecados, no eres la primera curandera que pasa por aquí. Catalina supo que Angustias había escogido esas palabras para decirle que las criadas abortaban a los hijos del señor y de todos los señores que habían vivido allí antes que él. No se atrevió a preguntarle si también ella había pasado por eso, pero la manera de hablar de Angustias lo evidenciaba. Limítate a hacer tu trabajo, que es curar a Manuel. Gonzalo me dio ese mismo consejo, susurró Catalina. Pues le haces caso, pero te alejas de él si no quieres pasar por un calvario.

Catalina solía mantenerse lo más apartada posible de la capilla, pero esa tarde se detuvo a contemplar la fachada con la escultura central de san Antonio de Padua. Sostenía un libro del que emergía el Niño Jesús con los brazos extendidos para abrazarse a su cuello. San Antonio, el protector de los niños, murmuró Catalina pensando en Manuel. Qué crueldad. Alzó la mirada un poco más. Entre los dos campanarios se erigía una escultura de santa Bárbara levantando una corona. Catalina casi no sabía nada de la Biblia, ni de las vidas de los santos, vivía enfrentada a la religión y a todo lo que tenía que ver con Dios. Su dios, el único al que rendía obediencia, era Satanás. Por eso le pasó por alto el detalle de que santa Bárbara había sido sometida a un martirio. La habían atado a un potro, la habían flagelado, le habían desgarrado la carne con un rastrillo y luego la habían quemado con hierros incandescentes antes de ser condenada a la pena capital por decapitación. Su propio padre fue quien ejecutó la condena, y lo fulminó un relámpago en el momento en que separó la cabeza de su hija de su cuerpo. Esa noche Catalina soñó con las plantas de bebés en miniatura que habían nacido en los jardines del pazo a partir de la sangre de cada aborto. Igual que los bebés con alas de libélulas que habían atravesado la ventana del cuarto de María.

Huésped de dos cuerpos

A medida que cogía soltura leyendo y escribiendo, Catalina se sentía más poderosa. No solo porque ese acceso al conocimiento le pareciese un privilegio que intentaba aprovechar con todo su empeño, también porque por fin podía comprender lo que había en las páginas del *Libro de san Cipriano*, la obra prohibida, el grimorio al que sus antepasadas habían permanecido ajenas porque el analfabetismo había sido en su familia algo semejante a una enfermedad heredada. Ella estaba rompiendo la cadena de transmisión. Ojalá estuvieses aquí para escucharme leer, murmuraba con el deseo de que su abuela volviese a aparecer. Pero Elvira seguía sin manifestarse, no había ni rastro de ella, como si el tránsito hacia la muerte significase su desintegración en el mundo de los espíritus. También se había esfumado el barbero. No le había llegado ningún mensaje suyo, esperaba algún tipo de contacto y solo obtuvo silencio. ¿Se había olvidado de ella tan pronto? Catalina los echaba de menos, pero neutralizaba ese pensamiento hablando con los insectos, intentando acabar con la muerta que Manuel llevaba encima y avanzando en las entrañas del *Libro de san Cipriano*. Había llegado a las páginas en las que se revelaba cómo hacer un pacto con el diablo mediando un gato negro y leía en voz baja y despacio, superando los escollos de las palabras más complicadas, después de asegurarse de que la puerta de su cuarto estaba cerrada con llave. No quería pensar en lo que pasaría si la descubrieran con aquel libro. Tomarás un gato negro al que matarás bajo el día de Saturno al dar la primera campanada de las doce de la noche. Introducirás en cada uno de sus ojos y de sus oídos una alubia, así como en su ano. Deberás enterrarlo y regarlo cada día a la misma hora en que le dieses muerte. Así irás haciendo hasta que crezca una mata que cortarás cuando las alubias alcancen la madurez. Para conseguir la invisibilidad, tan solo deberás colocar una de esas alubias en la boca. Y si la pusieses en la mano siniestra, apretándola con el dedo corazón, podrías ordenar incluso al diablo que se aparezca ante ti y así lo hará, pudiendo mandarle cuantas cosas quieras. Advertencia: en el momento en que riegues tu mata, harán aparición ante ti multitud de espectros que tendrán como finalidad asustarte. Vamos, acaba con el gato, métele las alubias, invoca al diablo y busca a Elvira y a Marina entre los espectros, o pregúntales por ellas a los que se manifiesten, se decía a sí misma. Los insectos no opinaban lo mismo. Se mantenían en silencio, limitándose a hacer vibrar sus alas, como si estuviesen aguardando el regreso de una calma que, en realidad, nunca había existido en la vida de Catalina. Ella no entendía todas las palabras del libro. Algunas las deducía por el contexto, otras se las consultaba a Gonzalo cuando tenía ocasión, dejándolas caer de manera casual, como si las hubiese escuchado por accidente en los pasillos del pazo. Había encontrado hojas manuscritas cosidas al final del libro. Ignoraba quién las había escrito y le costaba entender la letra, pero recogían algunos conjuros útiles y también fórmulas para acabar con los males de aire. Algunas las conocía porque había visto a Elvira ponerlas en práctica, otras eran desconocidas y parecían peligrosas.

Catalina había intentado con el niño varias cosas que no habían funcionado y ahora estaba probando otras más agresivas. Aquella noche había preparado un ritual para el que contaba con la colaboración de Angustias. Esperaron a que diesen las doce, despertaron a Manuel y lo sacaron de su cuarto sin decírselo a nadie. Llevaba la sombra de la madre aferrada alrededor de su cuello y lo acompañaba ese hedor insoportable, que perdió algo de intensidad en cuanto salieron. Armadas con dos antorchas para iluminar el camino, bajaron las escaleras principales, bordearon el invernadero y los establos y pasaron por delante de los dos estanques, una de las piezas más espectaculares del pazo. En el centro de ambos emergían dos barcas en piedra, una de guerra y otra de pesca, y en medio de ellas la figura del Señor de la Sierpe actuando como el intermediario entre los dos mundos: el de las aguas tranquilas y el de las aguas turbulentas. Catalina conocía de memoria el trazado de los estanques, las figuras, los árboles que los rodeaban, había dedicado muchas horas a contemplar el paisaje, ella pertenecía a Merlo, pero era imposible librarse de la capacidad de seducción de un lugar tan impresionante como aquel. El agua caía desde los estanques hasta un canal de piedra que la guiaba hasta la huerta, y, en medio de la noche, con todo en silencio, el caudal parecía más poderoso. Tengo frío, murmuró Manuel. Catalina sintió el instinto de abrir su capa y abrigarlo, pero estaba repleta de insectos. Además, era mejor que se acostumbrase a la temperatura ambiente, lo que estaba a punto de suceder así lo requería. Penetraron en el jardín, en una zona protegida por unos setos que los jardineros habían trabajado imitando la muralla que rodeaba una parte del pazo. Era como estar dentro de una fortificación natural. Catalina estaba segura y dio los siguientes pasos sin vacilar. Ahora márchate, Angustias, debo continuar yo sola. Aquí corres peligro, vuelve para la cama. Pero ¿qué pasará si te encuentran aquí sola con el niño? Mi misión es curarlo, tengo la autorización del padre. Esto es distinto, Catalina, pasan de las doce, es noche cerrada, ¿cómo vas a explicarlo? No voy a explicarlo porque nadie lo va a saber; por favor, hazme caso y vete de aquí, no tienes idea de cómo es aquello a lo que nos enfrentamos. En ese instante, la madre del niño, o aquello en que se había transformado, intuyó el peligro y se alteró. Los contornos de su sombra se confundían con la noche y Catalina no lograba distinguirla, pero podía escucharla dentro de su cabeza, igual que escuchaba a los insectos, repitiendo las mismas cosas que les había gritado a ella y a Elvira la gente de Merlo durante años, y otras distintas que fueron como disparos: Mereces que te atraviesen con una estaca, entras en las casas de la gente convertida en gato para conseguir el semen de los hombres de Merlo, te dejaste penetrar por un animal de carga, eres una puta de Satanás, por eso los ministros de la Inquisición te persiguen y clavaron una nota en la puerta de tu casa advirtiéndolos a todos de que estás marcada, van a hacerte lo mismo que le hicieron a tu abuela multiplicado, el potro espera por ti. Catalina sintió la cicatriz ardiendo y el corazón golpeando contra ella desde dentro. Angustias debió de percibir algo que no lograba identificar, porque dejó de insistir con estar allí presente, fuese lo que fuese lo que iba a pasar, y se marchó. Se quedaron a solas el niño, la muerta y Catalina.

Manuel, ¿puedes oírme?, le preguntó ella. El niño la miró con aquellos ojos vacíos, de cabeza de ciervo, y le dijo que sí muy bajito. Necesito que te quites la ropa, sé que hace frío, pero prometo ser rápida. ¿Qué le vas a hacer a mi hijo, bruja? Catalina no contestó a la sombra. Ayudó a Manuel a desnudarse, tenía la piel blanca y suavísima, pero olía a muerte. San Antonio, tú que guardas este pazo, ¿por qué no proteges a este niño? ¿Por qué lo has abandonado así?, reflexionó. Entonces su corazón rebotó con violencia contra la cicatriz del hombro y empezó a sangrar. ¿Cómo se atrevía a dirigirse a un santo? ¿En qué momento había cruzado esa línea? Satanás se retorcía dentro de ella. Catalina ignoró el dolor y la sangre, trazó un cuadrado en la tierra, y en el centro colocó ciertas plantas con propiedades, como laurel, hierba de San Juan o hierbas de anís, que había dejado preparadas aquella tarde. Luego les prendió fuego con la antorcha. Escúchame, Manuel, necesito que cruces este cuadrado en diagonal, de esquina a esquina, y que camines sobre el humo. La muerta se rebeló enroscándose más fuerte alrededor del cuello de su hijo. Al niño le faltaba el aire. No te detengas, Manuel, continúa así, camina de un lado a otro. Aires que por el mundo andáis perdidos, sacadle el aire de muerto y dádselo de vivo. Manuel quería obedecer a Catalina, pero lo abandonaban las fuerzas. Se le había nublado la vista y ya no era capaz de escuchar las palabras que ella pronunciaba, le llegaban como un eco alejado que formaba parte de otro lugar, de otro tiempo y de otra vida. La sombra lo estrangulaba. Aires de difuntos que andáis sin rumbo, procurad vuestro lugar en el camposanto. La muerta se retorció y emitió un grito estridente, Catalina sentía que sus tímpanos iban a explotar, dentro de ella había una tensión elástica que tiraba en todas las direcciones, el niño lloraba al borde de la asfixia, la cara lívida, los labios azules, la sombra sufría, la cicatriz reventaba, los insectos chillaban histéricos, se abrieron círculos en el aire y varios espectros asomaron la cabeza desde el otro lado, la muerta empezaba a confundirse con el humo, Manuel vio un carnero dorado cruzando la puerta de acceso al jardín, Catalina vislumbró a Elvira y Marina a través de un círculo, la muerta aflojó el cuello, resbalaba de este mundo hacia el otro, y, de pronto, la voz de Flora profanó aquel momento arruinando la ceremonia. ¡Por Dios! ¿Qué estás haciendo con el niño? Detrás de ella estaba Angustias. La había descubierto cuando iba de vuelta a su cuarto. Manuel perdió el conocimiento y Flora entró en el cuadrado, se arrodilló junto al niño y lo agarró para incorporarlo. Entonces, la sombra se expandió como una enfermedad contagiosa, emitiendo un ruido descomunal dentro de la cabeza de Catalina. Manuel, ¿puedes oírme?, le preguntó Flora. ¡Nunca me ha gustado que estuvieses en el pazo, las mujeres como tú no sois de fiar, pero esto es tu sentencia de muerte!, increpó a Catalina. ¡Manuel, despierta! La muerta aprovechó aquella oportunidad, un agujero rojo con dientes, encías y una lengua soltando rabia, una boca abierta para ella, y se le metió dentro sorteando las anginas y las cuerdas vocales, directa a la tráquea. Flora la engulló sin ni siquiera darse cuenta. Ahora la muerta era huésped de dos cuerpos. Angustias, ajena a lo que estaba sucediendo, dio un paso adelante con la intención de auxiliar a Manuel. ¡No toques al niño!, gritó Catalina. Te dije que era peligroso, ¿por qué has vuelto aquí? La sombra se reía a carcajadas dentro de la cabeza de Catalina, pero ahora tenía dos voces distintas, una grave y otra aguda. Abriga al niño, se va a congelar, murmuraron los insectos. Catalina se lo arrancó a Flora, que estaba completamente quieta, y lo vistió. Flora, ¿te encuentras bien?, susurró Angustias. Pero la mujer permanecía en silencio, con la mirada perdida en algún lugar de la oscuridad y la boca toda negra por dentro. Flora tiene ahora la misma dolencia del niño, le explicó Catalina sin entrar en más detalles. Se la ha traspasado. Pero ¿cómo es eso posible? No era una enfermedad contagiosa, lo confirmaron varios doctores. Catalina no contestó. Acarició la frente de Manuel y se sintió tentada a darle un beso, pero en el último momento se contuvo. Estaba derrotada.

Corazón de ballena

Había perdido la cuenta del número de veces que se había obligado a sí misma a apartar la mirada de la boca de Gonzalo durante las lecciones, todas las veces en que se había marchado antes de tiempo cuando ya no podía más, poniendo cualquier excusa inventada en el momento. Aquel hombre la quemaba por dentro y no sabía cómo se podía frenar algo así. Su abuela se lo había advertido, estaban condenadas a parir hijas bastardas, los hombres no tenían espacio en su estirpe, ni siquiera los que parecían quererlas, como el barbero. Siempre acababan traicionándolas, quizás era una maldición. Quería detener aquello que crecía dentro de ella, pero no sabía cómo. Suelta otro pájaro, Catalina. Mírame y haz volar una palabra de cuatro sílabas. Vamos, ya estás preparada, escoge una y suéltala. Eligió *ponzoñoso* y él rompió a reír. ¿No tienes otra más bonita? Tengo una bonita, sí, pero es de tres sílabas, no de cuatro. Pues suelta ese pájaro trisílabo. Entonces dijo *insectos* con una sonrisa en los labios y Gonzalo supo que era imposible descifrar eso tan raro que habitaba en Catalina y en su concepto de la hermosura, qué diablos era aquello que la hacía escoger *insectos* en vez de *estrellas* o *escarcha* mientras el interior de la capa se agitaba con la fuerza de tantas alas vibrando a un tiempo, emocionadas de sentirse cómplices de aquel instante. No conozco a nadie como tú, le confesó él, acariciándole la cara con ternura, y quería centrarse en las estrellas, en la escarcha y en todas las palabras que todavía les quedaban por nombrar, pero miraba a Catalina y, sin saber el motivo, pensaba en libélulas y polillas. En su mano había varias capas de olor, restos de tinta y madera, y más abajo pan y más profundo saliva y más adentro lágrima. En su primera noche en el pazo, en el momento en que él la había agarrado por detrás para meterla en el interior, había nacido algo que ni siquiera se atrevía a nombrar, pero que había anidado día a día, agarrándose con desesperación a las paredes de su cuerpo, ¿y ahora qué? Le ardía la cicatriz, y siempre tenía presente que estaba condenada a parir una hija bastarda, pero no tuvo fuerzas para oponerse cuando él la besó. Su corazón de catorce años retumbó en la caja torácica como si tuviese el tamaño de una ballena azul. Gonzalo buscó su lengua y Catalina se la entregó bloqueando sus pensamientos, impidiéndole el paso a cualquier voz, incluso la de los insectos. Aquel instante les pertenecía solo a ellos, nadie tenía derecho a frustrarlo. La Sala de los Continentes, murmuró él. La agarró de la mano, la sacó del despacho y dejaron atrás la cabeza de ciervo con los ojos vacíos, las colecciones de muñecas de porcelana, el oratorio, la sala de los escudos y llegaron a la estancia de las cuatro alcobas. Gonzalo escogió África y abrió la puerta policromada, que escondía una cama con dosel. Catalina no le preguntó por qué ese continente, por qué ese salón en lugar de su cuarto, por qué ella. Aquella era la primera vez que abandonaba la pose desafiante, la primera vez que parecía tomarse algo en serio; por una vez la vida era más que una broma. Le quitó la capa y ella no dejó de besarlo para que no descubriese a los insectos, pero, sobre todo, porque no quería apartarse ya nunca más de aquella boca que había deseado tantas veces y que le hacía sentir que todo aquello era una revelación. Recibió un latigazo en la cicatriz que la hizo quedarse sin respiración. Gonzalo la acostó sobre la cama y la desnudó pieza a pieza, ella percibió cómo los insectos buscaban cobijo ocultándose de miradas inoportunas; querían salir de la alcoba, pero no existía ningún agujero por donde huir, así que se limitaron a permanecer muy quietos. Catalina, susurró Gonzalo con los ojos brillantes, con aquel cuerpo tan perfecto por fin entre sus manos. ¿Cuántas veces se había imaginado ese momento? Necesitaba decirle lo que sentía, pero qué difícil encontrar las palabras. Me haces perder la cabeza, murmuró haciéndole cosquillas en el cuello con la punta de los labios. Ella lo abrazó y recibió un segundo latigazo en la cicatriz. Gonzalo se desnudó, se acostó sobre ella y fingieron olvidar que él era un noble y ella una bruja perseguida por la Inquisición, oculta en aquel pazo donde había tantos secretos, ¿qué importaba uno más? Eran dos cuerpos que se necesitaban con tanta urgencia que nada más tenía sentido, solo lo que sucedía dentro de África, dentro de la cama, dentro de Catalina. Y entonces la cicatriz se abrió como se había abierto unos días atrás, cuando la sombra se había desdoblado en dos huéspedes y había ocupado un nuevo cuerpo, y empezó a sangrar dibujando varios surcos en la piel de Catalina. Gonzalo cogió un pañuelo y le limpió una parte de la sangre. La otra la lamió, como un vampiro seducido por la carne humana. Si todo lo que sucedió en el interior de aquel continente no era quererse, que alguien se atreva a ponerle otro nombre. Solo hubo un instante en que Catalina flaqueó y tuvo pensamientos intrusivos sobre la primera noche en que había sangrado, pero ¿en qué se parecía aquello a esto, si el semen de Belcebú estaba tan frío y el de Gonzalo estaba tan caliente? Aquí no había máscaras, ni corderos, ni cánticos. Esto era auténtico y lo otro ya ni siquiera podía estar segura. Quería aferrarse a la intimidad que habían creado en aquel continente nuevo, quedarse allí hasta que fuese seguro salir y entonces regresar a Merlo, arrodillarse a los pies del cementerio de dos tumbas y decirles a las ánimas he roto la condena, este hombre me ha entregado su corazón. Catalina se quedó dormida con la cabeza apoyada sobre el pecho de Gonzalo y soñó que Satanás la perseguía por un campo lleno de escarabajos voladores y los insectos agitaban sus alas hasta elevarla en el aire y así conseguían dejarlo atrás. Cuando se despertó era de noche y Gonzalo no se había marchado, y ella le dijo todavía estás aquí. Claro que estoy aquí, ¿qué pensabas? Pensaba que huirías porque los hombres como tú solo nos queréis en vuestras camas, pero no en vuestras vidas. Esto solo lo pensó, no lo dijo.

Aquella vez fue solo la primera. Hicieron un pacto de ignorarse en público y quererse en privado, casi siempre en el cuarto de Catalina, que tenía acceso desde el exterior y eso facilitaba los encuentros clandestinos, pero también se acostaron en el cuarto de Gonzalo, en su despacho, en todas las alcobas de la Sala de los Continentes y en el jardín. Al principio ella llevaba la cuenta de cada uno de los lugares, pero acabó por perderse entre tanta saliva. Por el día Catalina intentaba extirpar la sombra del cuerpo de Manuel, pensaba que ahora que estaba desdoblada en dos sería más fácil obligarla a abandonar al niño. Eso implicaba sacrificar a Flora, que estaba condenada a alojar a la muerta, pero ella misma le había abierto la puerta a aquel espectro. Había puesto en duda a Catalina, quería echarla del pazo y dejarla a su suerte porque la detestaba. Detestaba su cuerpo, su rostro, su condición, el lugar del que venía, y ahora era como un cirio amarillento consumiéndose poco a poco. Cuando estaba en un espacio cerrado hedía igual que hedía Manuel, e, igual que él, también había dejado de comer y de hablar. No podía dirigir al personal del pazo, Angustias había ocupado su lugar, cosa que beneficiaba a Catalina porque habían establecido una relación estrecha. Pero los días pasaban y Manuel continuaba con una muerta encima. La única que lo sabía era Angustias, y había advertido a Catalina de que, si le decía semejante cosa al padre del niño, la echaría del pazo sin mediar palabra. Así que ella continuaba probando remedios y conjuros de todo tipo que ayudaban a mantener a la muerta a raya. Mientras Flora se consumía, Manuel se mantenía. Pero eso no era suficiente para Fernando, que la mandó llamar a su despacho para decirle que su hijo continuaba enfermo y que ella no estaba cumpliendo con su parte del trato. Señor, el mal que padece Manuel es profundo. ¿Y eso qué significa? Que si quiere que se cure tiene que darme permiso para probar cosas que implican sacarlo de aquí. ¿Sacarlo de aquí? ¿Por qué razón iba a permitir eso? Porque cuando una sombra se agarra como esta se ha agarrado a su hijo hay que recurrir a lugares elevados desde los que se vea el mar, cementerios, encrucijadas... ¿Usted nunca ha visto ropa abandonada en las orillas de los caminos? Ropa extrañamente quieta, como si fuese de piedra, que atrae la mirada de los humanos y parece tener algo raro y al cabo de un tiempo desaparece misteriosamente. O también enganchada entre los juncos, en los ríos. Está ahí porque alguien la soltó para que corra con el agua hasta un lugar donde nadie conocido pueda encontrarla. Esas piezas de ropa pertenecían a niños con males de aire. Necesito llevar a Manuel al cementerio pasadas las doce de la noche. ¿Puedes asegurarme que con eso curarás a mi hijo? Lo único que puedo asegurarle es que, si no me da libertad para hacer todo lo que está en mi mano, el niño acabará demacrado por completo. ¿Qué quiere decir darte libertad? Catalina, que sabía que esta conversación era decisiva, contestó con seguridad, mirándolo a los ojos: Para empezar, matar un cordero lechal y sacar a Flora del pazo. ¿Qué tiene que ver Flora aquí? Manuel le ha pasado la enfermedad y necesito alejarla. Aquello no era una venganza, Catalina sospechaba que la sombra perdería fuerza separando los cuerpos que la alojaban. Pero esa mujer no tiene dónde ir. Estoy segura de que sabrá encontrar un sitio donde le den asilo, usted es un hombre poderoso.

Abandonó el despacho de Fernando con el convencimiento de que iba a poder acabar con la sombra, o por lo menos con esa parte que habitaba el cuerpo de Manuel. El ritual del cementerio y el cordero no podía fracasar. Nunca había entrado en las dependencias donde estaba el ganado, pero sabía que había por lo menos dos corderos lechales porque los escuchaba gritar desde su cuarto. Lo que más le preocupaba era cómo hacer ella sola toda la operación: sacar el cordero y al niño del pazo, llevarlos al cementerio de la villa en plena noche. Necesitaba ayuda.

Y se hizo la oscuridad

Gonzalo estaba ansioso. Lo disimulaba mostrando un exagerado desinterés por todo lo que lo rodeaba, se esforzaba por ser aún más descarado de lo que solía y le funcionó. Disfrazó su preocupación de desgana, excepto cuando él y Catalina estaban a solas. Ahí se permitía seguir siendo él. Lo hacía vibrar de una manera inédita. La necesitaba. Había insistido en verla aquella noche, pero sucedía algo que estaba fuera de su control y no podía detener. Ella había sido todo lo sincera que podía en aquellas circunstancias. Hoy no puede ser, voy a hacer una cosa fuera del pazo con Manuel. ¿Pretendes sacar al niño de aquí? ¿Tú sabes lo que puede pasar si mi hermano lo descubre? Tu hermano es quien me ha dado el permiso, no puedo contarte nada más, es mejor para todos así. Andar sola por ahí con el niño en plena noche es una imprudencia, Catalina, ¿o te has olvidado de quién eres y por qué estás aquí? Solo estás segura de estos muros para dentro. No me queda más remedio, tu sobrino corre peligro y yo aquí no dispongo de todos los medios que necesito para ayudarlo.

Tal vez le hubiese dado más información de la que debía, pero ¿qué otra cosa podía hacer? No existía ninguna excusa creíble, nada que pudiese inventarse para justificar la negativa a verse. Catalina, escúchame bien, le pidió sujetándole la cara entre las manos, obligándola a mirarlo a los ojos: sabes que si curas al niño terminará tu cometido en el pazo, ¿verdad? También terminará si no lo cumplo, Gonzalo. Tu hermano me pide resultados y Manuel está estancado, si consigo sanarlo tendrá una deuda eterna conmigo, estará obligado a protegerme. Pero ¿cómo podía ser tan ingenua? Lo que estaba haciendo Fernando era utilizarla, en cuanto no la necesitase se desharía de ella, no iba a exponerse a mantener escondida a una bruja en su pazo para siempre. ¿Cómo no se había dado cuenta todavía? ¡En el fondo ella tenía que saberlo, era muy lista! Quería ayudarla, pero no sabía cómo y empezaba a sentirse acorralado. El cura le había advertido en varias ocasiones que la compañía de aquella mujer no era aconsejable, a medida que pasaban las semanas resultaba más complicado ocultarse de él porque estaba cada vez más atento, más pendiente, más intenso; como un depredador persiguiendo un animalillo. Era habitual encontrarlo detrás de una puerta, espiando a través de una ventana o entre los árboles, en los jardines del pazo. Le había transmitido al señor de Oca su inquietud por aquella relación tan poco recomendable y Fernando le había lanzado a Gonzalo una advertencia: No olvides nunca que es una bruja, y las brujas engañan, manipulan, nos hacen creer cosas que no son ciertas. ¿Tengo que preocuparme por algo, Gonzalo? Por supuesto que no, pero ¿desde cuándo se me piden explicaciones de lo que hago con mi vida? Fernando estaba como un perro rabioso, el cura se había ocupado de ser lo bastante insistente y lo había puesto de los nervios. Me dan exactamente igual las putas que metes en tu cuarto, las veces que visitas el prostíbulo o el número de criadas con las que te acuestas, pero aléjate de la bruja, le advirtió. No quiero habladurías, está en juego el honor de nuestro apellido. Gonzalo quiso proteger a Catalina y decidió mantenerla al margen de todo lo que estaba pasando, no le reveló que sospechaban que había algo entre ellos y que habían empezado a presionarlo para que mantuviese las distancias. Quizás lo más grave de todo lo que omitió era que Fernando había invitado a pasar unos días en el pazo a la familia Velázquez Figueroa, unos nobles de origen madrileño afincados en A Coruña, con la única intención de casar a Gonzalo con la hija mayor, Constanza Velázquez.

Aquella noche, cuando las campanadas de la iglesia dieron las once, se puso la capa, esperó a que los insectos ocupasen su lugar, cogió el fardo con todo lo que necesitaba para el ritual y fue a buscar a Angustias. Primero sacaron a Manuel de su cuarto y después al cordero lechal del establo. Catalina lo cogió en brazos y evitó mirarlo a los ojos. Era la primera vez que iba a pisar el exterior desde que había llegado al pazo. Los insectos se revolvían nerviosos dentro de la capa y eso aumentaba su propio nerviosismo. Estaba algo insegura, tenía una especie de mal presentimiento. Un coche de caballos esperaba por ellas junto al crucero. Al cementerio, ordenó Angustias. El cochero no hizo preguntas ni comentario de ningún tipo, tan solo espoleó el caballo a golpe de arre y salieron de Oca. La muerta se retorcía alrededor de la garganta de Manuel, Catalina no podía verla porque sus formas se confundían con la oscuridad de la noche, pero percibía su hedor. ¿Qué tal estás?, le preguntó al niño en bajito. Él no respondió, pero la cogió de la mano y aquel gesto fue para ella una muestra de afecto tan intensa que la invadió el impulso de abrazarlo. No lo hagas, tiene a la muerta encima, le advirtieron los insectos, y Catalina se limitó a acariciarle la mano hasta que llegaron al cementerio. En condiciones normales habrían ido a pie, pero no era prudente. Angustias le pidió al cochero que esperase allí. La estampa era digna de ser retratada: dos mujeres caminando en medio de las tumbas, una de ellas con la espalda arqueada por los años y sosteniendo una antorcha, la otra con un cordero lechal en brazos, y un niño con una sombra alrededor del cuello. ¿Qué vas a hacer?, le preguntó la muerta dentro de su cabeza. Catalina se limitó a caminar, aferrándose a la mano del niño como quien se aferra a la única oportunidad que tiene de sobrevivir. Su miedo a la soledad y a la Inquisición era monstruoso, había visto los efectos en su abuela y se negaba a ser una de esas mujeres marcadas para toda la vida, nadie que hubiese pasado por algo así volvía a ser la misma persona, era una metamorfosis horrible. Es por aquí, indicó Angustias, conduciéndola hasta un mausoleo. La sombra emitió un grito estridente y apretó el pescuezo de Manuel. En el sepulcro había cuatro tumbas además de la de la madre, un ramo de flores frescas y un hedor insoportable. Era la muerta preparándose para el ataque que estaba a punto de sufrir. Necesito desnudar a Manuel, le dijo Catalina a Angustias. La vieja dudó. Angustias, no estás aquí para ponerme piedras en el camino, estás para ayudarme. Esto no va a salir bien, Catalina, es otro disparate como el de aquella noche en el jardín, y mira ahora en qué estado está Flora, consumida en un sanatorio esperando su hora. De acuerdo, pues vete. Ya has cumplido con tu cometido, que era acompañarme hasta aquí, ahora déjame sola. El señor me ordenó estar presente. El señor no sabe que estas prácticas hay que hacerlas a solas y tu función era traerme hasta la tumba de la madre y ya lo has hecho, así que espérame fuera. Angustias miró al niño y se le encogió el corazón. ¿Qué vas a hacer con el animal? El animal va a salvar al niño, eso es todo lo que tienes que saber. La muerta rompió a reír dentro de la cabeza de Catalina. Métele el miedo en el cuerpo, le dijeron los insectos, dile cosas terribles para que se vaya de aquí. Angustias, si no quieres terminar igual que Flora, sal de aquí. ¡Vete!, gritó. La mujer no pudo soportar la idea de acabar catatónica y postrada en una cama como aquella donde yacía Flora y se fue.

Manuel, necesito quitarte la ropa, como aquel día en el jardín, ¿recuerdas? Tengo frío, murmuró él, como había murmurado también aquella noche. Lo sé, pero espero que esta sea la última vez que hacemos algo así, ¿vale? El cordero baló con ternura y el niño preguntó cómo se llamaba. No tiene nombre. ¿Le ponemos uno?, propuso él. No es de ley matar un animal que tiene nombre, pensó Catalina. Vamos, sácate los pantalones, es importante que estés desnudo del todo. La peste que expelía la muerta se intensificó tanto que le dieron arcadas. Colocó el fardo delante del cordero y sacó un cuchillo, tres ramas de ruda y un frasco con un líquido verde. Derramó la mitad del líquido por encima del niño, después lo agarró por el pelo, le echó la cabeza hacia atrás y le pidió que abriese la boca mientras le pasaba la ruda por el pecho. Si eres aire de muerta, sal por esta boca, si eres aire de demonio, vuelve para el infierno. La sombra gritó rebotando en las paredes del mausoleo. El niño temblaba y tenía la boca completamente negra, desde los dientes hasta las encías, el paladar y la lengua. Catalina derramó el contenido del frasco sobre el cordero. Cierra los ojos, Manuel. Pero no se fiaba, así que decidió atar la tela del fardo alrededor de su cabeza cubriéndole los ojos. Luego volvió junto al animal, tan suave y tan inocente, y lo agarró por el pescuezo. Se detuvo unos segundos a escuchar su respiración y después lo degolló sin vacilar. Así, Catalina, no te detengas, la animaban los insectos, avanza, Elvira lo hizo muchas veces y tú estabas allí presente, solo tienes que imitar sus pasos. ¿Qué pasa?, preguntó Manuel, ¿por qué grita tanto el corderito? Porque tiene hambre, voy a darle de comer. Estaba todo perdido de sangre, el suelo, su cara, el cabello, el pelo blanco del animal. Le dio media vuelta para colocarlo boca arriba, abrió su vientre y aguantó la respiración para evitar el golpe del vaho, todos esos vapores que exhalaban las entrañas. Sacó las vísceras y las sintió muy calientes, Manuel agradecería esa temperatura. Extiende las manos y agarra esto, le pidió al niño. ¿Qué es? Manzanas asadas, peras al vino y caldo de azúcar. Pero huelen muy mal. Lo que huele mal es otra cosa, contestó ella. La muerta salió por la boca de Manuel provocándole una arcada y golpeó contra la cara de Catalina, que tardó unos instantes en recuperar la compostura. Ya falta poco, ignora a la muerta, está nerviosa, sabe que vas a acabar con ella. El intestino delgado resbalaba de las manos del niño, uno de sus extremos colgaba hasta el suelo dibujando eses. Salamántiga, sarpullido, saliva, sanar. Lo importante es el corazón, Catalina, cógelo antes de que se enfríe. Vaciar el cadáver de un animal por primera vez no es fácil. Las texturas, los olores y el encaje que tienen dentro del cuerpo es una disciplina a la que cuesta acostumbrarse, pero no había tiempo para detenerse, tenía que destriparlo por completo, hasta que solo quedase la piel del cordero. Las manos del niño eran pequeñas y no podían sostenerlo todo, los pulmones, el hígado, los intestinos. Céntrate en el corazón, insistieron los insectos. Pero ella recordaba cómo lo hacía Elvira. La persona colocaba los brazos en la misma posición en que se sostiene un bebé y la bruja depositaba en esa cavidad todos los órganos. Reubicó a Manuel para que pudiese abarcar la mayor cantidad posible de vísceras y coronó la composición con el corazón. Luego cogió la ropa del niño y la lanzó por encima de la tumba de la madre para que se quedase allí atrapada para siempre, como las piezas abandonadas en los ríos y en la orilla de los caminos, petrificadas por el paso del tiempo y porque un día habían sido el abrigo de un espectro. ¡De ti reniego, vete para el infierno! La muerta bramó y empezó a soltar barbaridades, pero Catalina no la escuchaba, estaba concentrada en repetir las letanías. Si eres aire de muerta, sal por esta boca, si eres aire de demonio, vuelve para el infierno. El corazón del cordero empezó a latir en los brazos de Manuel mientras la muerta luchaba por permanecer aferrada a su hijo. De los lacrimales del niño volaban volutas de sombra, también su nariz y la boca exhalaban espirales negras. ¡Está saliendo, la muerta está saliéndole de dentro, agarra la piel del animal! Catalina cogió el pellejo de espaldas a la entrada del mausoleo y se preparó para envolver a Manuel. ¡Si eres aire de muerta, sal por esa boca, si eres aire de demonio, vuelve para el infierno! El niño vomitaba materia negra por la boca, por los ojos, por el ombligo, por el ano, el corazón del cordero palpitaba con furia, el intestino se precipitó al suelo por los espasmos, la muerta se negaba a abandonar el cuerpo del niño, que no paraba de vomitar oscuridad; Catalina extendió la piel, lista para envolverlo con ella, y, de pronto, alguien irrumpió en el sepulcro, soltó un grito y la golpeó en la cabeza con un objeto contundente. Catalina cayó redonda, la sombra volvió a penetrar en el cuerpo de Manuel y se hizo la oscuridad.

El suelo del sepulcro era un cuadro escalofriante. Catalina y Manuel yacían inconscientes rodeados de vísceras, la piel de cordero y sangre por todas partes. Gonzalo no pudo impedir el golpe del cura en la cabeza de Catalina, ni siquiera sabía que llevaba una piedra en la mano. Lo empujó contra las tumbas con violencia. No sabía a cuál de los dos auxiliar, ni siquiera sabía si estaban vivos. Como le pase algo a Catalina..., le advirtió, agarrándolo por la sotana a la altura del pecho. Acabo de salvar a tu sobrino, ¿cómo te atreves a hablarle así a un pastor de Dios? ¿Que acabas de salvarlo? ¿Estás seguro? ¡Porque cuando llegamos aquí el niño estaba consciente y míralo ahora! Un hilo de sangre le resbalaba desde el interior de un oído. El cura se puso lívido. Manuel, ¿puedes oírme? Gonzalo pegó la cabeza a su pecho buscando los latidos del corazón o el rumor de su respiración, pero era un cuerpo inerte y el cura soltó la piedra que todavía sostenía en la mano, que rodó hasta tropezar con la cabeza de Catalina. La sombra de la muerta se había enroscado entre las tumbas buscando un nuevo cuerpo que habitar y la boca del cura le pareció una puerta de entrada ideal. Sorteó los dientes, la lengua, la úvula y bajó por la tráquea introduciéndose en su sistema respiratorio. ¡Catalina!, gritó Gonzalo, cogiéndola entre sus brazos. Estaba horrorizado por la imagen que acababa de presenciar, ella toda cubierta de sangre sosteniendo la piel de cordero con la cabeza del animal todavía colgando y su sobrino desnudo con los ojos vendados agarrando todas aquellas vísceras. ¿Qué nombre tenía aquella barbaridad? Pero qué difícil soportar la idea de que también ella estuviese muerta. Catalina, ¿puedes oírme? Por favor, habla conmigo, dime algo. ¿Cómo se podía amar a una mujer capaz de asesinar a un cordero y destriparlo delante de un niño dentro de un mausoleo? Gonzalo se debatía entre el horror y el amor, no era capaz de encajar semejante atrocidad. Besó la frente de Catalina y rompió a llorar ajeno a lo que le estaba sucediendo al cura, con los globos oculares completamente negros y la sombra extendiéndose por todo su cuerpo como una infección. No era el mejor habitáculo comparado con un niño con la carne tierna, pero mejor ese recipiente que estar deambulando hasta que se presentase una nueva oportunidad.

Catalina, vuelve, tienes que despertarte, déjate guiar por nuestra voz y regresa de la oscuridad. Vuelve junto a nosotros, estamos contigo contigo contigo contigo contigo. Fue el cura, te dio una pedrada en la cabeza y la sombra entró otra vez dentro del niño de golpe y lo reventó por dentro y volvió a salir y ahora está en el cuerpo del párroco. Tienes que espabilar, invocar a un duende y pedirle que le devuelva la vida al niño. Establecer un pacto con Satán firmado con sangre en papel de pergamino, cogerle un huevo a una gallina clueca y negra que hubiese sido montada por un gallo también negro y firmarlo con sangre con sangre con sangre. Antes de envolverlo en un paño de algodón y ponerlo de nuevo bajo la gallina, hacerle una incisión en la cáscara e ir dándole de mamar cada sábado la sangre del dedo del medio de la mano derecha hasta que nazca el duende y entonces ya está listo para cumplir peticiones y tú le pedirás que le devuelva la vida a Manuel y seguirás en el pazo hasta que consigas arrancarle la sombra de dentro. Los insectos hablaban y hablaban sin cesar dentro de la cabeza de Catalina, pero ella no podía escucharlos.

La cicatriz se queda para siempre

Había un intenso olor a paja, leche y excrementos. Un dolor agudo le atravesaba el cráneo y tenía frío y también ganas de vomitar. Una oveja baló tan cerca que no podía estar segura de si había sucedido dentro o fuera de su cabeza. Algo húmedo le rozaba los pies, una lengua, tal vez un hocico. Cada vez que respiraba sentía un trallazo en un costado, pero no recordaba ese golpe. Cuando consiguió abrir los ojos lo primero que vio fueron los cuartos traseros de un castrón manchados de verde. Estamos aquí, le dijeron los insectos apiñados sobre su cuerpo, cubriéndola como una manta. Tardó bastante en darse cuenta de que estaba desnuda. Miró a su alrededor, había animales y comederos. ¿Cuántas horas llevaba allí? No llevas horas, llevas días. Catalina se estremeció. Tenía muchas lagunas en la memoria, recordaba cosas sueltas, pero no sabía cómo había llegado hasta el establo. Me duele, susurró. Quiso cambiar de postura, pero el latigazo en el costado era un martirio. Fernando es un animal, te rompió una costilla de una patada. Con esa revelación de los insectos, la realidad se le cayó encima aplastándola como una losa de mármol, como las tumbas de piedra que descansaban en los mausoleos, con los cadáveres atrapados dentro para siempre. Necesito salir de aquí, murmuró. La puerta está cerrada con una cadena. Había pensado muchas veces en que su destino era terminar en una celda, con la Inquisición preparada para juzgarla y someterla a todas aquellas torturas por las que pasaban tanto las que eran brujas como las que no, pero jamás había imaginado que su prisión sería un establo. Durante las horas siguientes los insectos fueron su cobijo, fueron compañía y protección. Le narraron todo lo sucedido desde que el cura la había golpeado con una piedra, estropeando el ritual, hasta que Fernando la había arrojado dentro de la corte. Se preguntaba por qué estaba desnuda y qué le habían hecho durante el tiempo en que había estado inconsciente. Había perdido a Manuel, la confianza de Fernando, la posibilidad de continuar en el pazo, había perdido a Gonzalo. Todo lo que había construido en los últimos meses se desmigajaba delante de sus ojos. Volvía a ser tan solo una bruja a la que todo el mundo necesitaba y odiaba en la misma medida. Una apestada. ¿Cuánto tiempo llevaba sin beber y sin comer? ¿Esa era la intención de Fernando, matarla de hambre? Le llegaban sonidos del exterior y podía reconocer algunos: los jardineros cogiendo herramientas para podar, el agua de las fuentes, alguien llevando la carretilla donde transportaban los productos que recolectaban en la huerta... Las tripas le rugían y tenía una sensación de debilidad desconocida, no estaba segura de poder tenerse en pie. Necesitaba ingerir algún alimento y lo único que había en aquellos comederos era hierba. Un cordero lechal, el hermano del que ella había sacrificado, le lamió la cara con ternura. Entonces supo qué debía hacer. Se arrastró hacia una oveja, le agarró una ubre y succionó hasta que empezó a salir leche caliente.

En algún momento del día se despertó con el ruido

de la puerta. Los insectos se ocultaron entre la paja. Catalina no pudo contener las lágrimas cuando escuchó la voz de Angustias. En aquellas circunstancias era lo más parecido que tenía a una madre. Hija, ¿qué te han hecho? Llevaba una cesta con fruta, pan, queso y agua. Sacó su chaqueta de lana para taparla y luego la ayudó a comer. Nadie sabe que estoy aquí, el señor ha salido con uno de los caballos y he aprovechado para traerte comida, pero estamos advertidos de que si te ayudamos seremos despedidos del pazo inmediatamente. Yo no maté a Manuel, el niño estaba vivo cuando entró el cura en el mausoleo. Lo sé, me lo contó Gonzalo, y también defendió eso ante su hermano, pero no atiende a razones, para él estás sentenciada. ¿Y por qué me tiene metida aquí dentro? ¿Por qué no me ha entregado a la Inquisición? El cura lo intentó, les envió una carta acusándote de brujería, pero no vinieron a por ti, nadie sabe lo que está pasando, lo mantienen en secreto. ¿Y Manuel? ¿Dónde lo han enterrado? Está en una tumba al lado de su madre. Catalina se estremeció imaginando el cuerpo del niño tan cerca de la mujer que lo había parido y que también le había quitado la vida. ¿Qué pasa con Gonzalo?, le preguntó en un murmullo. Gonzalo ha enloquecido, Catalina. Se emborrachó, destrozó la colección de muñecas de porcelana, arrasó el despacho de Fernando y luego se encerró en una de las alcobas del Salón de los Continentes. En África, susurró ella. Angustias aguantó la respiración, no te voy a preguntar cómo sabes eso. Necesito salir de aquí, tienes que ayudarme. Mírate, no estás en condiciones de dar un paso. Mi abuelo, él fue quien organizó todo para que yo viniese al pazo, es el barbero sangrador de Merlo, él sabrá lo que hay que hacer, necesito que lo localices. Lo intentaré, pero no te hagas ilusiones, de momento concéntrate en salir adelante poco a poco. Pero la propia Angustias sabía que era difícil mejorar en aquellas condiciones y sonó poco creíble. Esperó a que terminase de comer y le prometió que volvería con víveres tan pronto le fuese posible. Se le partió el alma cuando le sacó la chaqueta que la cubría y volvió a dejarla completamente desnuda. Si el señor entra aquí y encuentra una prenda de ropa mía estoy perdida. Catalina lo comprendía, pero tenía los pies entumecidos y un agujero de pena en el pecho que no sabía cómo tapar. Cuando se volvió a cerrar la puerta de la corte la manta de insectos la cubrió de nuevo, pero con la puesta de sol el frío la mordió sin piedad. Algunas ovejas permanecían sobre los cuartos traseros y otras se habían acostado unas junto a las otras para dormir. Se arrastró de nuevo hasta ellas y se acurrucó buscando su lana. El cordero lechal apoyó la cabeza sobre su pecho y Catalina lo acarició y le pidió perdón perdón perdón hasta que la venció el sueño.

Al día siguiente, con la primera luz, alguien abrió la puerta de la corte y llamó a los animales. Catalina estaba empapada en orina y recordó el día en que Angustias y Flora la habían llevado a aquella bañera con agua perfumada. Ojalá pudiera regresar a aquel momento y hacerlo todo de manera distinta. Hola, ¿puede ayudarme? Eres tú, ¿Angustias?, preguntó. Quien estuviese allí fuera no contestó, pero tiró una toquilla vieja de lana que ella usó para cubrirse después de lavarse con el agua que había en el abrevadero del ganado. El dolor en el costado la hizo marearse y vomitó junto a la puerta. No comprendía cómo había acabado en aquella situación, todo iba bien, estaba a punto de quitarle la muerta de encima a Manuel, pero se había confiado aun sabiendo que el cura estaba obsesionado con ella, ¿cómo había podido ser tan imbécil? Su única esperanza era que Angustias localizase al barbero, pero ¿iba a poder sacarla de allí? El sol ya se estaba poniendo cuando volvieron a meter el ganado en la corte y, a pesar de que tampoco se dirigieron a ella en ese momento, fue un alivio que los animales regresasen porque no sabía si podría aguantar viva sin la lana de aquellos cuerpos. Ella había matado una de las crías del rebaño y el rebaño estaba salvándole la vida.

No es fácil mantenerte serena en una situación así. Con la caída de la noche sus tripas rugían, la costilla rota, el frío, los excrementos, el hedor, los vómitos, el calor del rebaño, la mirada del cordero lechal, los insectos intentando calmarla, una lechuza ululando, la puerta que se abre, la luz de la luna inundando la corte, unos pasos que se acercan y se alejan y otra vez en la oscuridad. Alguien le había dejado alimentos. ¿Angustias? No podía ser ella, le habría hablado, la habría tapado con su chaqueta, la habría llamado hija y Catalina habría sentido como se le quebraba el corazón un poco más, una nueva grieta, como una pieza de cerámica que se rompe y se repara, pero la cicatriz queda para siempre, como una tela de araña reventando su pecho. No pierdas la cabeza, mantente lúcida, no vas a estar encerrada para siempre, vendrán Angustias, Gonzalo, el barbero, alguien va a sacarte de aquí. ¿Y si eso no pasa? ¿Y si mi vida termina en esta corte? Un cólico la hizo doblarse. ¿Cuántas horas llevaba sin comer y sin beber? Esa pregunta la asaltaba a cada paso, había perdido la noción del tiempo, estaba completamente desorientada. Quería ingerir algo, pero no estaba segura de que su cuerpo pudiese retenerlo dentro, todo olía tan mal... Era culpa de los excrementos, de los animales, del hedor que expelía su propio cuerpo. ¿Cuántas veces había vomitado en los últimos días? Entonces, los insectos se acurrucaron todos sobre su vientre, unos encima de los otros y la atravesó otra pregunta, la decisiva y también la más dolorosa, la que acabaría de quebrarla por completo. ¿Cuántas semanas llevaba sin sangrar? Una semana, dos semanas, tres semanas, cuatro semanas, cinco semanas, seis semanas, siete semanas o quizás ocho o nueve, las obleas de corcho de cedro intactas, la voz de Elvira recordándole de nuevo el sino de nuestra estirpe es ser traicionadas por los hombres, siempre nos engañan y luego nos abandonan. Sucedió lo mismo con mi madre y con la madre de mi madre. Todas somos hijas de madre soltera, estamos condenadas a parir bastardas y no te librarás de esta sentencia por mucho que pienses que tu vida va a ser diferente a la de tus antepasadas. Estamos condenadas a parir bastardas, a parir bastardas, a parir bastardas. Catalina se encogió en posición fetal sin saber que estaba reproduciendo la misma postura de la hija que llevaba dentro. Cerró los ojos y vio volar a los bebés con alas de libélula que habían atravesado la ventana del cuarto de María días después de su aborto.

Llamas, serpientes y dragones

Tres hombres desconocidos irrumpieron en la corte. Sin mediar palabra la vistieron con un escapulario negro con bordados de llamas, dragones y serpientes y le pusieron un gorro con forma cónica. Luego amarraron en su pescuezo una soga con tres nudos. La sacaron de la corte a rastras. Intentó resistirse, pero estaba débil y el dolor de la costilla la reventaba. Sabía lo que significaba aquella indumentaria, pero no entendía por qué no la habían sometido a juicio. ¿Dónde estaba la Inquisición? Nadie la había condenado, ¿bajo qué autoridad le habían puesto el sambenito? El amarillo con las dos aspas rojas era para los arrepentidos, el negro con las llamas del infierno para los condenados a muerte, la soga al pescuezo con tantos nudos como centenares de latigazos se fuesen a infligir, para los bígamos. Pero ni ella era bígama ni estaba condenada a muerte. ¿O sí? Los insectos se metieron debajo del sambenito antes de abandonar la corte, buscaron cobijo en la tela, rozando la piel del cuerpo de Catalina. La luz del sol se le clavó como un aguijón. Había personal del servicio asomado a las ventanas del pazo y en el jardín, pero nadie se acercaba para ayudarla. El cura aguardaba en la puerta de la capilla con una Biblia y un rosario en las manos. La arrastraron hasta él, que hizo la señal de la cruz y empezó a rezar y a bendecirla echándole agua bendita por encima. La cicatriz humeó debajo del escapulario y tenía una espiral girando dentro de su estómago. ¿Por qué nadie se había dado cuenta de que el cura apestaba a muerte y de que tenía los globos oculares negros? ¿Estaban todos ciegos o qué? Catalina le vomitó en los pies y él dijo aquí está manifestándose Satanás mientras agarraba la cruz del rosario y se la ponía delante de los ojos como si fuese una vampira, cuando lo único que ella quería era abrazarse el vientre, cantar una nana y acunarse hasta que todo pasase, pero las manos de aquellos hombres eran sus grilletes y no iban a soltarla; no iban a soltarla porque era una presa a la que tenían que humillar por bruja bruja bruja bruja bruja.

Había gente esperando alrededor del crucero, Catalina buscó a Angustias, pero no la localizó. A quien sí encontró fue a la mujer de luto que había acudido a ella con el hijo enfermo de las anginas, también a la que tenía el ganado enfermo, a un hombre al que recordaba haber atendido por un herpes y a un niño al que le había curado las quemaduras de la cara con una cataplasma que había evitado que le quedasen cicatrices de por vida. Estaban todos allí, todos los que acudían a ella suplicándole ayuda, aquellos que ella había curado y también otros que no conocía de nada. Docenas de personas esperando. ¿Esperando qué? Entonces, Fernando salió del pazo y la gente se arremolinó a su alrededor. Esa mujer es la peste, ha traído los males a Oca, afirmó con vehemencia. Las heladas, los animales muertos, las malas cosechas, las enfermedades de nuestros hijos, la epidemia de lepra, mi hijo fallecido, todo es consecuencia de sus brujerías. Pero ¿qué está diciendo ese hombre?, pensó Catalina. Ella es la responsable de nuestras desgracias y tiene que pagar las consecuencias. Por eso la Inquisición nos ha dado autorización para ajusticiarla. Aquí tengo la carta que lo confirma, ¿alguien quiere leerla en voz alta? Pero casi todos eran analfabetos y él lo sabía. Además, ¿quién iba a atreverse a leerla en presencia del señor del pazo? Era como cuestionar que lo que estaba diciendo el hombre más poderoso de Oca fuera cierto. Hemos acordado condenarla a trescientos latigazos. Alguien empezó a aplaudir, y los demás, quizás contagiados por aquella manifestación de entusiasmo o tal vez por evitar parecer menos conformes con la decisión del señor a quien tantos favores debían, se unieron. Algunos gritaron con pasión, otros le dieron gracias a Dios, y la mujer de luto que había acudido a Catalina con el ganado enfermo se acercó a ella y le tiró una piedra que se estrelló contra su frente. Los insectos se agitaron bajo el escapulario, empezaron a subirse unos encima de otros, completamente alterados. Catalina, quieren masacrarte, pretenden acabar contigo, tienes que rebelarte, confiesa la verdad, aunque nadie te crea, resístete, no te rindas. Los hombres que la agarraban la empujaron hasta el crucero. Por un momento pensó que la intención era arrancarle aquel saco de tela y desnudarla de nuevo para aplicarle el castigo y denigrarla todavía más, pero ¿cómo iban a atreverse a mostrar su cuerpo pecaminoso a toda aquella gente? Fernando se puso delante de ella, cara a cara, y le sostuvo la mirada. La sangre de la pedrada le resbalaba por el rostro. ¿Te arrepientes de los hechos?, le preguntó, como si importase algo su respuesta. Catalina quería insultarlo, lo que le pedía el cuerpo era soltarle todas las barbaridades que le venían a la cabeza, pero en lugar de eso le escupió en la cara, la gente empezó a murmurar, alguien contuvo la respiración, el señor le cruzó la cara con una bofetada, ella rompió a reír. ¿Esto es lo que has preparado para mí?, lo desafió, con un fuego inédito abrasándola por dentro, desde la cicatriz hasta el vientre. Vamos, Catalina, vomita todo lo que tienes dentro, expulsa ese fuego y esa rabia y haz que todo se incendie. ¿Es que no ves que la verdadera responsable de la muerte de tu hijo es la sombra de tu mujer?, gritó a pleno pulmón. Acabó con Manuel y ahora está en el cuerpo del cura. ¡Míralo! Miradlo todos, él es quien encarna el verdadero mal, y no yo. Pero qué barbaridades dice esta mujer, comentó uno de los hombres que la habían sacado de la corte. ¡No la escuchéis, esta es una de sus argucias!, exclamó el cura seseando como una serpiente. Las brujas engañan, corrompen, seducen con magia negra, nadie te va a creer, eres una discípula de Satanás. Volvió a echarle agua bendita por encima y levantó la cruz, los insectos frotaban las alas zumbando como la tierra que vibra en medio de un terremoto. Fernando estiró la mano, alguien le tendió un látigo de cuero, los hombres que la custodiaban la agarraron cada uno por un brazo. Inclínate, ordenó Fernando, pero Catalina no se doblegó, permaneció erguida y le dijo tú aceptaste traerme aquí, tú me pediste que curase a tu hijo y ahora tú me torturas por bruja. ¿Qué clase de justicia defiendes? La justicia de Dios, contestó él con serenidad. Desenroscó el látigo, lo hizo silbar en el aire y la azotó. El trallazo le abrió la carne de la espalda en diagonal y él gritó: ¡Uno! El público bajó la cabeza, los insectos chillaron, la muerta que estaba dentro del cuerpo del cura se rio a carcajadas, la tela del escapulario rasgada, una línea de sangre desintegrándose en gotas. ¡Dos!, exclamó el señor antes del segundo azote, y el dolor fue tan intenso que Catalina emitió un grito desgarrador. El público había dejado de murmurar y aplaudir, ni una sola persona contemplaba la escena con curiosidad o morbo. Después del primer latigazo habían bajado la cabeza evitando aquello que en el fondo era tan escalofriante: un hombre azotando con un látigo a una joven desvalida, una joven de catorce años con los ojos engullidos por dos cercos oscuros, el pelo empapado en sudor, el escapulario manchado de vómito, su cuerpo famélico albergando otro cuerpo diminuto. ¡Tres! Catalina sabía que no iba a soportar trescientos latigazos. En realidad, todo el mundo lo sabía, y por eso la habían vestido con el sambenito de los condenados a muerte, con las llamas del infierno bordadas en amarillo. Volvió a vomitar, esta vez por el dolor lacerante de la carne de la espalda abierta en tres heridas como tres bocas perversas y tan dolorosas... ¡Cuatro! ¿Dónde estás, Gonzalo? ¿Por qué no apareces? Necesito que me saques de aquí y me escondas en la Sala de los Continentes, quiero estar contigo dentro de África y soltar un pájaro de tres sílabas, prometo que tengo palabras bonitas preparadas, tengo *corazón* y *quererse*, tengo *verdad* y *sonrisa*, tengo una bastarda, tengo una bastarda dentro con alas de libélula y ansias de volar, ¿tú quieres una bastarda? Yo puedo dártela. Catalina, no te dejes ir, no te desmayes, no te vayas, tienes que permanecer despierta, no hagas eso. ¡Cinco! Pero ella empezaba a deslizarse hacia la inconsciencia y cada vez estaba más cerca de la oscuridad. Vio cómo se abría un círculo en el aire y durante unos segundos asomaron Elvira y Marina, quiso pedirles ayuda, pero enseguida se desintegraron, como la miga de pan cuando se deshace entre los dedos para darles de comer a los pájaros. Los insectos se trastornaron ante la idea de perderla, zumbaron de rabia, corrieron por la tela, empezaron a agitar los élitros, los cuernos de sus frentes brillaron con luz azul preparados para atravesar el escapulario. ¡Seis! Desgarraron la tela y se abalanzaron sobre Fernando, eran cientos y cientos de insectos, una nube de cuernos y alas cercando al señor, entrándole por los agujeros de la nariz, de la boca, de las orejas, una nube de cuernos atravesándole la carne como él había hecho con la carne de Catalina. Los hombres que la agarraban la soltaron para auxiliar al señor y ella desfalleció. La gente se marchó huyendo de los insectos y Fernando corrió al interior del pazo para meterse dentro de una de las fuentes.

Cuánto tiempo permaneció Catalina tirada junto al crucero es difícil de precisar. Fue la madre de María quien la recogió y se la llevó para su casa con ayuda de la hija. La acostaron boca abajo, le limpiaron las heridas y le aplicaron una cataplasma a base de miel, malvavisco y corteza de ciprés. El sambenito lo quemaron. Cuidaron de ella con los medios de los que disponían y se enfrentaron al hombre de la casa, que no quería tener una extraña marcada con un sambenito. María la miraba con sus ojos estrábicos, la acariciaba y le cantaba bajito, que también era una manera de acariciarla. ¿Quieres ver mi planta de bebés? Ahora está pelada, pero seguro que florecerá de nuevo cuando mi amor vuelva a meterme una de sus semillas aquí dentro, le contaba. Los insectos estaban allí, abrigados entre los nudos de lana del colchón, y Catalina continuaba inconsciente, ignorando que la madre de María tenía orden de avisar tan pronto se despertase. Los días de la bruja de los insectos en Oca se agotaban.

Mira cómo te abraza

Pese a la buena voluntad de la madre y de la hija y a todos sus cuidados, a los pocos días las heridas que Catalina tenía en la espalda se hincharon y empezaron a supurar, y en aquella casa no disponían ni de los medios ni de los conocimientos para atajar una infección de ese calibre. Tan pronto despertó, corrieron a avisar a Angustias, que, a su vez, alertó a Gonzalo. Lo organizaron todo para sacarla de la casa en medio de la noche. A nadie le importó que Fernando los descubriese, era una cuestión de humanidad. La envolvieron en una manta, la metieron en un coche de caballos y ella flotaba, era brisa, era una nube y también era sombra. María la abrazó y murmuró con los labios pegados contra su oreja, yo conozco tu secreto y sé que llevas a un bebé ahí guardado, ¿vas a plantarlo en tu casa? Pero Catalina no estaba en condiciones de contestar. Tenía fiebre, un dolor que no cesaba y la sensación de que ahora vivía en una oscuridad perpetua y ya nunca más regresaría la luz. Gonzalo viajó a su lado, pero no estaba segura de que aquello fuese real. No estás soñando, Catalina, él está contigo llevándonos de vuelta a Merlo, regresamos a casa, no tengas miedo, mira cómo te abraza, él está aquí y nuestro veneno está corriendo por el cuerpo de su hermano y el barbero está esperándote.

Para Gonzalo era difícil asumir que aquella mujer tan frágil acurrucada contra él fuese la misma que había organizado el ritual en el mausoleo, con el cordero degollado y las vísceras sangrantes entre las manos de su sobrino. Ojalá pudiese borrar aquella imagen para siempre. ¿Cambiaría eso algo? Con la muerte de Manuel se había convertido en el único heredero del pazo y había muchas cosas que podía escoger y otras que no. Casarse con una bruja formaba parte de las que no.

La noche tiene cientos de ojos que acechan desde la oscuridad. Siempre hay quien ve cosas inesperadas desde detrás de un cristal: alguien llegando de madrugada, alguien huyendo después de una discusión, alguien poniendo punto final a una vida para comenzar otra... La noche es cómplice y es revelación, la noche es testigo. Por eso, cuando el coche de caballos entró en Merlo, hubo varias personas que empezaron a sacar conclusiones sobre la identidad de la persona que llegaba a aquellas horas tan intempestivas en aquel coche de caballos. Algunas acertaron y otras se equivocaron, pero eso poco importaba. Gonzalo la estrechó contra su pecho; quería respirarla hasta llenarse de ella por completo. ¿Por qué le hiciste todas esas cosas a Manuel?, murmuró. En realidad, esa pregunta era una trampa, porque aunque ella no hubiese llevado a cabo el ritual del mausoleo, el destino de Gonzalo era casarse con Constanza y formar con ella una familia, en su vida no había sitio para Catalina. Era un noble y ella una bruja, pero aun teniendo esto claro, luchaba contra sí misma. Te quiero, ¿entiendes eso? Con aquella pregunta Catalina reaccionó. Abrió los ojos y se incorporó sobreponiéndose al dolor lacerante de su espalda abierta. Quererme no es abandonarme mientras tu hermano me azota con un látigo, susurró tan bajito que había que esforzarse para entenderla, ni dejarme desnuda en un establo durante días, ni devolverme a Merlo para limpiar tu conciencia. Sedujiste a una bruja sabiendo quién era, y ahora quieres hacerme responsable. Fernando nos encerró para asegurarse de que no te ayudábamos, también encerró a Angustias, no podía salir, ninguno de nosotros podía, ¿comprendes eso? ¡Te saqué de esa casa para salvarte, estoy poniéndome en peligro por ti! Tu hermano está envenenado y se va a morir, no te estás poniendo en peligro, estás a punto de convertirte en uno de los hombres más poderosos de Galicia, eres libre, contestó ella, tremendamente lúcida. No es tan fácil, Catalina. No me hables de lo que es fácil, en mi familia estamos condenadas a parir bastardas, murmuró. ¿Entiendes eso? Condenada a parir una bastarda; tu bastarda. Gonzalo tardó unos segundos en comprender lo que le estaba diciendo. Se puso rígido y clavó la mirada en la oscuridad de la noche. El sonido de los cascos del caballo contra la tierra era un eco que viajaba desde otra realidad. Ninguno de los dos dijo más nada. Ni siquiera los insectos osaron quebrar aquella intimidad tan dolorosa. Tal vez la cobardía sea eso: huir cuando tienes la posibilidad de quedarte.

El barbero los esperaba en la puerta de la casa de Elvira, que ahora era la casa de Catalina, y ella percibió de inmediato las sombras enroscándose entre los árboles, la fuerza telúrica del cementerio de dos tumbas, el olor a hogar y a polvo, la cicatriz palpitando, las mariposas de aceite encendidas sobre la mesa de la cocina, la casa crujiendo de excitación por el regreso, una misteriosa corriente de aire, una puerta golpeándose, los insectos quietos como cadáveres. La acostó en la cama boca abajo y examinó las heridas bajo la luz de un candil. ¿Quién te ha hecho esta salvajada? El viejo se retiró a registrar los armarios en busca de algún ungüento que poder aplicarle para frenar la infección y Gonzalo se agachó para besarla en la frente, aprovechando ese último instante a solas. Te quiero, Catalina. Te quiero y no sabes cómo me duele dejarte aquí. Yo querría que las cosas fuesen de otra forma. Querría tenerte conmigo en el pazo, querría un futuro juntos, querría tantas cosas... Pero no me está permitido. Nuestros mundos están condenados a no tocarse. Tú eres la aurora y yo soy la noche. Perdóname por esto. Esa fue la despedida, un beso en la frente, todas aquellas palabras de mentira y luego los pasos retirándose sobre la tierra del suelo. ¿Estaba sucediendo eso de verdad? ¿Estaba dejándola así, de esa manera tan miserable? Después de todo lo que habían vivido juntos, de tantos pájaros. Corre, corre para tu jaula de oro y huye de este hogar tan pobre. En esta casa habitan dos ánimas, convertimos las flores en muerte, la sangre en amor, las bastardas en brujas. Dentro de esta casa habita un bosque y existe la justicia, ¿qué hay en la tuya? Pero mientras ella pensaba en todo eso Gonzalo ya estaba dentro del coche de caballos abandonando Merlo para no volver nunca, sintiéndose el hombre más rastrero del mundo. Yo sé qué hay en la tuya. Un Salón de los Continentes con África desolada, un estanque con dos barcas y el Señor de la Sierpe llorando para siempre, un oratorio donde os limpian cualquier pecado, un jardín con mi huella en cada rincón, una muerta que saltará de cuerpo en cuerpo, del cura a Angustias, de Angustias a Constanza, de Constanza a vuestro primogénito, porque yo estoy condenada a parir una bastarda, pero tú estás condenado al dolor. Catalina, susurró el barbero, ¿puedes oírme? Ella abrió los ojos. Su abuelo había envejecido treinta años, de repente le pareció un anciano, ¿cuánto tiempo llevaban sin verse? La acarició con dulzura. Ahora de lo único que tenemos que preocuparnos es de que te recuperes. Tienes las heridas llenas de pus, necesito que me guíes y me digas cómo detener la infección. Hay muchos ungüentos, pero no sé cuál debo aplicar. Ayúdalo, Catalina, haz memoria, le dijeron los insectos desde los nudos de lana del colchón. ¿Dónde guardabais las cataplasmas? ¿Dónde están los ungüentos para las úlceras, para las pústulas, para aquellas enfermedades terribles de la piel que vosotras sabíais curar? ¿Dónde están los brebajes que hacían magia? Un tarro con un líquido púrpura, susurró ella, entre un corazón y un lagarto. El barbero registró los armarios y por fin vio el lagarto y vio el corazón y vio el tarro púrpura y regresó al cuarto con él abierto. Olía a bosque y a antiguo. Sobre la frente de Catalina había un insecto con el cuerno emitiendo luz azul. Abrió una mano para que se posase sobre ella. Mira, le dijo al barbero. Ellos me han salvado la vida, nunca me abandonaron. Durante todo ese tiempo en el pazo estuvieron ahí, conmigo. El insecto avanzó hasta la mano del barbero, que tenía los ojos llenos de lágrimas. No te rindas, Catalina, la animaban los demás, vamos, bebe y espera a recuperarte, bebe y empieza de nuevo, bebe y quédate para siempre en Merlo, aunque dentro de ti quieras que este sitio arda arda arda arda en llamas. Pero eso no parecía posible, porque Merlo estaba lleno de gente deseando vengarse, delatarla a la Inquisición, acabar con ella, y no estaba dispuesta a pasar por lo mismo que había pasado Elvira. Esos vecinos que antes hacían cola a la puerta de esa casa cargados con lo mejor de la matanza, lo mejor de la cosecha, lo mejor para las únicas que los podían curar. Esos vecinos que eran lobos con piel de cordero. Esos. El barbero la besó en la frente como antes la había besado Gonzalo. ¿Iba a marcharse también él? ¿Era la segunda despedida? Vas a ponerte bien, he visto cómo Elvira y tú curabais dolencias terribles. Al niño no lo pude salvar, susurró ella. Entonces se incorporó y bebió. Así, Catalina, ahora espera y duerme hasta que amanezca. Y mañana beberás de nuevo y vendrá el barbero a aplicarte cataplasmas y a hacerte sangrías y enseguida volverán los vecinos suplicando ayuda. Prométeme que también encenderás una mariposa de aceite por mi ánima, le pidió a su abuelo. Y que plantarás un tejo en el cementerio de dos tumbas, que pasará a ser el cementerio de tres tumbas. El barbero la miró horrorizado. ¿Qué has hecho, Catalina? ¿Qué has hecho?, repitió, sin querer creerse lo que estaba sucediendo. No podía perderla por segunda vez. Abrázame hasta que ya no duela, le pidió ella. Los insectos abandonaron los nudos de lana del colchón y volaron hasta envolverlos por completo. La casa empezó a vomitar niebla desde sus intestinos, como si la estuviese fabricando bajo tierra. Los jirones volaban buscando una salida por las grietas, por los huecos de las ventanas o por debajo de la puerta. Mientras el brebaje empezaba a extenderse por el organismo de Catalina, vio las manos retorcidas de Elvira secando flores de camomila, vio un pájaro de dos sílabas llamado merlo entrando por la ventana, vio bebés con alas de libélulas desprendiéndose del tallo de una planta para enfrentarse con el mundo. Vio los ojos estrábicos de María y su boca imperfecta soltando burbujas de saliva que guardaban dentro nuevas semillas de bebés, vio a su propia bastarda agarrando el cordón umbilical y haciendo brotar dentro de su vientre una flor con cada tirón, vio la rueda de santa Catalina en su lengua, vio a Elvira y Marina volando sobre el mar a caballo de una escoba con pelos de oro. Vio un bosque blanco, un barbero sangrador montado en un carro gobernado por leones. Vio una bandada de insectos saliendo de la boca de Gonzalo, vio a Manuel sosteniendo una cornucopia llena de fruta y corazones palpitando. Vio un cordero lechal saliendo de África, vio la tierra, vio raíces de tejo y vio el halo que separa el mundo de los vivos del mundo de los muertos. Lo que no vio fue la masa gris que cubrió Merlo hasta devorarlo. Ese día nació la niebla. Aquella casa nunca dejó de vomitar. Todavía lo sigue haciendo hoy.

Lola

I

Estoy desangrándome. El tejido blando que me reviste el útero se deshace en coágulos, mi endometrio se desintegra después de un nuevo fracaso (¿cuántos van ya?), y yo expulso tanto líquido que si esta tarde hubiese querido donar no me habrían admitido, y eso que soy cero negativo. Mi sangre es oro líquido, soy un caramelo para los hospitales, si me muerde un vampiro muta en humano. En la universidad me hice donante porque descubrimos que al terminar la transfusión daban pastelitos industriales gratis. Era divertido desinflarse en una camilla para inflarse nada más terminar. Mientras me vaciaban sentía que estaba haciendo algo por alguien, aunque fuese un total desconocido, y era una manera de llenar los agujeros negros que tenía dentro. Aún me sucede ahora: cuando imagino mi interior no veo órganos, veo charcas de antimateria, como si la piel y la carne que me cubren estuviesen ocultando una especie de colador emocional con un monstruo anidando en cada agujero: un gólem, un cíclope, una hidra... Por eso en aquella época dejaba que me clavasen agujas. Me reconfortaba, supongo que era una manera de refugiarme y desviar la atención. En lugar de autolesionarme para que el dolor físico sustituyese al otro dolor, el que sentía por dentro, iba al hospital. Sangre por azúcar, el intercambio era purísimo. En cuanto salía de allí, apretaba el lugar donde me habían clavado la aguja y así conseguía tener un foco de dolor localizado durante un par días. Aquel moratón me hacía sentir bien, me ayudaba a aliviar la tensión. La semana pasada leí que en un instituto compraron un congelador para frenar las autolesiones, porque el contacto continuado con el hielo produce algo que se parece bastante al dolor, y eso parece menos terrible que clavarse un punzón o cortarse con una cuchilla. Entiendo a quien se lesiona, sé perfectamente lo que le pasa por la cabeza a esa persona, y ojalá pudiese abrazarla hasta fundirme con ella, atravesarle la piel sin dolor, nadar por su organismo hasta encontrar las charcas de antimateria, cortarle la cabeza a cada monstruo y luego tapárselas una a una. Lo que me aterra es que pretendan que un congelador haga la función que debería hacer un psicólogo.

Es curioso todo esto porque me dan bastante grima las agujas. Pero con las transfusiones relativizaba el mal trago por el premio final. Ahora no soporto el sabor de la bollería industrial y no voy a donar sangre desde hace por lo menos quince años porque me da mucha pereza, porque esquivo los hospitales y, básicamente, porque soy un ser despreciable que perdió el sentimiento de altruismo en algún momento impreciso de su vida. Tampoco me dedico a hacer el mal, hago el bien, pero sin pasarme. ¿Y qué estoy esperando ahora? El momento en que mi cuerpo expulse la última gota de sangre. Es el tercer día y esto no tiene visos de frenar, al revés, soy un géiser. Permanezco acostada en este sofá, con un par de onzas de chocolate del 85 % encima de la mesa para no sentirme excesivamente culpable, mientras espero que me haga efecto el ibuprofeno. Jamás he comprado pastillas específicas para el dolor menstrual, y seguro que con eso también estoy incumpliendo alguna de esas normas no escritas y absurdas que todo el mundo conoce excepto yo. Tomo ibuprofeno cuando me duele la cabeza, cuando tengo una contractura y cada mes cuando me desangro, y siempre funciona. ¿Que lo hago mal? Pues seguramente, pero para los pocos vicios que tengo, que me perdone el Colegio Oficial de Farmacéuticos. El ibuprofeno es milagroso y universal, como mi cero negativo. Aunque en internet ponga que el consumo excesivo puede causar accidentes cerebrovasculares, incrementar el riesgo de paros cardíacos y provocar una perforación de estómago. Pero seguramente si consultase en internet a qué se debe este sangrado tan bestia, encontraría artículos donde explican que sufro: a) una enfermedad grave, b) perimenopausia, c) aborto espontáneo. Ninguna de esas opciones me reconforta. Además, la primera es improbable, la segunda es una sombra que nos acecha a todas cuando cumplimos los cuarenta y algo y la tercera absolutamente imposible, pero no quiero pensar en eso. Suelo dejar para otra ocasión las cosas que me hacen daño; nunca es un buen momento para enfrentarse a aquello que lastima. Si aparece algo que puede convertirse en herida, busco la manera de taparlo, como si fabricase una costra. La clave es bloquear ese pensamiento. ¿Que me dueles?, pues no pienso en ti. Pero resulta que este modo de vida tiene una fisura que consiste en que las heridas también pueden crecer hacia dentro, y lo que cubres por arriba acaba minando en otra dirección, como el agua subterránea buscando una salida, como un animal que emprende una huida dentro de su propia guarida, porque, a veces, la trampa es la casa que tú has construido. Y cuanta más costra fabricas, más grande es la cantera que provocas. Hacia dentro, siempre hacia dentro. Quizás por eso siento este vacío, porque la herida es tan profunda que ahora convivo con un pozo. Tampoco me ayuda demasiado lo que ha sucedido con los espacios de esta casa. Un día dejó de importarnos rayar el parqué, ya no era tan grave romper otro trocito de la vitrocerámica, permitimos que las manchas de humedad ganasen espacio y se acumulasen en lugares que antes eran sagrados. Crecieron las montañas de libros, dejamos de ordenarlos en las estanterías, consentimos que la inercia del día a día tomase el control sobre todo lo demás, sepultamos los altares. Y también olvidamos cómo era aquello de querernos. Si pienso en todo esto, lloro, y si no pienso, la herida sigue creciendo y el pozo se vuelve más profundo. ¿Hay alguna salida que nos permita sufrir un poco menos? Ayer escribí en Google las palabras «cómo dejar a tu pareja» y encontré un número de artículos ingente. ¿Cuánta gente está en esa situación? Después de media hora leyendo estupideces llegué a la conclusión de que lo que necesito es que me deje él a mí. Sería un alivio, pero no sucede, y pasa un mes, un trimestre, un semestre, un año y otro más y otro. Y yo me desangro mes a mes, por dentro y por fuera, mientras empieza a llegarme al móvil publicidad sobre tratamientos para preservar la fertilidad. ¿En qué maldito momento me he convertido en una mujer mayor? Toc, toc, toc, eh, Lola de hace veinte años, ¿sigues ahí dentro? Claro que sigue, me habla a diario desde su inocencia, y aunque admito que ya no me queda tanta como entonces porque he perdido gran parte junto con mi capacidad de altruismo, por dentro sigo siendo yo. Por fuera también, excepto cuando veo fotos de antes y percibo el ascenso hacia la mediana edad, que no estoy segura de cuándo se supone que empieza ni quiero saberlo. Si me comparo con el 95 por ciento de personas de mi quinta siempre me alegro de ser yo y no ellas, porque parece que me llevan una década. Me pregunto si les pasa lo mismo y, en caso de que sea así, si yo entro en el 5 por ciento que se salva. No tengo nada en contra de cumplir años, pero me esfuerzo para que no lo parezca. Sí, claro que es una contradicción, soy un ser humano, no creo que se esperase otra cosa de mí. Pero es que detesto esa sensación de caída libre que me transmite todo el mundo a partir de los cuarenta, como si al cruzar esa línea entrases en el carril que va directo al accidente irreversible, ¡CATACRASH! Veo cristales rotos, una pierna retorcida en una postura antinatural, descolgamiento en la zona del cuello y bolsas debajo de los ojos, todo en el mismo fotograma. Debería dejar las frivolidades para otro momento. O eso o coger el móvil y llamar a alguna de mis hermanas, a Ernes o a mamá. Ojalá pudiese llamar a mamá, aunque también me aliviaría eliminar su contacto de mi agenda. Cualquiera de esas dos cosas sería una manera de volver a empezar. Pero también ahí hay un agujero, y es tan profundo que ahí abajo vive un monstruo tan aterrador que cada vez que pienso en él no puedo respirar.

2

Hugo llega del trabajo a las nueve. Escucho las llaves en la puerta, su saludo desde el recibidor, los pasos cruzando la casa y no me inmuto. Permanezco acostada, hecha un ovillo dentro de mi jaula. Por favor, que pase algo que haga saltar todo por los aires. Cualquier cosa excepto este tiempo muerto. Acerca sus labios a mi frente e intento recordar cuándo fue la última vez que nos besamos en la boca, pero es imposible recordar algo así. El día que deja de suceder no vuelves a pensar en eso.

—Tienes mala cara.

Me gustaría explicarle lo que me sucede en realidad. Pedirle que se siente y pronunciar la frase que prologa el drama: «Tenemos que hablar». Sacar de dentro todo ese peso que arrastro, como si llevase un muerto abrazado a mí, y ponerle nombre a lo que nos pasa. Pero no hago nada de eso y es una nueva manera de fracasar. Igual que mis óvulos, que otro mes han sido liberados para nada. Eso en el mejor de los casos. Tal vez mis ovarios lleven tiempo soltando ovocitos fantasmas, es probable que estén vacíos y ya no consigan fabricar nada más que carcasas. Pero yo sigo sangrando cada mes y los imagino como cáscaras de huevos hueros, o berberechos llenos de arena. Castañas de

Indias no aptas para el consumo, albaricoques podridos o simplemente piedras; sin alma y sin latido.

—Estoy cansada —digo sin esforzarme demasiado en disimular el hastío.

—¿Seguro que solo es eso? —pregunta, dándome la opción de ser sincera.

Pues no me da la gana, ¿por qué no se sincera él?

—Estoy desangrándome —añado.

Y él observa el chocolate, la caja de galletas, los dos libros a medio leer sobre la mesa y el móvil encima de mi pecho, y parece armar su propio rompecabezas, cosa que tampoco es tan difícil. A veces veo a Hugo y es como si examinase una radiografía. Agradezco que no insista porque nunca parece un buen momento para romper y porque hoy no tengo precisamente el mejor día.

Me acuesto pensando que soy una cobarde y prometiéndome que no vamos a llegar así al verano. Evito pensar todas las veces que me he hecho promesas parecidas que he incumplido, porque tampoco es cuestión de seguir autoflagelándome de esta manera. Hay días en que me caigo fatal. Yo no era así y no tengo ni idea del momento en que me he convertido en esta persona. Hago el propósito de expulsar este espíritu que me habita. Mañana buscaré en internet los pasos para practicar un exorcismo. Esta casa es un cementerio. Vamos a morirnos de inanición y yo no sé cómo detener esta deriva.

3

Nunca consigues conocer esta ciudad por completo. Siempre quedan calles, caminos, escaleras que jamás has pisado porque es tan fragmentaria como inabarcable. Vigo es una superposición de fragmentos. Alguien los ha cosido y ahora vivimos en esta colcha de *patchwork* llena de colores y texturas. En el centro se levantan varias joyas arquitectónicas y muchas huellas del pasado que se aferran a la piedra como marcas del tiempo en la piel. En el extrarradio hay kilómetros de verde y casas que parece que alguien ha colocado mientras jugaba con una maqueta, es la única explicación a tanto caos y tanto desorden. Somos la imagen de la dispersión. Al revés que en A Coruña. Allí son como polillas alrededor de un punto de luz. Se guían por el mar y viven concentrados en un solo núcleo, como las piedras que forman una fortaleza. En Lugo tienen una fortaleza auténtica que marca el carácter de la ciudad, y el mundo rural es una lección tras otra; trabajar la tierra es una de las maneras más profundas de amor que existen. Ourense es una puerta abierta atravesada por una serpiente de agua y un paisaje que te aplasta de tan rotundo. Si no tienes una aldea en Ourense, o en Lugo, o en el interior de Pontevedra, no eres nadie. Siempre sentí envidia por los niños que se iban a la aldea los fines de semana. Los veía como aves que migraban constantemente en busca de un lugar verdísimo donde estaba la clave de la libertad, mientras que yo me quedaba aquí, en un barrio donde en el verano había bicicletas, piscinas desmontables y poco mar, porque, pese a estar solo a diez kilómetros, ir en autobús a la playa era como cruzar la eternidad. Galicia es eso, una isla indómita a miles de horas mentales de todas partes y a un tiro de piedra de que nos insulten. Una de las últimas veces que fui a Madrid, una desconocida algo borracha y bastante imbécil me preguntó en una discoteca si el trap había llegado a Galicia, y yo le expliqué que, evidentemente, lo que no había llegado a la capital eran nuestras cincuenta maneras de nombrar a una *gilipollas* y que mi favorita era *papahostias*. No entendió nada, claro. Al final de la noche la vi vomitando en la calle sobre sus propios zapatos y me pareció poético.

Me deprime caminar por las calles donde cada tres pasos hay un negocio que se traspasa, un edificio precintado por riesgo de demolición o un escaparate agónico, lleno de polvo, y restos de un pasado que se prometía boyante y acabó siendo quimera. Me duele especialmente cuando se trata de un negocio que conocí siendo niña. En esta ciudad hay varias calles así, en estado de descomposición, como afectadas por una enfermedad contagiosa que las hace pudrirse. Luego sucede que me impresiona cuando un emprendedor abre un local de estética actual al lado de un comercio que quebró hace años y ahora es una especie de espíritu atrapado. Está ahí pidiendo auxilio, pero nadie se da cuenta porque es incómodo detenerse en lo que se ha roto. Me parece extraño que una galería de arte moderno abra sus puertas junto a una antigua juguetería con un montón de correspondencia acumulada debajo de la puerta; que a su vez está junto a una tienda de novias de una firma *premium* que al lado tiene lo que había sido un negocio de fotografías con carteles de Kodak quemados por el sol y por el paso del tiempo. Desaparecer es algo bastante patético.

4

El local donde he quedado con Ernes y Fran es acogedor, pero las camareras marcan la distancia con un muro de frialdad. Cuando empiezan su turno entran en un congelador que las demás personas somos incapaces de ver y se convierten en icebergs. En sus ojos intuyes que detestan ese trabajo y que no les importaría escupirte en la bebida. De hecho, es probable que lo hayan hecho alguna vez. Estaba deseando llegar, tengo un dolor intenso en la pierna derecha que ya asumo como crónico y a veces es una tortura. Echo un vistazo y reconozco en una de las mesas a un usuario de la biblioteca que siempre se lleva prestados libros de Terry Pratchett. Le hago un gesto con la cabeza porque es alguien al que veo todas las semanas y tampoco es cuestión de quedar como una maleducada, y él sonríe sin darse cuenta de que tiene un bigote de espuma de cerveza. No le devuelvo la sonrisa y avanzo hasta encontrar la mesa donde me esperan.

—Por fin te dejas ver, qué barbaridad. —Abrazo a Ernes y le pido perdón por los días que llevo evitando verla. Es mi mejor amiga, como una hermana con la que no compartes genética pero sí todo lo demás que crea vínculo: tíos, borracheras, lágrimas, resaca y lágrimas de resaca, que son como las anteriores, pero más penosas—. Ya me estabas preocupando.

Ernes va vestida de colores pastel, como si estuviese retando al invierno.

—Llevas escrito en la cara que tienes movida con Hugo —dice Fran.

—En realidad tengo movida conmigo misma. No es culpa de Hugo.

—Algo de culpa tendrá —contesta él intentando sacarme información.

El 50 por ciento, exactamente. Pero sigue sin apetecerme ser sincera con este tema e intento quitarle hierro para esquivar el drama. La camarera se acerca a la mesa. Es guapísima. No me explico cómo alguien puede lucir tan increíble con un uniforme de trabajo. Me mira desde su indiferencia y yo le pido un café, que me sirve con la misma desgana con la que me ha recibido. El motivo de que haya camareros que se comportan como si los clientes fuésemos escoria es algo que debería ser investigado en profundidad. Da igual que les pongas tu mejor cara o sonrías, de hecho, incluso es peor si les sonríes.

—La viva cara de la alegría —comento—. ¿En esta ciudad todo el mundo está amargado o qué pasa?

—La respuesta es sí. Y quien no está amargado es porque vive en la ignorancia.

Ni Ernes ni yo entendemos qué intenta decir Fran.

—No quería contaros esto por teléfono porque es muy fuerte incluso para mí, que tampoco es que me escandalice a las primeras de cambio. El novio de Silvia me ha entrado a través de una aplicación para ligar.

—Primero, ¿estás seguro de que era él? Y segundo, define «me ha entrado» —le pide Ernes.

—Sé que era él porque es tan imbécil que ha puesto su cara de foto de perfil.

—Nos estás vacilando —intervengo.

—Ojalá.

Esto no tendría nada de sorprendente si no fuese porque ese tío se va a casar con Silvia el próximo verano y son de esas parejas que se dedican a llenar las redes de fotos con frases sobre el amor eterno y la fortuna de tenerse el uno al otro. Otro dato relevante es que Silvia tiene una cuenta donde publicita marcas de ropa y es bastante conocida en la ciudad.

—Me pidió una foto y pasé de mandársela por si me reconocía. Tuvo que verme con Silvia algún día, estoy casi seguro. Lo que no entiendo es cómo puede ser tan estúpido como para andar por ahí enseñando su cara. Si quieres ponerle los cuernos a tu pareja, pues, hombre, sé un poquito discreto. Me preguntó de dónde era, si me gustaba el *popper* y luego me dijo literalmente «quiero mamar».

—¿¿¿Qué??? —Ernes y yo no sabemos dónde meternos, ni qué decir, ni qué cara poner.

—Quiero mamar, así, como suena. Sin más vueltas. El tío en eso en concreto va de frente.

Fran nos habló alguna vez de toda la movida esa del *popper*, que se inhala y el efecto dura como un minuto. Te atraviesa un relámpago, como un latido gigante que eleva la potencia sexual. Inhalas, vuelas, tocas la euforia con los dedos y bajas. Me maravilla la capacidad de los hombres para ser tan expeditivos para todo, sin rodeos. Fran repite la expresión *quiero mamar* un par de veces y pasamos del absoluto pudor a la risa, porque hay cosas que es mejor digerir con humor.

—A mí lo que haga cada cual con su vida privada me parece perfecto, yo no soy nadie para opinar, pero ¿Silvia qué? —pregunto—. ¿Qué pasa con ella?

—¿Tendrán una relación abierta? —apunta Ernes.

Pero los tres sabemos que eso es imposible porque Silvia es bastante conservadora y algo como esto sería demoledor en su vida. En su vida y en la de cualquiera, vaya. Que respeto al máximo las relaciones abiertas, pero que tu novio (y prometido) esté ofreciéndole mamar a tíos por Grindr es degradante incluso para la persona con más autoestima del mundo. Imagina ser una mujer más o menos conocida en la ciudad. No quisiera yo estar en su piel.

Fran pide un gin-tonic que bebe a sorbos pequeños. Dice que no sabe qué hacer. Yo insisto en que hable directamente con Silvia. No es que sea precisamente amiga nuestra, pero sí conocida, y si yo estuviese en esa situación agradecería que alguien me dijese la verdad. Ernes cree que es mejor no meterse porque cada pareja tiene sus códigos y quiénes somos nosotros para interferir. Acabamos la noche brindando por no tener prometidos que ofrecen mamar en Grindr. Por un momento mi relación con Hugo no me parece tan terrible. Ese engaño dura aproximadamente lo que tardo en llegar a casa, abrir la puerta de nuestro cuarto y escuchar su respiración, tan pesada como una maldita piedra que me aplasta el corazón; igual que cuando pisas un bicho y se te queda pegado en la planta del pie. Pues así.

5

La biblioteca abre al público a las diez de la mañana, pero yo llego siempre con tiempo para organizar los libros que devolvieron a última hora del día anterior. Enciendo las luces, a continuación los ordenadores, y me tomo el segundo café del día en soledad. Aprobé las oposiciones hace unos años, después de dos intentos, y conseguí la plaza. Este lugar es lo más parecido que conozco a la paz. Tengo libros a mi disposición por todas partes, siempre hay silencio y gozo de libertad para programar actividades con público adulto e infantil, que es lo que verdaderamente me entusiasma. Si comparo mi situación con la de compañeras de otras localidades sé que en cierto modo soy una privilegiada. Aquí nadie ha recortado horarios, no nos deben salarios y no hemos tenido que suprimir servicios. Trabajar en una biblioteca municipal a veces implica vivir bajo una amenaza.

De este lugar me gusta todo excepto un compañero. Se llama Emilio, es auxiliar, se incorporó hace siete meses y no consigo entenderme con él. Lo he dejado por imposible y en la actualidad no me esfuerzo lo más mínimo. No me interesa nada resultarle simpática. Lo intenté los tres primeros meses y desistí por puro agotamiento. Es de esas personas que siempre ponen una excusa cuando hacen algo incorrecto, como buscándole la vuelta para que parezca que eres tú quien se equivoca. No comprendo a esa gente a la que le cuesta tanto reconocer los propios errores. Pero, sobre todo, me irrita que me tomen por imbécil, y si evidencio algo que no está bien y tú intentas darle la vuelta, en realidad buscas la manera de manipularme, y eso es porque me subestimas. Un día se lo dije con estas mismas palabras y se quedó callado. Estuvo un par de semanas como una malva, pero a la primera oportunidad intentó hacérmela de nuevo. Sospecho que le sienta mal que yo sea una mujer y tenga un cargo superior. Pues, chico, es lo que hay. Una mañana llegó aquí diciéndome que conocía a un ex mío y quiso hacer una broma con que me tenía más controlada de lo que yo pensaba. Me quedé con las ganas de mandarlo a la mierda. Desde entonces, marco las distancias con él de una manera bastante evidente. Percibo que disfruta especialmente amenazándome con denunciar incumplimientos del convenio, apela a los derechos laborales, como si yo no fuese la primera interesada en que se respeten. Es como tener una plaga de cucarachas que no puedes exterminar. Me gustaría que durase aquí lo menos posible. Que pida el traslado, que lo muevan a otra biblioteca y los dos contentos. O simplemente que se abra un agujero en el suelo que se lo trague y desaparezca para siempre. Que no quede ni rastro de él: ni del olor de su *aftershave*, ni de las pieles de sus labios resecos, ni de la verruga que tiene en la mano derecha. Me repugnan esas tres cosas. Pero, sobre todo, me repugna él. Es algo visceral.

6

Visito la casa familiar una vez al mes y ya me parece mucho. Siempre me aseguro de que va a estar Sole, una de mis hermanas. Es la manera de que se rebaje la tensión que siento cuando cruzo esa puerta. La cuestión se resume fácilmente: a los tres meses de morirse mamá mi padre nos reunió para contarnos que estaba empezando una relación con otra mujer y unas semanas después ya la había metido a vivir con él. Y nosotros, que estábamos asumiendo todavía el hecho de que nuestra madre estaba muerta, en pleno luto, aprendiendo a vivir sin ella después de un cáncer que en teoría no era de los más agresivos, tuvimos que tragar con el hecho de entrar en casa y que hubiese una señora ocupando su lugar en el sofá, en la mesa del comedor, usando su cuarto de baño, la vajilla, las mantas que la habían tapado en los días felices y también durante la enfermedad... De pronto había una réplica suya, con otra cara, otra voz y otro cuerpo, fingiendo ser ella. En una operación perfecta de suplantación de identidad apareció una señora que no era mamá pero que se comportaba como si lo fuese. Y eso siguió haciendo desde entonces. A veces pienso que estamos dentro de un capítulo de *Black Mirror*, con esa tensión espesa filtrándose a través de los poros para circular libremente dentro de ti, esa sensación de que todo puede saltar por los aires en cualquier momento, esa línea finísima que separa la calma del momento en que alguien revienta una cabeza con un bate de béisbol.

Ignoro si cuando cumples cierta edad necesitas apurar porque sientes que todo se precipita hacia el final o si mi padre se sintió desvalido y solo se limitó a atrapar la oportunidad de rehacer su vida en el momento justo en que le pasó por delante. Solo sé que hay una mujer que responde al nombre de Fina que no sé si funciona a pilas o mediante batería, que usa los delantales de mi madre, hace *plum cakes* de mármol y casi siempre está sonriendo, cosa que por momentos me resulta algo siniestra.

—Esfuérzate un poco, por lo menos disimula y cambia esa cara que pones cuando está delante —me riñe Sole en la cocina, aprovechando un momento en que estamos solas—. Si no estás dispuesta a darle una oportunidad, aprende a fingir. ¿Qué piensas que hago yo?

Pero resulta que soy una persona transparente y, cuando alguien no me gusta, me muestro cortante, evito mirar a los ojos y no doy conversación. Me cierro y practico la economía del lenguaje: si puedo usar dos palabras para responder una pregunta, no uso tres.

—No sé, Sole. Explícamelo, ¿qué haces tú?

—Pues disimular, Lola. Disimular, ser educada y capear el temporal hasta que pase.

Observo que justo en este momento mi padre y Fina están en el salón aprovechando nuestra ausencia para besarse.

—No parece que este temporal se vaya a pasar —comento con sarcasmo.

Sole resopla y a mí me da por reír. Y mejor así, si

no me tomo esto con humor, ¿qué me queda? ¿Vivir permanentemente cabreada?

—¿Qué pensaría mamá de esto?

—Que papá es un impresentable que ni el duelo respetó. Me extraña que no haya regresado en forma de espíritu para hacerles la vida imposible.

Sole me mira de una manera peculiar. A ella, como me pasa con Hugo, también puedo leerla por dentro como si fuese una radiografía. Tengo un par de ojos trabajando dentro de ellos y lo saben.

—¿Qué pasa? —le pregunto.

Me advierte que lo que está a punto de contarme no me va a hacer gracia y le pido que dispare de una vez.

—La tía ha ido a ver a un santero que le ha dicho qué mamá está atrapada aquí, entre nosotras, y no puede descansar en el otro mundo.

Miro a Sole como quien observa una pantera albina haciendo acrobacias sobre el mar. Le pregunto si me está tomando el pelo y me dice que todavía no ha terminado:

—Y que tenemos una persona que nos está haciendo magia negra, que ya nos ha secado las plantas y mató a Linda y también a la ninfa, y si no le ponemos remedio va a ser peor.

Nuestra tía es la hermana mayor de mamá. Trabajaba como costurera y de pequeñas nos hacía vestidos y abrigos que nos transformaban en niñas de revista. Siempre me ha caído bien porque es directa, incisiva y lista. Mamá solía decirme que yo había sacado el carácter de la tía y que eso significaba que iba a ser autónoma. Tal vez pensase eso porque la tía nunca se casó.

—Linda se murió porque tenía dieciséis años, que bastante vida me parece para una perra. La ninfa ya ni sé cómo duró tanto. Y las plantas se secan y vuelven a brotar, no veo la magia negra por ninguna parte. Además, ¿quién usa la magia negra para cosas como esas?

—No sé, explícaselo tú. Quiere que vayas a verla. Va a pedirte que la acompañes al señor ese.

—¿Yo? ¿Al brujo? Debéis estar de vacile. Ella y tú.

—Yo solo hago de mensajera.

De pronto, me doy cuenta de lo que está pasando en realidad y hago un ligero cambio de rumbo con una pregunta que creo que Sole no se espera:

—Y dime una cosa, ¿por qué no te ha pedido a ti que fueses a ver al brujo? ¿Por qué yo sí y tú no?

Evita mirarme a los ojos y yo, a estas alturas, ni siquiera necesito que conteste porque ya sé de qué va esto:

—Yo ya he ido.

7

Me siento imbécil por acceder a esto. No quise defraudar a mi tía, me habló con tal desesperación que me pareció cruel negarme. De ella podía esperármelo porque en la familia siempre han creído en esas cosas y crecieron en una época en que consultarle los problemas a una bruja entraba dentro de la normalidad. Pero ¿Sole? ¿Qué hace ella tragándose esas tonterías? Sole no accedió por complacer a la tía, accedió porque cree que ese santero adivina cosas, quita el mal de ojo y ayuda a limpiarte de envidias y malos espíritus.

—Te penetra con la mirada, Lola. No imaginas lo que viví en aquella sala de espera. Entró una mujer corriendo, desesperada. Era algo mayor que nosotros, con el pelo rubio y tacones de aguja. Preguntó por el santero a gritos y te juro que tenía voz de hombre.

—Pero, Sole...

—Espera, no me interrumpas. Ya sé lo que estás pensando. No era una voz de hombre al uso, es difícil de explicar. Hablaba muy grave y le salía del estómago, como si no fuera ella quien estuviese hablando. Serafín la escuchó, mandó fuera a los que estaban con él en la consulta y la metió para dentro. Te juro que veinte minutos después, cuando salió de allí, hablaba como tú y como yo.

—¿Quieres decirme que la mujer con voz de hombre tenía un espíritu maligno dentro y que el tal Serafín ese se lo quitó en veinte minutos? En la peli de *El exorcista* el padre Karras está días intentándolo con todas sus fuerzas y no hay manera.

—Búrlate todo lo que quieras, yo te digo lo que viví. No me lo contó nadie, lo vi yo. Esa mujer que hablaba no era ella, era alguien que tenía dentro. Mira, mira cómo se me ponen los pelos del brazo de punta recordándolo.

—Sole, por favor, tienes una carrera, has aprobado unas opos, eres una tía que lee...

—¿Y qué tiene que ver todo eso con lo que te estoy contando? No puedes ir a ver a Serafín con esa actitud.

Otra vez mi actitud. Primero con Fina, ahora con un santero, mañana será Hugo y siempre yo, aunque estemos hablando de patrañas paranormales.

—Abre la mente. ¿Tú no te acuerdas de todas aquellas mujeres que iban a ver a la bruja que tenía consulta en el barrio cuando éramos niñas? Pasaban por el camino de delante de nuestra casa gritando como si estuviesen poseídas. Y cuando regresaban de vuelta, iban como malvas.

Tengo una especie de bruma en esa parte de los recuerdos porque yo era muy pequeña. Sí recuerdo que aquel camino estaba entre campos y que siempre había mucho tránsito de gente que iba al bar de la bruja a todas horas. Tardé años en entender que era típico que las brujas acabasen montando un bar que funcionaba como sala de espera y contribuía a diversificar el negocio. Le puso de nombre Remanso, qué curioso. Como si fuese un rincón lleno de paz. De la bruja recuerdo varias características físicas que ahora me parecen grandes tópicos y ya ni siquiera sé si es un recuerdo auténtico o fabricado por mí misma: las uñas rojas en punta y exageradamente largas y el pelo cardado. Lo tenía rubio platino. Llevaba anillos de oro en los dedos artríticos. Cuando no pasaba consulta estaba detrás del mostrador. A mí no me daba miedo, pero sí me despertaba curiosidad por todo lo que se hablaba de ella. Venía gente de muchos sitios buscando ayuda.

—El cura le echaba una mano, no podía ser una estafadora si él accedía a colaborar.

—¿Cómo que el cura? Pero si precisamente la Iglesia ha sido siempre la principal enemiga de las brujas.

—Pues yo te digo que había un cura que la ayudaba en las sesiones de espiritismo.

—Ahora dime que también has ido a esa bruja.

Esta vez Sole no esquiva mi mirada:

—Me llevó mamá.

8

Hay algo muy triste en este lugar. La brida en el portal de acceso al edificio, las escaleras, con ese olor a polvo, la primera planta, atravesada por un corredor a oscuras, todas estas habitaciones vacías, los marcos de las ventanas, por donde se filtran corrientes de aire. El ambiente está cargado y yo avanzo ignorando los calambres en la pierna, siguiendo los pasos de Sole. Mentiría si digo que no tengo curiosidad por ver cómo es el santero y formarme mi propio criterio. Mi hermana lleva vaqueros con los bajos deshilachados y sudadera, y la envuelve un halo de despreocupación que envidio. ¿Hay una ropa adecuada para ir a ver a un santero? Tal vez me he vestido de una manera demasiado formal.

Había imaginado una sala de espera como la de la consulta de un dentista de los años noventa, limpia y decadente, pero en lugar de eso encuentro una especie de lugar de tránsito entre un cementerio y un estercolero. En el suelo hay muchas botellas de plástico de productos de limpieza. Amoníaco, lejía, vinagre... Están apiladas en una esquina, bajo una mesa de madera que pretende ser una especie de altar. Hay velas rojas encendidas alrededor de una fotografía de un desconocido, vasos manchados de café, imágenes de Jesucristo y flores de plástico decoradas con adornos de Navidad. Teniendo en cuenta que estamos terminando febrero, me descolocan el espumillón brillante y las piñas con purpurina plateada. En la pared, junto a la puerta, cuelga una ristra de ajos enganchada a una linterna. Hay un rollo grande de papel de cocina, botellas de colonia de litro y muchos calendarios en las paredes debajo de cruces y herraduras. Miro a Sole suplicándole cordura y ella me dice por lo bajo que la otra vez que ella vino aquí la sala no estaba así. No la creo.

Una de las cosas que más me desconcierta es que la puerta está abierta y podemos oír todo lo que están hablando en la consulta. Hay una mujer mayor, y el santero le dice algo sobre rezar un padrenuestro y echar en las esquinas de su casa agua con vinagre. Cuando los clientes que están dentro salen, Serafín me mira y yo no percibo por ningún sitio esa intensidad de la que me había hablado Sole. Entramos en la sala. Al fondo hay una chica delante de una mesa con jabón, velas y más cuadros de Jesucristo, y pegada a la pared una camilla. ¿Quién es ella? ¿Será hija del santero? Percibo un fuerte olor a incienso. Serafín lleva guantes negros de plástico, un chaleco acolchado y pantalón negro. Me pide que me acueste en la camilla, pone una cruz de metal sobre mi vientre y guía mis manos para que la agarre. Le lanzo una mirada fugaz a Sole buscando su complicidad y reparo en que en la pared, junto a la puerta, hay pegatinas de las Tortugas Ninja. Mi entereza ahora mismo está patinando sobre una pista de hielo. El hombre me observa y empieza a hablar:

—En tu vida hay muchas mujeres.

No sé si espera una respuesta, pero yo me callo y dejo que siga hablando sin confirmar ni desmentir.

—Has tenido una pérdida importante hace un

tiempo y aún no te has recuperado. ¿Se trata de tu madre?

Vamos a ver, señor, si han estado aquí mi tía y Sole, usted sabe perfectamente que mi madre está muerta. Muy imbécil debo de parecerle para que intente hacerme creer que acaba de adivinarlo. Pero en lugar de soltarle todo esto, me comporto como una cobarde y me limito a decir *ajá*. Él se calla unos segundos con cara de satisfacción.

—Veo a otra mujer ocupando el lugar de tu madre. ¿Se llama Fina?

—Ajá —repito mientras me pregunto cuántas veces seguidas voy a ser capaz de decir *ajá*.

—Sientes rabia porque tu padre ha metido en casa a Fina y rabia por el fallecimiento de tu madre. ¿Estaba enferma pero su muerte fue inesperada?

Esta cuarta falsa adivinación del santero me duele. Porque es verdad que mamá tenía cáncer y sabíamos que el proceso iba a ser duro, pero siempre nos habían dicho que no era de los más agresivos, que lo habían cogido a tiempo y que tenía un 70 por ciento de posibilidades de curarse. Y una mañana, durante una sesión de quimioterapia, empezó a encontrarse mal y se fue allí, en uno de aquellos sofás de escay tan gastados por el uso, tan agrietados como si portasen una enfermedad incurable. Nadie debería morirse así, en una sala con olor a desinfectante y rodeado de desconocidos. De repente mi madre ya no estaba y yo ni siquiera pude despedirme de ella. Ese día un cuchillo me atravesó el pecho y desde entonces sigue ahí clavado. A veces se clava con mucha saña, otras con menos, pero siempre está. Y ahora aparece este tío, que maneja tanta información, e intenta hacerme creer que acaba de adivinarlo porque tiene poderes. Esta vez no digo *ajá*, no puedo decir *ajá* porque la indignación me abrasa y no sé cómo se detiene ni tampoco quiero.

—¿Por qué me hace esa pregunta?

—Estoy leyendo dentro de ti para llegar al origen de lo que te hace daño.

Siento la mirada reprobatoria de Sole, pero la ignoro y acelero:

—Accedí a venir aquí por cumplir el deseo de mi tía, pero no me gusta que me tomen por idiota.

—No entiendo qué quieres decirme.

—Quiero decir que usted sabe que la muerte de mi madre fue inesperada, como también sabe que la nueva pareja de mi padre se llama Fina, como también sabe que somos tres hermanas y estoy rodeada de mujeres. Entonces no entiendo qué hace preguntándome todo eso si ya tiene la información a través de mi tía y de esta señora que ha venido aquí conmigo —añado, señalando a Sole.

—Tú no tienes fe y estás llena de rabia. Has venido a verme sin creer y yo no puedo ayudarte si no crees.

—¿Si no creo en qué? —levanto la voz—. ¿En las Tortugas Ninja?

Sole se echa una mano a la cabeza y yo me incorporo en la camilla.

—¡No hagas eso, tengo que limpiarte! —me advierte, agarrándome de un brazo.

Si me aguanto sin decirle que lo que tiene que limpiar no es a mí, sino el estercolero que tiene en la sala de espera, es por Sole. Aunque ella no vaya a valorar mi gesto.

—Ya vengo limpia de casa.

El santero ignora mi comentario y coge un cuchillo y un soplete.

—Acuéstate un momento.

—Lola, te pido que hagas lo que te dice, por favor —me suplica Sole como un cordero degollado.

No sé muy bien por qué me dejo convencer, pero cedo. Serafín me pasa el soplete encendido y el cuchillo desde la cabeza hasta los pies, y se acerca tanto a mi ropa que me pongo muy tensa y me prometo a mí misma que, como me prenda fuego, le arreo. Él murmura cosas que no entiendo, ni siquiera le presto atención. No sé si está rezando, cagándose en mí o invocando al santo de los quelonios. Trato de evadirme y clavo la mirada en el techo, que tiene más mugre que el corazón de este estafador. Cuando termina con el paripé, su supuesta hija, que lleva toda la sesión al fondo, de espaldas a nosotros, me muestra unos papeles escritos a mano mientras él empieza a explicarme unas instrucciones que debo seguir para limpiar mi cuerpo de broza. Esa es la palabra que emplea, *broza*:

—Compras una vela azul para la salud en un chino y la enciendes en una iglesia o dentro de un cementerio. Escucha una misa, si no quieres ir a la iglesia vale por YouTube. Limpias tu casa con agua y vinagre mientras rezas un padrenuestro y chachi.

En ese punto desconecto. No quiero saber nada más, aunque reconozco que me fascina que me recomiende las velas del chino y que diga *chachi*. Veo cómo Sole le deja un billete de diez euros encima de la mesa y luego agarra los papeles porque debe intuir que yo no pienso cogerlos. Serafín me dice que ve a un tal Emilio que está haciéndome la vida imposible y me advierte que si no lo bloqueo va a ir a peor. Le echo una mirada rápida a Sole y casi podría jurar que ha sido ella la que le ha hablado de mis problemas en el trabajo. Me dirijo hacia la puerta sin contestar y él hace un último intento:

—Tu madre está atrapada. Tienes que dejarla marchar. Está sufriendo y yo puedo ayudarte a soltarla.

En ese momento doy media vuelta y le digo:

—¿Harías eso por mí?

—Por supuesto que sí, yo por tu familia haría lo que fuese necesario, le tengo mucho aprecio a tu tía.

—¿Y lo harías gratis?

Él tarda demasiado en encontrar una respuesta. Las palabras se le quedan congeladas en la boca el tiempo suficiente como para que yo pueda meter la última puntilla:

—En ese caso no le tienes aprecio a mi familia, le tienes aprecio a nuestro dinero.

9

Remedio para todo: comprar una vela en un chino y llevarla a un cementerio. Limpiar la casa con agua y vinagre, rezar un padrenuestro y chachi.

Había asumido que iba a ser un gran actor, pero dando por hecho que su discurso era tan elaborado que podías acabar entrando en su juego y creyéndolo —mi hermana no es una imbécil, es una tía con formación universitaria que ha viajado y aprobado una jodida oposición—, y lo que me encontré fue una estafa de bajo perfil llevada a cabo en un espacio mugriento. No me recupero. Sobre todo, porque resulta que la culpable soy yo. Eso me dijo Sole cuando salimos de allí: «Ibas cerrada en banda y así es imposible. ¿Qué necesidad tenías de contestarle así? Has provocado mucha tensión». Yo. Yo he provocado la tensión. No ese señor que se hace llamar santero y les receta lo mismo a todas las personas que entran en su tugurio. Yo.

—Sole, dime una cosa: ¿mamá fue alguna vez a ver a ese señor?

—Yo de verdad que no sé en qué mundo vives —me ataja ella.

Me tomo la respuesta como un sí. ¿Qué otras cosas me han ocultado en mi familia? ¿Por qué mamá nunca me habló de todo esto? Por primera vez siento que es posible enfadarse con una muerta.

10

Hubo un tiempo en que Hugo y yo teníamos una relación de verdad. Por lo menos más de verdad que ahora. Lo quería, aunque quizás no lo suficiente. Convivía con esa sombra sobre mí. Claro que a veces pensaba en que tal vez estuviese perdiendo el tiempo y haciéndoselo perder a él, pero a nadie le sienta bien estar cuestionándose todo el tiempo; esa actitud es un infierno de autodestrucción, así que cerraba los ojos. Solo quería conseguir algo de estabilidad emocional, y pensaba que tampoco era tanto pedir. Pero resulta que sí. Con el tiempo he descubierto que casi todo el mundo ansía exactamente eso mismo y pocas personas lo consiguen. He aprendido a observar y encontrar información sobre las parejas por la manera en que se relacionan. En los casos más extremos sé que no se soportan por cómo se hablan. Lo percibo por los comentarios hirientes, por el ansia por despreciar a la otra persona, casi como si hubiese una especie de necesidad de humillarla delante de los demás para dejar patente que no solo no la veneras, sino que te provoca verdadero hastío. Otras veces es una infección sutil que se ha filtrado dentro de la relación y ahora simplemente se extiende: una de las partes se aleja. Cada vez hace más cosas por su cuenta, como una especie de huida discreta. Llega un momento en que es complicado verlos como una pareja. Llevan vidas separadas, aunque compartan casa e hijos. Apenas hacen cosas juntos, cada uno vive en una isla y casi siempre parecen tristes, tanto el que se aleja como el que aguarda con desesperación que el otro regrese. Es curioso cómo intentamos buscar excusas que tapen lo que verdaderamente sucede. Cuántas personas conozco que repiten que dentro de la pareja es necesario tener espacios propios, y cuanto más grandes mejor, para que la relación no se sature. Lo que pasa casi siempre es que no saben cómo retener al otro, así que asumen ese papel hasta que todo explota. Entonces, en ese momento en que la pareja revienta, cuentan la verdad. Y luego están los que tienen una especie de pacto tácito. Se respetan y se esfuerzan en seguir adelante juntos, pero les falta lo más importante: quererse.

Hugo y yo encajamos en esta última categoría, aunque tenemos también rasgos de la anterior: los que huyen. Creo que soy yo quien huye y él simplemente permanece en punto muerto, esperando a que pase algo. Lo más exasperante es el tiempo que puedes aguantar en este estado sin hacer absolutamente nada. Semanas, meses, años, lustros consumiéndote por dentro y sin atreverte a ponerle remedio por el miedo a sufrir tú y a hacer sufrir a la otra persona. Una ruptura es un trauma, nadie quiere pasar por eso, pero a veces es la única forma de salir de ese cementerio emocional al que te has condenado. ¿Tan cobardes somos?

Estaba empeñada en quererlo, pero eso está ya superado. Dejé de intentarlo cuando supe que no era cuestión de esforzarse, porque hay cosas que nacen de manera espontánea y no se pueden inventar. ¿Y ahora qué? Ahora soy un pájaro dorado dentro de una jaula.

Veo el mundo al otro lado y ansío lo que no tengo. Esa ave que planea bajo los aviones, esa que camina sobre un tejado procurándose alimento, aquellas que vuelan en bandada. Todas son libres excepto yo. Ojalá hacerme diminuta y huir entre los barrotes. Ojalá largarme de aquí. Migrar, sin más. Sin preocuparme de lo que dejo atrás. Pensar solo en lo que hay fuera. Y en mí, por una vez.

11

Fran nos invitó a cenar en su casa. Vive solo en un piso encima de un restaurante de comida china. Siempre que pienso en la casa de Fran nos veo sonriendo. Es de esos lugares donde te sientes a salvo del mundo, aunque fuera todo se esté desmoronando. Me pone contenta el hecho de pensar en reunirnos allí. Hoy somos Ernes, Sole, Fran y yo. Hugo tenía una cena por su cuenta y me pareció la jugada redonda. Aunque no lo digan, creo que Sole y Ernes han hecho como yo: organizarlo todo para venir solas. ¿Lo que sucede en mi pareja será en realidad una metástasis que nos afecta a todas?

Me abre la puerta mi hermana. Ya se le ha pasado el enfado, aunque sigo sin entender por qué se ofendió tanto por un desconocido que, además, es un estafador. Pero esto parece que solo lo veo yo.

—Tres minutos más y empezábamos sin ti —me suelta.

—Yo también me alegro de verte.

—No, mujer. Es que hay novedades en el caso «quiero mamar» y no aguantamos más. Venga, pasa.

Me abraza con ternura y eso me reconforta. No soporto que exista tensión entre nosotras, Sole es de las pocas personas con las que me siento a salvo. Con nuestra hermana mayor tenemos buena relación, pero no es lo mismo. Al tener hijos se ha ido alejando de nosotras más y más, como si el tiempo del que dispone no le llegase para repartir con nosotras. La echo de menos, mantengo la esperanza de que algún día vuelva. De alguna manera, la hemos perdido un poco. Sole dice que es normal, que la gente que tiene familia suele desaparecer, pero yo me niego a aceptar eso como un síntoma de normalidad.

Beso a Ernes, Fran me sirve un vino y brindamos.

—He tenido una semana para borrar, así que ya os aviso de que hoy igual acabo llorando —nos advierte Ernes.

Fran le pregunta qué pasa y ella se desborda como un río.

—Creo que mi jefe está haciéndome putadas para que me marche y así no tener que despedirme. Acaba de contratar a un tío recién licenciado con mejor sueldo que yo. Ya van cuatro.

Yo estoy al tanto de los problemas que tiene en el trabajo, pero Sole y Fran no saben todos los detalles. La contrataron hace nueve meses en una plataforma de *streaming* y el jefe lleva amargándole la vida desde la primera semana. Al principio eran cosas sutiles, algún desprecio y comentarios fuera de lugar para dejarla en evidencia, pero ha ido subiendo la intensidad.

—Lleva semanas sin contestarme correos electrónicos. Le pregunto información que necesito porque me la exigen los clientes y no me la da. Hace reuniones con todo el equipo y a mí me deja fuera. Si pido explicaciones dice que son imaginaciones mías. Y hoy me ha gritado otra vez. Le pedí por favor que me facilitase unos datos que necesito para cerrar un contrato y me ha dicho que él es quien marca el ritmo de trabajo y no yo.

—¿Y tú qué has hecho? —le pregunta Sole.

—Contestarle que no era un capricho mío, que era una petición del cliente y que a este paso íbamos a perderlo. Me llamó histérica, me gritó que soy una inútil con currículum y luego añadió que si quiero llorar que me meta en el baño, que no me va a permitir que cree mal ambiente en la oficina. Ah, y me mandó a la mierda.

—¿Cómo se atreve? —Estoy indignada.

—Necesita pisarme para sentirse importante. Es de esa clase de imbéciles —susurra con los ojos llenos de lágrimas.

—Tienes que hacer algo, Ernes. No puedes permitirle a ese tío que te siga tratando de esa manera —comenta Sole.

—¿Qué coche tiene? Dime dónde aparca y le rajo las ruedas.

Todas sabemos que Fran no habla en broma. No sería la primera vez que hace algo así. Fran es el amigo al que tienes que llamar después de cometer un homicidio.

—No puedo más —confiesa Ernes—. Es el jefe, es un hijo de puta y yo la empleada que ha escogido para humillar.

—A saber a cuántas les ha hecho lo mismo antes que a ti —dice Fran.

Prometemos que vamos a matarlo con nuestras propias manos e intentamos convencerla de que hable con su superior, porque lo peor que le puede pasar es que la despidan. Aunque, en realidad, eso sería una liberación.

Ernes es brillante y no solo en su trabajo. No conozco a muchas personas como ella. Es un diamante colocado debajo del sol, disparando brazos de luz en todas las direcciones. Es imposible no ver algo tan evidente. Pero igual de evidente es que tiene una sensibilidad atípica y eso dispara la voracidad de las peores personas. Nos pide que cambiemos de tema. Después de desahogarse con nosotros parece una cáscara de huevo, así de frágil.

—Tengo la historia perfecta para que desconectes —dice Fran—. He seguido a medias vuestro consejo con «quiero mamar».

—¿Has hablado con Silvia? —le pregunto ansiosa.

—No exactamente. He hablado con la madre.

—¿Cómo que con la madre? ¿Qué pinta la suegra en todo esto? —Sole verbaliza lo que pensamos todas.

—Tengo más confianza con la madre que con la hija. Además, Silvia está enamorada de él y la madre no. Es la manera de buscar a una persona objetiva que pueda poner algo de cabeza en todo esto.

—¿Y ha funcionado? —pregunto con bastante escepticismo, porque el plan me parece pésimo.

—¡Qué va! Ha sido un puto desastre.

Nos morimos de la risa. No queremos ser crueles con Silvia y a todas nos parece una tremenda mierda que su prometido sea un «quiero mamar», pero Fran es único.

—A ver, yo lo he hecho con la mejor intención —continúa—. Le dije lo que había y en un principio reaccionó como reaccionaría cualquier madre. Se echó a llorar y me contó que no era la primera vez que les llegaban rumores de ese tipo. Que tenía que hablar seriamente con Silvia porque esto ya era demasiado. La pobre estaba muerta de vergüenza.

—Y entonces, ¿qué pasó después? —pregunto con cierta ansiedad.

—Pues que se lo contó todo a la hija y Silvia me

llamó llorando, hecha un trapo. La consolé, me preguntó los detalles y yo fui sincero.

—Evitarías lo de «quiero mamar»... —deja caer Ernes, aunque en el fondo sabe la respuesta porque estamos hablando de Fran.

—Yo no evité nada, fui claro.

—Qué bochorno —comenta Sole.

—No la voy a engañar. Podría haberme tirado a ese tío y hacer como si nada. Pero tal y como anda por ahí, ofreciéndose a saco, ¿qué pasa si le contagia una enfermedad? Vaya cargo de conciencia. Al principio me dio mucha pena, pero ¿sabéis qué os digo? Que le den por el saco. Allá ella.

—Pero ¿qué ha pasado? —insisto.

—Habló con el elemento y él le contó una película que ni las de Antena 3. Que es un vecino que le tiene envidia y abrió cuenta en Grindr con su foto para joderle la vida. Y ella se lo ha creído.

—¿Y si es verdad? —pregunta Sole, que se niega a perder la fe en el ser humano.

—¿Qué coño va a ser verdad? «Quiero mamar» lleva una doble vida y punto. No es la primera vez que me cruzo con uno. Lo que me impacta es que se vaya a casar con una chica que conocemos. ¿O no os acordáis de Antonio, el que trabajaba en la cristalería?

Sole lo mira con los ojos como dos meteoritos.

—¿No conoces esta historia? Me lo encontré en el pinar de la playa de Samil buscando tíos para machacar. Lo que pasa es que como aparecí yo y me vio, se puso la capucha de la cazadora y se marchó corriendo.

—Estás de broma. ¿En el pinar de Samil? ¿No hay un sitio más cómodo? —Sole enloquece.

—En el pinar de Samil, en el área de descanso después del primer peaje en la autopista, en los baños del centro comercial... Esta ciudad es una mina si sabes dónde mirar.

—Pero ¿qué necesidad tendrá este tío, que aún no tiene ni los treinta cumplidos, de vivir semejante mentira? —pregunto.

—Bueno, las cosas no son tan fáciles como vosotras las veis desde fuera. Ya os digo que conozco muchísimos casos. La pregunta correcta sería por qué sucede eso. Por qué hay tantos hombres que llevan una doble vida. No los justifico, ojo. Me da asco que eso pase. Pero es que a veces es imposible salir del armario. Hay vidas muy jodidas.

Fran no suele ponerse así de serio. Nos callamos unos segundos hasta que yo rompo el silencio:

—Entiendo lo que dices, pero poniéndome en la piel de Silvia, que es con quien más consigo empatizar, ¿tú crees que va a seguir adelante con él después de lo que le has contado a su madre? Para ella también tiene que ser muy jodido, imagínate.

—Con boda por todo lo alto y reportaje paso a paso en Instagram, eso ya te lo confirmo yo. Y verás como no tarda una semana en subir un vídeo diciendo que hay alguien que está intentando joderles la vida pero que nadie va a poder con su amor —añade Fran.

—Yo mejor me entrego a la bebida, porque no puedo con todo esto —dice Ernes—. Todo esto me deja mal cuerpo.

—Silvia sabe lo que hay. Si no quiere abrir los ojos, problema suyo. Tiene toda la información, ahora ya no es asunto mío. Ya os he dicho que me dio pena la situación, pero después de esto, chao. Allá ella con su vida.

Fran lleva toda la razón, pero me resisto a creer

que existan personas capaces de tragar semejante farol solo para sostener una relación que en realidad está construida sobre la nada, flotando en el vacío.

—Serán capaces de tener hijos —apunta Ernes.

—Silvia lo tiene clarísimo —contesta Sole—, a mí me lo ha dicho muchas veces.

En ese momento veo mis ovocitos fantasmas saliendo de las trompas de Falopio y vuelvo a sentirme estéril, como si tuviese un útero lleno de arena, un reloj que se voltea cada mes expulsando un desierto detrás de otro. Pienso que ningún niño se merece a unos padres tan irresponsables como ellos, pero no puedo evitar que me invada la tristeza. Y no solo por mí misma. Por todos los bebés que van a nacer sin poder elegir. Qué absurda es la vida.

12

Hay árboles y está oscuro. Corro por un sendero, voy descalza y me angustia que se me clave algo en la planta de un pie, o pisar una criatura viscosa, o tropezar y destrozarme la cara contra una piedra. Pero mamá está ahí delante, la veo flotando en el aire, con las piernas y los brazos abiertos y amarrados, tiene cuerdas en las muñecas y en los tobillos y huele mucho a tierra. Lleva un vestido blanco que brilla, es una estrella de cinco puntas, le salen criaturas fosforescentes de la cabeza, mira cómo vuelan. Está llorando lágrimas rojas y yo quiero liberarla, cortar las cuerdas para que pueda marcharse. Corro más rápido, pero nunca llego y siento que alguien me pisa los talones. Es una bestia, la escucho rugir, pero no quiero girarme. Siento su saliva deslizándose hasta el suelo. Puro ácido, cuando toca la tierra abre un agujero que va directo al infierno, estoy segura de eso. ¡Mamá! ¿Puedes oírme? Pero mamá solo llora y se retuerce. Las cuerdas se le clavan en la carne y yo no soporto verla sufrir así. En otro plano distinto escucho la respiración de Hugo, pesada y regular, y sé que esto acabará por disiparse antes o después, solo es cuestión de tiempo. Pero qué dolor tan real, qué impotencia. Mamá, dime algo. Pero mamá se calla y yo me caigo.

13

Hoy es un día tranquilo en la biblioteca. Los viernes por la tarde siempre lo son. Acostumbro a leer cuando tengo tiempo libre, pero en esta ocasión opto por revisar los estantes de libros sobre brujería y ciencias ocultas. No tengo ninguna intención concreta, es pura curiosidad. Nunca había reparado en ellos, hay muchísimos volúmenes, aunque la mayoría me parecen un despropósito. Abro uno sobre quiromancia y otro sobre numerología, leo un par de páginas y desisto. Son un insulto a la inteligencia. ¿Por qué las editoriales publican estas mierdas? Me detengo en uno sobre la Inquisición en Galicia y en otro sobre brujería, tradiciones y costumbres porque, a diferencia de los demás, parecen escritos con rigor. También hay uno sobre la importancia de las plantas medicinales en la historia de la brujería que parece merecer la pena. Cuando me doy cuenta, sobre mi mesa hay más de media docena de libros. Leo con interés el caso de María Rodríguez, una portuguesa que en teoría fue la única mujer quemada en una hoguera en Galicia. Sucedió en el siglo XVI, la acusaron de tener un pacto con el diablo y mantener relaciones carnales con él. Me sube una cosa por el estómago. Porque descubro varios libros que tratan de argumentar que la justicia ordinaria era la más dura y describen a los inquisidores como humanistas que, en realidad, sabían que la brujería estaba más relacionada con el analfabetismo que con el propio diablo. Me pregunto cómo pueden llegar a esa conclusión si no existe documentación suficiente que lo avale. Mucha ardió, otra se extravió o simplemente no se conserva. Regreso a los estantes de la sección de brujería y busco más libros sobre la Inquisición. Casi todos reproducen de la misma manera el caso de María Rodríguez, la única bruja relajada en Galicia. Esa expresión me provoca arcadas. Era la pena máxima, la condena a la hoguera. Pero ¿cuántas fueron quemadas en España? Me sorprende, y al mismo tiempo me pone los pelos de punta, lo que encuentro: libros y artículos en los que afirman que, en contra de la leyenda negra que existe asociada a la Inquisición, en España *solo* fueron quemadas cincuenta y nueve mujeres. ¿Total, qué son cincuenta y nueve en comparación con las cincuenta mil que fueron condenadas a la hoguera por la justicia civil en el resto de Europa? Y, además, la mayor parte en países protestantes y no católicos. Esto lo remarcan en varios artículos. Pero necesito ir más atrás. ¿Cuándo y cómo empezó esta persecución? No sabía que existían manuales inquisitoriales para detectar y perseguir brujas: el *Directorium inquisitorum*, que no contemplaba la presunción de inocencia, o el *Malleus maleficarum* (*El martillo de las brujas*), dedicado íntegramente a los delitos de brujería, redactado por dos monjes alemanes. Más atrás aún. Descubro que santo Tomás de Aquino creía en los crímenes de brujería y fue el ideólogo de la base para sustentar la caza de brujas. Resulta que uno de los filósofos y teólogos más celebrados de la historia argumentó que los humanos podían copular con diablos, que las brujas podían emprender vuelos nocturnos y creía en la metamorfosis de humanos a animales y en el mal de ojo. Llego hasta las bulas papales que autorizaban el empleo de la tortura a los inquisidores y los métodos para que su aplicación fuera más eficaz. Más atrás, aún más. El Antiguo Testamento, Éxodo, 22:17, dice: «No dejarás con vida a ninguna hechicera». Cojo aire. Si esto no es una invitación al genocidio, de la voz del mismísimo Dios Padre, que me trague la tierra ahora mismo. Pero no me traga.

14

Lo que leo sobre los métodos de tortura de la Inquisición en España choca de manera radical con la imagen de los inquisidores como humanistas. El potro, un caballete con cuatro cuerdas sobre el que se colocaba a los acusados. Las que se ataban a las piernas estaban enganchadas a una rueda giratoria. Con cada vuelta de la rueda se estiraban más, hasta el desmembramiento. Me parece imposible no firmar una confesión de brujería o de cualquier acusación que te pongan delante en circunstancias tan extremas. «O dices lo que queremos que digas o seguimos dándole vueltas a la rueda hasta que tus piernas acaben separadas de tu tronco. OK, ¿dónde decía usted que tenía que firmar?» La doncella de hierro, un sarcófago con forma humana y pinchos en el interior de las puertas que se clavaban en la carne del acusado. La pera vaginal, un instrumento en forma de pera con púas que se introducía en la vagina de las mujeres acusadas de relaciones carnales con el diablo y que se abría a través de un tornillo que las desgarraba por dentro hasta mutilarlas. También las mutilaban a través de la llamada cuna de Judas, un sistema de poleas que levantaba a las mujeres dejándolas caer repetidamente sobre una pirámide de madera con la punta afilada. O la sierra, reservada para las que fuesen preñadas por Satanás. Cuando llego a este punto, cierro el libro. No tengo ni ánimo ni estómago para continuar. No quiero saber más, me niego a dejarme devorar por todos esos horrores. Pero, sobre todo, me sucede que encuentro tantas contradicciones que me cuesta entender nada.

—Quería comentarte una cosa.

La aparición inesperada de Emilio me hace dar un salto en la silla. Se me escapa un grito porque tengo las emociones a flor de piel y, después de las barbaridades que acabo de leer, lo último que necesito es que alguien irrumpa así.

—Mujer, ni que acabases de ver al diablo.

Evito seguirle el chiste. Me pone de malhumor su presencia y también que entre en el despacho sin llamar, aunque es cierto que la puerta estaba entreabierta. Le pregunto qué quiere y él se acerca a mi mesa y me habla de no sé qué días de libre disposición que quiere utilizar el lunes.

—¿Y avisas el viernes por la tarde?

No formulo la pregunta cabreada, mido bien el tono que empleo, pero alguien que siempre está apelando a la normativa y retorciéndola a su antojo no puede obrar así. Me tiene harta.

—Me ha surgido un imprevisto.

Sé que mi obligación es decirle que hay que solicitar los días de libre disposición con dos semanas de antelación y también sé que si lo hago voy a tener un enfrentamiento.

—Este no es el procedimiento, ¿qué hacemos con la normativa? —lanzo la pelota a su tejado para ver qué hace.

—A veces la vida no entiende de normativas y días de antelación.

Vaya, así que es humano. O, por lo menos, lo es hoy, que lo necesita. Debe de ser la primera vez que detecto en él una debilidad. No significa que eso me ablande. O sí:

—De acuerdo. Hablaré con la responsable de Recursos Humanos, pero, por favor, toma esto como una excepción.

Entonces estira la mano hasta alcanzar la mía y me acaricia como una serpiente, dejándome en la piel un tacto húmedo y desagradable. Pasa todo tan rápido que no reacciono como me gustaría. La verruga de su mano rozándome, el sudor que me traspasa como una ofrenda que no quiero, que me repugna, esa mirada que no consigo descifrar.

—¿Qué estás haciendo?

—Darte las gracias.

—Para eso están las palabras.

Él se gira y se marcha y yo me quedo sentada, mirando mi mano con asco y la última frase que he pronunciado deshaciéndose en el aire como si no valiese para nada. Tres minutos después estoy en el cuarto de baño, lavándome con jabón y preguntándome qué acaba de pasar en el interior de ese despacho.

15

—Recuérdame otra vez qué pinto aquí —le pido a Ernes.

—Quisiste venir tú. Estás fatal, Lola, patinas.

La abrazo y ella se ríe. No sé muy bien qué haría si no existiese Ernes. ¿Por qué no le cuento abiertamente lo que me está pasando? Mis óvulos inútiles, la no relación con Hugo, esta manera de deshidratarme porque sí, como un castigo autoimpuesto. Ella intuye lo que sucede, sé que lo sabe porque me conoce y yo a ella y alguna vez he dejado caer que las cosas entre Hugo y yo estaban muy frías. Pero no imagina todo lo que hay debajo. Este hermetismo es una condena porque sé que me hace parecer fuerte, pero por dentro soy una caja de galletas a la intemperie en medio de una tormenta, por dentro siento que estoy siempre a punto de desmoronarme. Me deshago, trozo a trozo. Soy papilla.

El escaparate es un muestrario de amuletos, velas de colores, incienso, libros sobre ocultismo, figuras de hadas y barajas de tarot. Las paredes están pintadas de blanco y sobre la puerta de madera hay unas letras de hierro negro: Tarocchi. Sé de sobra qué hacemos allí. Una amiga de Ernes asegura que en ese negocio trabaja una bruja que echa las cartas, es seria y acierta siempre. Que viene gente de todas partes a pedirle consejo, que su madre ya era bruja y también la madre de su madre. Una de ellas, quizás su bisabuela, estuvo en prisión durante años, y eso fue lo que me hizo decidirme. Si es descendiente de una bruja perseguida tiene que tomarse el asunto en serio. ¿O va a ser otra estafadora?

—No pienso que sean todas estafadoras, seguro que ellas creen en lo que dicen —había argumentado Ernes.

Pero a mí esa teoría no me convence y la fe de Ernes en el ser humano es excesiva. Abrimos la puerta y tintinean unas estrellas de metal que advierten que acaba de entrar un cliente. El local está iluminado con una luz amarilla bastante tenue, es como si al cruzar la puerta cambiases de mundo. Huele a incienso y hay muchos estantes con productos a la venta. Al contrario que en la consulta del santero, aquí no hay una mota de polvo. La bruja está al fondo, detrás de una mesa redonda. Hace un gesto para que nos acerquemos. Nos pide que tomemos asiento y me mira a los ojos.

—Tú eres Lola.

No es una pregunta, es una afirmación. Murmuro que sí, intento sonreír para mostrar amabilidad y observo cómo baraja las cartas con soltura.

—Estás en un momento de cambio.

Yo no digo nada. Cualquiera que vaya por primera vez a la consulta de una bruja es porque necesita algo. Aunque, en realidad, yo estoy allí porque me puede la curiosidad. Ni siquiera analizo si es un momento de cambio, siempre estamos cambiando la piel. Por lo menos yo me siento así de manera permanente.

—Corta —me pide, ofreciéndome la baraja.

Sus pulseras chocan las unas contra las otras y me fijo en que está llena de joyas: anillos, un colgante al cuello de color negro con la forma de una mano, pendientes...

—¿Hay algo concreto que quieras saber? —me pregunta.

Tardo solo un par de segundos en contestar porque llevo esa respuesta ensayada de casa:

—Quiero saber si es verdad que mi madre está atrapada en este mundo y no consigue marcharse.

Percibo un cambio en la expresión serena de la mujer, lo que acabo de decir no le gusta, de repente está incómoda.

—Las cartas hablan de los vivos, no hablan de los muertos.

—Pregúntale por Hugo —sugiere Ernes.

—¿Hugo es tu pareja?

Digo que sí y ella coloca seis cartas encima de la mesa. La primera es la luna, la segunda la carta del colgado, la tercera la templanza, la rueda de la fortuna, el mundo y el sumo sacerdote.

—¿Por qué casi todas las cartas están invertidas? —pregunto.

—Las cartas proporcionan información diferente en función de la posición. No es tu madre quien está atrapada, eres tú. Estás sumida en una inercia de la que no sabes salir. Veo desánimo, tristeza y falta de iniciativa.

Yo no quiero dejarme impresionar. Este tipo de personas saben interpretar el lenguaje corporal, en eso consiste su trabajo. Si alguien visita a una bruja es porque necesita algo y porque no se encuentra en su mejor momento. El simple hecho de ir ya te delata.

—Estás estancada y llena de dudas que guardas para ti. Eres como una caja de caudales.

Intento memorizar las cartas y observo cada ilustración. Hay muchos soles, estrellas y criaturas mitológicas llenas de azules intensos y dorados. Son inspiradoras, entiendo que alguien creativo pueda atribuirles significado.

—Estás cerrada en tu propio punto de vista y eres incapaz de abrirte. Creo que no te va a gustar mi consejo, que en realidad no es mío, sino de las cartas.

—¿Y cuál es? —La miro con curiosidad.

—Tú no necesitas una tarotista. Necesitas a una psicóloga, Lola. En realidad, tus problemas no vienen de una causa externa, nacen desde ti. Tómate esto como una sugerencia hecha de buena fe. Mi papel es ayudar a los demás a sentirse mejor. Y lo que a ti te sucede solo hay una persona que puede solucionarlo: tú misma.

Mastico lo que me está diciendo y ella continúa hablando como si me conociese desde hace tiempo y tuviese la capacidad de adelantarse a mis reacciones:

—Sé que me estoy expresando en términos generales y que en cuanto salgas por esa puerta pondrás a trabajar tu parte más racional. Pero para eso está aquí tu amiga: para ayudar a centrarte.

Ahora clava su mirada en Ernes:

—Ella te necesita —habla como si yo no estuviese allí—. Te necesita más de lo que imaginas.

Ernes sale del paso dándole las gracias por decírselo. Yo también se las doy, más por inercia que porque me nazca de dentro. Estoy desconcertada. ¿Una psicóloga? ¿Eso le han dicho las cartas que necesito? Pero ¿de qué va esta señora? ¿Qué pasa, que tiene cartas del tarot que derivan pacientes por especialidades?

Cuando salimos me siento como si acabásemos de viajar desde un lugar extraño donde las normas son otras. Agradezco esta brisa que me roza como una caricia y pienso en mamá y en Hugo.

—Vaya experiencia más rara —dice Ernes—. ¿Estás bien?

—Pues la verdad es que no. Lo que estoy es cabreada.

—Vamos a tomar algo, ¿vale? —dice mientras me abraza.

Y yo me dejo llevar.

16

Me entero a través de Sole de que mi tía está enfadada por lo del santero. No me siento bien sabiendo que la he disgustado. No soy de ese tipo de personas que ponen la disculpa de las abuelas, de las madres y de las tías para justificar que hacen cosas que aseguran que jamás harían, pero tampoco me parece correcto saber que existe esta tensión y no hacer nada para arreglarlo. Le pido a Hugo que me acompañe a verla porque se adoran y porque sé que su presencia va a ayudar a que todo fluya mejor.

Vive en una casa pequeña con un patio lleno de plantas donde da el sol todo el día. Pasé muchas tardes de mi infancia allí, comiendo tarta, jugando a las cartas y siendo feliz, y siempre que vuelvo siento que estoy en un lugar al que pertenezco. Ese patio es hogar. Aparecemos sin avisar, y cuando abre la puerta y nos encuentra por sorpresa dice:

—Éramos pocas y parió la abuela.

Me da un beso por compromiso, de mala gana, luego rodea a Hugo con sus ochenta kilos y nos invita a entrar. En esa casa nunca pasa el tiempo. Todo está congelado en una época muy anterior excepto ella, que cada vez tiene más años, más kilos y más dificultades para moverse. Me disgusta pensar en un futuro donde esa casa exista sin mi tía. Nos pone un café en el patio y no para de dirigirse a Hugo. Le pregunta por el trabajo, por sus padres, por su abuela, por los planes de futuro; quiere saberlo todo.

—¿Y los hijos qué?

—¡Tía! —salto sin pensar.

—Tú cállate, que a ti no te he preguntado.

Hace un gesto con la mano como si se sacase de encima una mosca que está molestando. Observo a Hugo con atención. Él no se altera como yo con estas cosas, pero, claro, los hombres lo viven de otra manera. Bebe café tranquilamente y sonríe:

—Nunca estamos en casa, es difícil cuidar niños con las vidas que llevamos hoy en día. Todo es trabajar, hay algo que no hacemos bien.

Habla con tal convencimiento que, por un momento, dudo si piensa eso realmente o si tan solo lo dice para complacerla. Como nunca hemos tenido esta conversación en serio, ignoro lo que le pasa por la cabeza.

—Eso es lo que yo digo. Si fuese por vuestra generación, se extinguiría la raza humana.

No puedo tomarme esto a mal porque mi tía no sabe más, pero odio que me pongan en este tipo de situaciones. ¿Qué pasa si no puedo tener hijos, o no me da la gana de dar explicaciones, o si no es viable porque llevo siglos sin acostarme con Hugo? ¿Quieres este dato, tía? ¿Quieres que te cuente cómo es tener una relación con cero sexo y tope de frustración?

—Los jóvenes de ahora sois muy egoístas —añade, esta vez mirándome a los ojos—. Solo pensáis en vosotros.

—Si solo pensase en mí nunca habría ido a la consulta del santero —aprovecho la ocasión para sacar el tema y no seguir alimentando mi propia furia con el tema de los hijos—. Fui allí por ti y quiero que te quede claro esto. Salió mal porque ese señor no es honesto.

—Ese señor lleva años ayudando a esta familia.

—¿Ayudando a qué? ¿De qué manera?

—Limpiando nuestras casas, manteniendo a raya a la gente que nos quiere hacer cosas malas, quitándonos muertos de encima, aires, males de ojo, envidias...

—Tía, yo respeto tus creencias, pero...

—Eso no es verdad. Tú no respetas, no. Si respetases, tu madre no estaría aquí atrapada sin poder marcharse para el otro mundo.

Ojalá el café fuese whisky. Miro a Hugo pidiéndole ayuda, pero no tiene pinta de intervenir. Está tan tranquilo. Es frustrante, porque para mi tía no existe otra forma de concebir el mundo y no tengo manera de explicarle lo que pienso sin ofenderla.

—¿Tú respetas a la gente que no cree en Dios? —le pregunto.

—Yo respeto a todo el mundo y rezo por todos, también por ti.

Pese a no ser clara en la respuesta, me aferro a ella para seguir hilando mi argumento:

—Pues si respetas a la gente que no cree en Dios, también tienes la capacidad de respetar a la gente que no cree en los santeros, en las brujas, en el mal de ojo y en todas esas cosas.

—Pero ¿tú de quién eres hija, Lola? ¿Qué te pasa en la cabeza? Mucha biblioteca y mucho libro, pero te has olvidado de todo lo importante.

Me quedo mirando para ella desconcertada. No entiendo lo que intenta decirme.

—Año 1986, santuario de la Virgen del Corpiño —dice, con una gravedad que me pone la carne de gallina—. Tenías ocho o nueve años. Habías dejado de comer y parecías un ánima, estabas pálida como esa pared. Tus padres se despertaron una noche, de madrugada, con tus gritos. Habías salido de casa en camisón y estabas debajo de la lluvia diciendo frases que no se entendían. Como si hablases en otra lengua con alguien que no estaba allí o que solo tú podías ver. Alguien que no pertenecía a este mundo. No me creo que no te acuerdes. Haz memoria, ¿qué le pasa a esa cabeza que tienes?

Estoy sudando y siento la blusa mojada debajo de los brazos y en la espalda. Me atraviesan algunas imágenes sueltas. Recuerdo una caja de plástico azul, como una especie de cámara con un visor que te permitía ver distintos paisajes. Veo la sala de espera de un hospital y me veo a mí entretenida con ese juguete, antes de entrar en la consulta, dándole al botón que pasaba las escenas. También veo un libro mágico con imágenes ocultas que aparecían cuando llevabas mucho tiempo con la mirada fija en aquellos colores. Veo la máquina redonda donde me metieron aquel día unas enfermeras y percibo la ansiedad de mi madre. Veo los informes médicos, los días sin escuela, la ruda que me hacían oler para «matar las bichas» que me habían anidado dentro, un líquido viscoso que me obligaban a beber en ayunas, el agua bendita que me echaban por la frente cada noche. Es como si mi tía acabase de levantar una alfombra y debajo apareciese un abismo.

—Te llevamos a la Virgen del Corpiño porque ningún médico nos supo decir qué te pasaba. ¿No recuerdas a toda aquella gente haciendo el recorrido de rodillas hasta la Virgen? Tuvimos que taparte los ojos porque te daba miedo la sangre, tenían las rodillas todas peladas y gritaban como posesas. ¡Eran posesas!

—¿Qué quiere decir que eran posesas? —murmura Hugo.

—En la romería del Corpiño se curan las cosas malas y van las personas poseídas para que les quiten de dentro los espíritus malignos. Ahora se ha muerto el cura que ayudó a Lola de niña, pero su sucesor sigue conservando la tradición y practica exorcismos. Acude gente de toda España. ¿En qué mundo vivís? ¿No veis la televisión o qué?

Recuerdo una marea de gente y veo a muchas mujeres. Es cierto que gritan, insultan, dicen cosas que no se entienden, se tiran al suelo y se agarran por los pelos. Hay una soltando espuma por la boca y otra convulsionando. Yo tengo pánico y también empiezo a gritar porque estoy aterrorizada con todo eso y porque hay un cura con una cruz en alto que repite: «¡Sacad para fuera a los diablos en mi nombre!». La gente reacciona gritando y yo hago lo mismo porque creo que es lo que tengo que hacer. Veo una gallina corriendo sin cabeza, a una mujer cosiéndole a otra un tajo en una rodilla, a un hombre con todos los dientes en forma de triángulo. Veo a una señora mayor que le da de comer a su nieta un ojo con una cuchara de sopa, pelos de gato negro dentro de un pañuelo y un plato con una raíz debajo de mi cama.

—A ti ese cura te sacó el mal de aire, el espíritu que tenías dentro o lo que fuese, llámale como te dé la gana. Estabas muy malita, Lola, y después de ir a la romería del Corpiño te curaste. ¿Cómo puedes renegar ahora?

—No me acordaba de nada de eso —confieso con un hilo de voz.

Mi tía entra en casa y vuelve con un fajo de papeles.

—Llévate esto y lee. Son notas de tu madre. Dejó

por escrito todos los sitios donde te llevó y los remedios que te dieron. La última nota es la de la romería del Corpiño. No hay más porque ahí terminó tu enfermedad. Espero que esto te ayude a recordar.

Pero no sé si quiero recordar, no sé si estoy dispuesta a meterme ahí. Salgo de esa casa sintiéndome muy sola. Hugo me pasa un brazo por encima de los hombros, pero a mí me molesta su contacto. A quien necesito abrazar es a mi madre, pero no se puede abrazar a una muerta.

17

Estoy desnuda boca arriba sobre una mesa metálica. Me veo desde el exterior, como si estuviese al mismo tiempo dentro de mi cuerpo y fuera de él. Tengo en el vientre una cicatriz con forma de útero y sé que me lo han extirpado, no necesito que nadie me lo diga. Quiero cubrirme con algo, pero no puedo moverme. No sé cuánto llevo ahí ni por qué estoy en ese lugar. Ni siquiera sé si estoy viva o muerta. Siento una convulsión y vomito de manera violenta una masa gris que parece niebla. En medio hay insectos que quieren volar pero no pueden porque tienen las alas pegadas. Algunos caminan buscando refugio en mi pelo. Me pica todo. De repente se abre la puerta de la sala y entra un carnero que camina sobre los cuartos traseros. Se acerca a mí y susurra muy cerca de mi cara algo que no consigo entender. Me despierto con el corazón a mil por hora. Hugo duerme. Me levanto a oscuras y voy a la cocina a por un vaso de agua. Me acurruco en el sofá, debajo de una manta. Solo es una pesadilla, cero drama con esto. Pero ¿qué hago con esta desazón que me revienta el pecho? Vuelvo a sentirme llena de agujeros por dentro. Ya no tengo veinte años, no estoy en la universidad, no voy a donar sangre para sentir placer con el dolor de las agujas, no soy esa persona. Soy una mujer adulta. Levanto el pijama y bajo el pantalón lo justo para comprobar que no tengo ninguna cicatriz en el vientre. Mi útero sigue ahí dentro y eso es un alivio, aunque solo sea capaz de expulsar ovocitos fantasmas. Estoy convencida de eso.

18

Soy una zombi. Me ha convertido mi tía y no tengo ni idea de cómo volver a mi estado anterior. Que tampoco es que fuese lo más saludable, pero sí mejor que este. Me mordió en su casa, me ha inoculado el gen zombi y ahora estoy contaminada con todas esas imágenes y recuerdos que me vienen a la cabeza. En la biblioteca deambulo entre las estanterías, reboto de libro a libro, aunque no sé muy bien lo que pretendo encontrar. Tengo la mesa a reventar, no entra nada más. Acumulo libros porque cada vez que me levanto siento una punzada de dolor en la pierna derecha, así que reduzco los paseos. Emilio aprovecha mis despistes para clavarme dardos, pero yo me hago la idiota; ahora mismo ese señor es el último de mis problemas. Eso sí: si me vuelve a tocar no voy a quedarme petrificada como la última vez. Detesto eso, cuando me sucede algo y en el momento me bloqueo y después se me ocurren docenas de posibles caminos. Cualquier cosa mejor que quedarse quieta, sin afearle el comportamiento. Me repito eso para asegurarme de que nunca volveré a reaccionar así.

A media mañana se acerca a mí para comentarme no sé qué cosa de un libro que alguna de nosotras ha puesto en un lugar equivocado y él no pudo ser porque ha revisado la ficha y blablablablá. En ese punto dejo de escucharlo, está metiendo baza por una estupidez tan grande que ni me molesto en descifrar dónde pretende llegar. Siempre hace lo mismo, busca la manera de meter mierda para perjudicar a alguna compañera. Nunca le funciona, pero no desiste. Se me va la vista a la verruga de su mano y recuerdo algo:

—Emilio, ¿has probado a echarte leche de higuera en esa verruga?

Con esta pregunta consigo que se quede fuera de juego y deje de dar la lata un rato.

—¿Qué? No entiendo...

—Ya, yo tampoco entiendo cómo alguien puede tener eso ahí sin tratar —le digo entre dientes, sintiendo una gran satisfacción de poder humillarlo por una vez, aunque sea con algo tan estúpido—. ¿No conoces a alguien que tenga una higuera?

—Sí, supongo que sí.

—Pues si cortas una rama o un higo, verás que sale una especie de leche blanca. Lo aplicas durante siete días en la verruga e irá consumiéndose hasta desaparecer.

—A mí no me molesta la verruga.

—A ti no, pero a los demás sí —sentencio.

Él se queda callado, da media vuelta y se marcha. De niña me habían quemado así una verruga que tenía en el mentón. Al cabo de siete días había desaparecido. Había otra manera que era frotando una manzana en la verruga y enterrándola en una noche de luna menguante, y también se podía eliminar con una moneda. Eso nunca lo he probado y dudo que funcione. Pero el remedio de la higuera, sí. Emilio se ha ido con mala cara, me pregunto si se habrá sentido agredido con mi comentario y espero de verdad que sí.

19

Se ha cumplido una semana de la visita a la casa de mi tía. Desde entonces he conseguido recordar bastantes cosas. Otras son una nebulosa. Aún no me he atrevido a sacarle el tema a mi padre y no sé si lo quiero hacer. Tampoco a Sole. Estoy como bloqueada y soy consciente de que cuanto más evitas hablar de una cosa, por miedo o por pudor, más grande se hace dentro de ti y más difícil resulta abordarla. Es como alimentar a un monstruo. Cuando quieres sacarlo de la jaula tiene un tamaño tan desproporcionado que no coge por la puerta. No es la primera vez que me sucede algo así. Si lo pienso, no es tan diferente de lo que me pasa con Hugo. Tampoco hago silencio total de radio, en más de una ocasión le he dejado caer que siento que somos compañeros de piso. Él siempre reacciona de la misma manera, mirándome como si acabase de decir algo que no tiene pies ni cabeza. Le he evidenciado la situación, por supuesto que lo he hecho: no hacemos nada juntos, llevamos vidas separadas, esto no es una pareja. Pero dormimos en la misma cama, argumenta él, como si fuese un dato definitivo. Que se aferre a eso me produce mucha tristeza. Cada una de las veces que le he puesto este tema sobre la mesa ha sido con la esperanza de que él reaccionase, pero esto tampoco ha pasado. Ni ha pasado ni va a pasar porque yo ya no quiero.

He empezado a leer las notas de mi madre y eso contribuye a que los recuerdos broten. Ver su letra me remueve por dentro. Tiene alguna falta de ortografía, no muchas, y ese detalle me inspira ternura. Ella era una persona muy ordenada, le gustaba llevar cuenta de todo por escrito. Clasificaba cada mes los recibos de la luz y del agua, llevaba la relación de gastos en un cuaderno... Siempre he pensado que habría sido una contable estupenda. Anotó cada uno de mis síntomas por fechas, cada visita a médicos o curanderas (no sé muy bien cómo llamarlas, ignoro si son brujas, meigas o santeras, ni siquiera conozco la diferencia entre cada una de ellas), cada remedio. Elaboró una especie de diario de enfermedad. Tengo que armarme de valor para pasar las páginas y entrar de nuevo ahí dentro porque no se trata solo de un fajo de papeles escritos hace treinta y pico años, significa meter las manos en una parte sepultada de mi infancia y tirar de ella como quien tira de una raíz enquistada para sacarla a la superficie. He leído más o menos un tercio de lo que escribió. Lo hago siempre en casa cuando estoy sola, como ahora.

> 7 de mayo de 1986: el sol primaveral ya calienta con más fuerza y confío en que ayude a que mejore la salud de mi hija. Tanta humedad como hay en esta casa y en esta ciudad no es bueno. Así como estropea las paredes y pinta los techos de negro, hace lo mismo en los cuerpos. Hemos ido a la consulta de Rosaura, la bruja de Pontevedra que me recomendaron. Palpó el vientre de Lola y luego le pasó por encima un péndulo y dijo que tenía bichas. Yo repliqué. El pediatra ya me había recetado hace

meses unos sobres para posibles parásitos intestinales, la niña se los tomó todos y no sirvió de nada. Rosaura, algo ofendida, me explicó que había bichas provocadas por cosas de este mundo, que eran las que podías combatir con medicamentos, y bichas que eran provocadas por cosas del otro mundo, a las que les daban risa los sobres, los jarabes y los productos de la farmacia; solo era posible atacarlas con remedios naturales, con cosas que proporciona la tierra. Así que me recomendó hacer un emplaste macerando ruda machacada con alcohol. Lola protestó por el olor, la pobre ha aguantado cosas a las que no hay derecho. Pero yo la convencí y le unté todo el cuerpo varias noches seguidas de luna menguante. También se la di de beber en infusión, pero sin pasarme, que Rosaura dijo que en grandes cantidades tenía efecto venenoso. Ayer la niña fue al baño y salió llorando. Dijo que había expulsado una bicha gigante, que era roja y tenía el tamaño de una serpiente, pero más delgada. Que tuvo que agarrarla con la mano y tirar para sacarla de dentro. Que se marchó por el inodoro y que ahora le picaba mucho y tenía miedo de tener más bichas dentro. No sé si es cierto o es una fantasía suya. Dios, ¿por qué permites que mi hija pase por esto? Solo es una niña.

Recuerdo perfectamente aquel día. Recuerdo cómo agarré la bicha, cómo tiré de ella, recuerdo el asco, el instinto de supervivencia y el picor insoportable que me quedó después. Recuerdo que quería vomitar pero que me daba miedo. Recuerdo que no quería comer porque pensaba que las bichas se alimentaban de lo que yo ingería. Necesito vomitar.

25 de mayo de 1986: la niña no come y no habla. La he llevado nueve días seguidos a bañarse en el mar con la primera luz del día. Siempre entraba obligada por mí, llorando por el frío, y salía con los labios azules, aterida, pobrecita. Me daba miedo que cogiese una pulmonía. Rosaura me aseguró que era la manera de abrirle el apetito, que el mar es purificador y las olas de la primera y de la última luz arrastran todos los males, pero no ha funcionado. El pediatra sugirió inyectarle insulina (yo nunca desisto y sigo llevándola al médico e insistiendo e insistiendo e insistiendo), y la niña se desmayó a los minutos de pincharla. Cuando se despertó se comió a Dios por las piernas, pero después estuvo otros tres días seguidos sin ingerir apenas nada. Ya no sé si lo que estamos haciendo es bueno o malo para ella. Mis otras hijas demandan atención, se sienten desplazadas y le hacen algunos feos a Lola, sobre todo Sole. He hablado seriamente con ellas y también con mi marido. Si yo no estoy en casa tiene que ser él quien atienda a las niñas como corresponde, necesitan cariño y yo no puedo dividirme. La prioridad es Lola. ¿Qué mal tiene dentro mi hija pequeña y por qué nadie consigue ponerle nombre? Estamos desesperados.

10 de junio de 1986. Rosaura nos recibe siempre en la parte de atrás de un bar muy pobre, allí todo es viejo. Por las paredes llenas de verdín corren hilos de agua. Hay cabezas de ajos y cebollas colgando del techo y detrás de la puerta. Tiene una torre de cajas de bebidas con un mantel por encima haciendo la función de mesa y hay sacos de serrín y botellas por todas partes. Mientras pasa consulta no para de entrar y salir gente continuamente, son las mujeres que atienden el bar, allí no

hay intimidad, pero ella sabe de luces misteriosas, de apariciones y de cosas de difuntos, y es especialista en las enfermedades de los niños, por eso llevo allí a Lola y borro de mi cabeza que el sitio está viejo y está sucio y huele mal. Rosaura maneja el uso del agua bendita y las oraciones para curar, también sabe de rituales con aceite, mariposas e incienso, pero sobre todo entiende de hierbas y plantas. Es una sabia. A mí me ha recitado de memoria las aplicaciones de la ruda, de la hierba de San Juan, del cardo y del apio. Me ha explicado para qué valen las raíces, para qué valen los tallos y para qué valen las flores, y me ha detallado cómo y cuándo había que hacer la recolección. Porque no es lo mismo recolectar si ya ha salido el sol que cuando es de noche. Hay hierbas que es necesario coger junto a un cementerio a horas concretas: cuando tocan las campanadas, en un día santo determinado y siempre con la mano derecha. No quiere dinero, lo rechaza. Lo que sí acepta son alimentos. Es generosa y habla siempre en términos religiosos. A mi hija le ha pedido que ponga su corazón mirando a Dios para que consiga acertar su dolencia, pero creo que Lola no entendió lo que quiso decirle. Le pasó una cruz nueve veces por el vientre y después empezó a triscar los dedos, agitaba las manos alrededor de la niña y los huesos le hacían claclaclá unos contra otros mientras repetía una letanía que no se entendía. Era algo de sacar los males para fuera. Luego empezó a eructar, como si hubiese absorbido la cosa mala que tiene mi hija y esa fuese la manera de expulsarlo todo y no quedarse ella con eso dentro. Lola estaba muerta de miedo, me miraba con esos ojitos hundidos que tiene, esos ojos de cordero que parecen un abismo.

Dejo los papeles porque escucho la llave de Hugo en la cerradura. Los guardo antes de que me vea y luego abro el grifo de la bañera. Me gusta el agua muy caliente, para mí está bien de temperatura cuando se me pone roja la piel de las piernas. Huyo del frío, siempre estoy buscando calor. Empiezo a entender por qué.

20

No tardé mucho en volver a visitar a mi tía. Esta vez fui sola. Hugo me preguntó si había leído las notas de mi madre y yo mentí. De momento esto solo me pertenece a mí. A mí y a mi tía, que era quien custodiaba el manuscrito. Sé que me lo ha entregado para hacerme abrir los ojos. Le debía una conversación. Esta vez fue amable y comprensiva y yo todo lo honesta que pude. Le confesé que a raíz de la visita anterior y de la lectura del diario de mi enfermedad había empezado a recordar muchas cosas, pero también fui sincera, pese a saber que no le iba a gustar mi postura:

—Aún no he terminado de leer, pero por lo que llevo hasta ahora deduzco que los médicos no supieron hacerme un diagnóstico y que si me curé fue gracias a alguno de los remedios naturales que me aplicaron. Mi madre probó un montón de cosas y alguna funcionó.

—Pero ¿qué estás diciendo, niña? Deberías usar más el corazón y menos el cerebro, que no te está dejando pensar.

Aguanté la risa, como tantas veces me sucede con ella. Insistió en que lo que me curó fue la romería del Corpiño y que tenía que ser más abierta, que parecía mentira que una mujer tan lista como yo fuese tan dura de cascos. Así lo dijo: dura de cascos.

—¿Y qué quieres que haga?

—Que ayudes a tu madre a marcharse en paz de este mundo.

—Tía, no sé cómo se hace eso —contesté, por no decirle que no creo que haya ningún muerto atrapado en un lugar diferente de un ataúd.

—Tú no, pero un especialista sí.

—Ya te advierto que no pienso volver al santero de las Tortugas Ninja.

—¿Qué dices de tortugas?

—Que ese señor es un estafador y de ahí no me mueves.

—Pues si no aceptas ir a Jaime, vas a Victoria. A veces derrapa, pero sabe mucho sobre los asuntos de los muertos.

—¿Derrapa? Perfecto, justo lo que necesitamos para afianzar mis creencias en el esoterismo.

—No sé de dónde te sale esa retranca que tienes, hija.

En este punto tengo que comerme mis propias palabras. Siempre he criticado a la gente que justifica que hace cosas para contentar a las abuelas o a las madres. Yo qué sé, casarse por la Iglesia, bautizar a los hijos, que hagan la comunión, hablo de ese tipo de cuestiones. Y aquí estoy yo, camino de la consulta de una experta en muertos atrapados en este mundo que se llama Victoria y que está como una cabra. ¿Y quién no está como una cabra? Todo para contentar a mi tía y que se quede tranquila. Si para eso tengo que fingir que contribuyo a la supuesta liberación del espíritu de mi madre, allá voy. Insistió en acompañarme porque a estas cosas es mejor no ir sola, pero las dos sabemos que lo hace para asegurarse de que cumplo mi promesa.

Victoria tiene la consulta en un bar. Es muy fácil diferenciar a la gente que está esperando para entrar a verla de los habituales que se limitan a consumir allí las horas muertas. Los tres señores que hay en la barra y los cuatro que juegan a las cartas se dedican a pasar la tarde, y apuesto a que mañana volverán a estar ahí haciendo exactamente lo mismo. Hay una mujer mayor con su hijo en una mesa aparte y otra con su marido. Esos sí van a ver a la bruja. Mi tía me ha explicado que, en tiempos, los enfermos esperaban su turno en la calle desde las seis de la mañana y que la cola llegaba hasta la iglesia. Agradezco que el bar esté limpio, no como la sala de espera del santero. Hay algún calendario religioso y publicidad de bebidas, pero ninguna estridencia.

—Victoria es un poco especial —me advierte mi tía en voz baja—. Ni se te ocurra soltarle una grosería.

—Pero ¿tú por quién me tomas?

—Sole me ha contado lo que le dijiste al santero. Solo te pido que no me avergüences aquí.

—Sole podría estarse callada y ser más discreta. Soy su hermana.

—Está preocupada, como yo.

—¿Y qué pasa con mi padre? ¿Hablaste con él de esto?

Mi tía me mira y sé lo que está pensando. Ni siquiera hago el intento de quitarle importancia al hecho de que mi padre hubiese metido en casa tan pronto a otra mujer. Me limito a callarme. A veces es mejor así.

No me siento demasiado cómoda sabiendo dónde

estoy y lo que voy a hacer, pero el ambiente es mejor de lo que pensaba. La gente está a lo suyo, como si fuese un bar anodino de cualquier lugar del extrarradio. Los clientes entran y salen, los que juegan a las cartas están tan concentrados que ni siquiera reparan en nosotras, el señor que atiende el negocio friega platos y vasos, prepara pinchos y les da conversación a los que consumen en la barra. Todo parece exageradamente normal. La puerta de la consulta se abre y sale una pareja que andará por los setenta años. Cuando Victoria ve allí a mi tía, le hace un gesto con la mano para que entremos. Lo único que espero es no arrepentirme.

21

La consulta de Victoria es un cuarto con las paredes de gotelé pintadas de color vainilla. Está detrás de una mesa redonda con un mantel de ganchillo cubierto con un plástico en el que hay una mariposa de aceite, un florero con hierbas de San Juan y una estampita con la imagen de una virgen. Es todo bastante sobrio, me esperaba otra cosa. Ese lugar no tiene nada que ver con la consulta del santero, ni tampoco con la de la mujer del tarot. Observo un aparador que hay en un lateral con una torre de revistas del corazón, debe de haber más de cincuenta, y marcos con fotos que intuyo que serán de sus nietos. También hay un florero con un ramo de iris. Mi madre intentaba tener siempre en casa porque decía que eran las flores de la esperanza. De la pared cuelga un calendario con la imagen de dos gatos blancos haciéndose carantoñas y una ristra de ajos. Prefiero las revistas del corazón a las Tortugas Ninja, pero ¿no hay una bruja normal? Vale, no sé qué quiero decir exactamente con *bruja normal*. Victoria es una señora que no parece dedicarse a esto. No tiene las uñas largas ni las lleva pintadas, ni tampoco veo sus manos llenas de joyas. Tan solo luce una alianza, una pulsera de plástico con las palabras «*I love you*, abuela» y unos pendientes con la forma de un santo, ignoro cuál.

—¿Tienes pensado quedarte ahí de pie mucho tiempo? —me pregunta.

Mi tía ya se ha sentado en una de las dos sillas que hay delante de la mesa y están esperando por mí. Victoria saca del aparador un paquete de rosquillas, nos ofrece y luego lo coloca sobre la mesa. Mi tía acepta la invitación y yo las miro pasmada.

—Son las seis, siempre merendamos a esta hora —me explica la bruja.

—Entonces vosotras sois amigas —deduzco—. Quiero decir, amigas de diario.

—Desde hace treinta años.

—Entonces asumo que sabes perfectamente quién soy, que conoces bastantes cosas de mi vida y que sabes por qué hemos venido aquí hoy.

No pretendo ofenderla con mi comentario, pero siento como mi tía se remueve en la silla porque ha leído entre líneas que estoy cuestionando a Victoria.

—Yo sé más cosas sobre ti de las que imaginas, algunas a través de tu tía y otras por motivos diferentes, pero ese no es el asunto.

—Entonces, ¿cuál es el asunto?

—Lo único que importa es la paz. La de las que estamos aquí y la de las que ya no.

—¿Y qué se supone que tengo que hacer para que exista esa paz? —pregunto fingiendo interés, pero deseando terminar cuanto antes con este teatro.

—No puedes hacer nada. —Le da un mordisco a la rosquilla y cierra los ojos unos segundos, como para saborearla mejor.

—¿Cómo?

—Para eso hay que creer y tú no crees en nada. Ni en mí, ni en la existencia de las ánimas, ni en la fe de tu tía. Yo no puedo cambiarte el cerebro.

—Pues es una lástima —refunfuña por lo bajo mi tía—, nos harías un favor a todas.

—Chelo, hay que respetar a tu sobrina.

—Habrá, pero podrías abrirle un poco la mente. Tan joven y tan cerrada, es algo que no se entiende.

—Parecéis un dúo cómico —digo en tono amable.

—En realidad representamos el papel de buena y el de mala —replica Victoria—. Como los polis, pero en versión bruja.

Me echo a reír y con el rabillo del ojo veo que la tía Chelo también lo hace.

—Había pensado que esto sería distinto —confieso algo más relajada.

—Faltan velas y olor a incienso, ¿verdad? Es que se me ha terminado todo, tengo que pasar por el chino, estoy bajo mínimos. Doy una imagen terrible.

—No, al revés. Eres natural, se está a gusto aquí.

—Me alegra escuchar eso —parece sincera—. Lola, ¿hay algo que quieras preguntarme?

—Sí, pero que no te parezca mal. Ni a ti tampoco —advierto, mirando a mi tía—. No es una pregunta malintencionada. Necesito saber por qué tienes ahí una torre de revistas del corazón.

—¡Ah, eso! Pues porque me gusta estar enterada y porque me encanta leer los horóscopos. Nunca aciertan, pero es un pasatiempo divertido.

—¿Y tú aciertas?

—Depende el qué. Por ejemplo, nunca he adivinado un número de la lotería, qué más quisiera yo.

—Entonces, ¿qué tipo de cosas aciertas? —Estoy intrigada, esta mujer es una mina.

—Acierto cosas de la vida y del corazón, algunas de vivos y otras de muertos.

—Ponme un ejemplo —le pido.

—De acuerdo. Puedo confirmarte que has entrado aquí con tu madre agarrada a tu pierna derecha. ¿No notas un peso? Como si llevases una carga extra. Pueden ser calambres o como el pinchazo de un aguijón, el dolor a veces se manifiesta de formas diversas.

Aguanto la respiración. Hago un esfuerzo por relajarme y mantener la compostura, no quiero que noten que me ha afectado lo que acabo de escuchar.

—Pero ¿los muertos pesan? —murmuro.

—Pesan un mundo, Lola. Es una carga que nadie debería llevar encima. Hay personas que padecen depresiones y no saben de dónde vienen. Son los muertos que tienen aferrados a ellas, que les chupan la vida.

Intento hacer memoria, hago un esfuerzo por recordar si me he quejado de la pierna delante de mi tía. Es imposible saberlo, quizás alguna vez de manera casual he hecho algún comentario y ella se lo ha contado a Victoria.

—También puedo confirmarte que en tu casa hay una herida irreparable —continúa ella, cogiendo otra rosquilla del paquete.

—¿En casa? ¿Tienes problemas con el casero? —me pregunta mi tía.

—No va por ahí la cosa, Chelo, pero no creo que tu sobrina quiera hablar de ese asunto.

—¿Qué pasa, que sobro aquí o qué?

—No, en absoluto —digo, agarrándole una mano de manera instintiva para tranquilizarla—. Hemos venido juntas a esto.

Noto como suspira aliviada y eso me hace sentir mejor. No quiero más tensión en mi vida, solo soltar lastre. Solo eso, ¿es mucho pedir?

—Venga, que la cosa aquí empieza a ponerse demasiado profunda y esta joven lleva mal tanta gravedad —comenta Victoria con desenfado—. ¿Si te doy un remedio lo vas a hacer o vas a decirme que sí y luego pasar de todo?

—¿Para qué es?

—Para que te sientas mejor. Pero tienes que prometerme que lo llevarás a cabo. Aunque te parezca una tontería.

Acepto porque esa señora me cae bien y porque necesito que mi tía se vaya de aquí satisfecha.

—Y come una rosquilla, anda.

Victoria coge papel y bolígrafo y se pone a escribir. Cuando termina, lo dobla y me lo entrega:

—Recuerda que me lo has prometido —me advierte—. Ah, y enciende una vela morada y pon flores blancas en casa, que necesitas purificar el ambiente tan cargado que hay allí.

Cuando me levanto para despedirme, el dolor en la pierna derecha es tan intenso que me cuesta ponerme en marcha.

22

Encima de la mesa del salón tengo el diario de enfermedad que escribió mi madre, que recoge nuestro itinerario por las brujas y detalla los remedios que me aplicaban, también un libro sobre superstición y mística en Galicia y las instrucciones del conjuro que me dio Victoria junto con los objetos que necesito para llevarlo a cabo. ¿En qué se ha convertido mi vida? Yo era una persona que nunca se quedaba en casa los fines de semana, jamás perdonaba las noches de los viernes y sábados, no tenía tiempo de ver series porque no paraba delante del televisor más de quince minutos. Ahora soy mi abuela.

«Debes coger la funda de la almohada que compartes con tu pareja y doblarla en tantas partes como sea posible. No la laves o el conjuro no será efectivo. A continuación, métela en un recipiente de vidrio donde también introducirás tres hojas de laurel y un papel con tu nombre escrito de tu puño y letra. Debes tachar el nombre con sangre menstrual, cerrar el frasco y meterlo en el congelador.» He leído tantas veces esto que a estas alturas ya no me inmuto. Obviamente no pensaba ejecutar esta porquería, pero han sucedido dos cosas: la primera, que me ha llamado la tía Chelo para recordarme que había hecho una promesa. Me ha amenazado con no volver a dirigirme la palabra si no cumplo. La segunda, que en estos últimos días he tenido que ir al médico y empezar a tomar calmantes para mitigar el dolor, pero no hacen efecto y la desesperación es muy traicionera. Así que aquí estoy, con un tapón de una botella con mi sangre, la funda de la almohada de nuestra cama y la vergüenza a flor de piel. Sigo los pasos prometiéndome que jamás le contaré esto a nadie y luego meto el recipiente en el fondo del congelador. Como lo encuentre Hugo, me muero. Ya sé que la vida es una sucesión de sorpresas y todas esas tonterías, pero conmigo el cosmos podría relajarse un poco.

Cuando termino limpio la mesa, me deshago de todo lo que sobra y luego me tiro en el sofá porque otra vez me desangro, otra vez los ovocitos como sacos de sal, otra vez aquí, con el reloj marcando una cuenta atrás que empieza a parecerme una crueldad. Es viernes, son las nueve de la noche y mi plan es fingir que soy un ovillo y aguardar a que sea mañana porque de hoy ya no quiero saber nada más.

23

Me veo otra vez desde fuera. Mi madre es a veces azul y a veces verde. Está desnuda, aferrada a mi pierna derecha, y su cuerpo huele a tierra. Yo camino por una casa abandonada buscando una salida, quiero avanzar, pero no puedo. Del techo caen cascotes y sapos negros. Bajo por unas escaleras tirando de ella, le suplico que me suelte. Los cristales de una ventana estallan junto a mi cara, la vivienda está explotando y vamos a quedarnos las dos sepultadas. Mamá, tienes que soltarme. Pero ella ruge y me agarra más fuerte, me está lastimando. Por las escaleras ruedan piedras pequeñitas, ¿o son dientes? Veo colmillos y muelas, algunas con raíz. Giro la cabeza y encuentro el castrón que camina sobre los cuartos traseros lanzando los dientes, es él quien provoca todo esto. Abre la boca y escupe dedos con las uñas en punta, los tira como si fuesen dardos y yo la diana, hay uno que se me clava en un brazo y empiezo a sangrar. ¡Mamá, déjame ir! Pero ejerce una fuerza descomunal, creo que me va a desmembrar como desmembraban a las brujas en los potros. El corazón bate contra mi pecho y puedo verlo golpeando contra la carne, va a salir disparado. ¡Mamá! Grito de tal manera que se deshacen las escaleras y nos caemos a un abismo. Cuando me despierto estoy sola en la cama. Son las tres de la madrugada. Hugo tenía una cena de trabajo. Enciendo la luz porque, por primera vez en muchos años, siento miedo de la oscuridad.

24

Cinco días después de mi visita a Victoria no he notado ningún alivio en la pierna. Al revés. No sé ni por qué hago esta reflexión, nunca había pensado que el conjuro fuese a servir de algo. Pero a lo que tampoco estoy dispuesta es a otra reprimenda de mi tía o de Sole si me preguntan y les contesto la verdad. He aceptado visitar a una bruja para que se quedasen tranquilas, especialmente la tía Chelo. Pero que justifiquen que sus métodos no son efectivos porque yo no creo en esas historias o no tengo fe, pues no. Eso es lo mismo que decir que un ibuprofeno solo funciona si crees en los medicamentos. Pero como aquí la fe se moldea a gusto de cada una...

Llego a casa de la biblioteca a las siete y media de la tarde y me sorprende encontrar a Hugo. Nunca sale tan temprano del trabajo. Está tomando una cerveza y mirando el paisaje por la ventana del salón. Va con vaqueros y camiseta, le ha dado tiempo de quitarse la ropa que lleva a trabajar, ducharse y ponerse cómodo. Antes me parecía el hombre más atractivo del mundo, pero de eso hace mucho. Le pregunto a qué se debe el milagro de haber llegado a casa tan temprano y aparta la vista de la ventana para mirarme a los ojos:

—Tenemos que hablar.

La frase me recorre el cuerpo como una serpiente. No puede ser.

—¿Ha pasado algo?

—En realidad lleva pasando años, Lola.

OK, ¿vamos a tener esa conversación hoy, en este momento? ¿Está sucediendo esto? No estoy preparada. ¿O sí? ¿Cuánto llevo fantaseado con pronunciar exactamente esa misma frase? ¿Cuántas veces he reproducido todo esto dentro de mi cabeza? La única diferencia, la única, es que en mis abstracciones siempre era yo quien daba el paso. Me siento en el sofá con el corazón acelerado y lo miro como diciéndole «tú dirás».

—Creo que no tiene sentido seguir así. Hay un muro en medio de los dos que hemos ido levantando y ahora mismo es infranqueable. No es culpa de nadie.

«¿Infranqueable?» ¿Quién coño usa esa palabra para romper?

—Hugo, yo te lo advertí muchas veces. Intenté hablar contigo de esto, tienes que admitirlo.

—Supongo que no quería verlo.

—¡Pero si era evidente! Llevas siglos sin tocarme, sin darme un beso, sin acercarte a mí. En la Navidad del año pasado te lo dije claramente, que una relación así no era de pareja, y tú me contestaste que a ver si en las vacaciones la cosa mejoraba. Yo estaba hablando de sexo y tú apelaste a agosto, Hugo. A agosto.

—Lo siento, Lola.

Me avergüenza mucho esto. Nunca piensas que vas a ser tú quien se encuentre en una situación así. Pero pasa y es muy difícil ponerle solución y encontrar las fuerzas. Romper con alguien es un trauma que se va aplazando hasta que revienta cuando revienta. Conozco gente que lleva un siglo en ese estado de inacción y se pone todo tipo de excusas para continuar en ese estancamiento. Todas sirven, en un momento dado te aferras a lo que sea para convencerte de que una ruptura siempre es peor. Los hijos, la hipoteca, la familia, los años compartidos, el amor que existía en el pasado, el perro. Qué sé yo. En el fondo es una manera de ponerle un altar a la infelicidad y dejar que presida las vidas. «Aguantamos por los hijos.» Dios, pero ¿qué puede haber peor para un hijo que criarse con unos padres que no se soportan?

—¿Qué quieres hacer? —le pregunto.

—Necesito que te marches este fin de semana mientras saco de aquí mis cosas. Me parece innecesario que estés presente mientras vacío el piso, es un sufrimiento que creo que debemos ahorrarnos.

—Pero ¿dónde vas a ir? —me temo lo peor, me temo que me diga que vuelve a casa de sus padres.

—He alquilado un piso. Tengo las llaves desde hace un par de días.

Me quedo en blanco. ¿Cuánto llevaba planeando esto? ¿Cómo es posible que no me hubiese dado cuenta? ¿Dónde tengo la cabeza para no ver venir algo tan gordo? Lo tiene todo pensado, no ha dejado ningún hilo suelto. ¿Cuándo ha sido una persona tan calculadora, en qué momento?

—Por favor, no te enfades. Solo quería facilitarnos las cosas a los dos, que esto fuese lo menos doloroso posible.

—Hay otra persona, ¿verdad?

Dice que no con la cabeza, pero no me convence. Ha tenido que pasar algo para que él tomase esta decisión.

—Solo es que creo que es mejor separarnos ahora. No le veo sentido a seguir esperando mientras vemos cómo la vida nos pasa por delante.

Habla como si no fuese él, como si estuviese usando frases que ha escuchado en algún sitio. Esto no es una ruptura de verdad. ¿Dónde están los gritos y las lágrimas? ¿Por qué no le estoy echando en cara todos estos años de pasividad? ¿Por qué no me pide que intentemos arreglarlo? Nadie acaba una relación así. Hablamos de dinero, de muebles, de cómo repartir lo que tenemos en común. Él tiene propuestas para todo y en todas salgo ganando, es imposible ser más justo. Si es cierta esa frase de que cuando conoces realmente a una persona es cuando te separas de ella, este hombre se merece una corona. Llevo años detestándolo en silencio. De tanto ensayar mentalmente este momento me había convencido de que no había dejado ninguna puerta para la sorpresa, tenía respuestas y soluciones para todo, mi hipotética ruptura era un plano de ingeniería emocional. Y resulta que ha saltado por los aires. La vida acaba de atropellarme.

25

¿A quién llamarías si necesitases ayuda? Si, por ejemplo, la persona con la que compartes tu vida decidiese poner fin a la relación. Si, pese a la necesidad de esa ruptura, no pudieses evitar sentirte desvalida, rota por dentro. Si no supieses cómo recomponerte tú sola y tuvieses que buscar a alguien que lo hiciese por ti. Yo acudí a Ernes y a Fran. Mi hermana Sole estaba de fin de semana. Es raro que se marche, y, para una vez que lo hace, me pareció egoísta estropeárselo. Total, lo mío ya no tenía solución y, pensándolo fríamente, no es ningún drama, sino el tránsito necesario para estar mejor. Sé que en el momento en que sucede es difícil verlo desde esta perspectiva, a veces me asusta sentirme como una analista de datos y no como un ser humano. Acabé en casa de Fran con una mochila para tres días, los ojos hinchados y varios paquetes de clínex. No tuve que hacer nada, solo contarle lo que acababa de pasar. Ernes también me ofreció su casa, pero vive con su novio y pensé que no estaría tan cómoda. Instalarte en una casa ajena cuando tu vida se desmorona provoca un extrañamiento difícil de moldear. Hay un juego de contrastes que por momentos ayuda y por momentos estorba. A veces agradeces estar lejos de esa casa envenenada de recuerdos y otras necesitas tu cama, tu manta, eso que para ti es hogar.

Delante de Hugo no se me escapó ni una lágrima, pero en cuanto salí por la puerta ya no pude parar. Es como una especie de proceso biológico, como si mi cuerpo necesitase expulsar litros de lágrimas para vaciarse de todo lo malo. No sé cómo manejar esta congoja, es algo completamente nuevo. Necesitaba dejar a Hugo y, de hecho, soy capaz de asumir que esto que acaba de suceder es una liberación, pero me devora la pena.

—Pero ¿cómo no nos has contado todo lo que estaba pasando? —me pregunta Ernes—. Yo pensaba que solo era una crisis, todas las parejas tienen altibajos y aquí seguimos, unas veces mejor y otras peor. Pero esto era otra cosa.

Sé que no lo dice para echarme en cara una falta de confianza o algo así, es más en el sentido de evidenciar lo absurdo de cargar con esa situación durante tanto tiempo y no compartirlo con nadie.

—No sabía cómo hacerlo —confieso en voz baja.

—Ay, Lola —dice Fran, cogiéndome una mano—. Lo que has debido de sufrir todo este tiempo.

—Mejor esto que tener de pareja a «quiero mamar» —contesto después de sonarme los mocos.

Ellos se ríen y agradezco todo lo que rompa la dinámica del drama, cualquier cosa.

—¿Sabes que su novia compartió un vídeo atacando a la gente? ¿No os lo he contado? —dice Fran mientras coge su móvil.

En el vídeo aparece Silvia en la cocina de su casa dirigiéndose a esas personas que, como ella dice, quieren destruir su relación. Les advierte que lo que la une a su prometido es lo bastante fuerte como para soportar los ataques de personas llenas de envidia que necesitan reafirmarse intentando perjudicar a los demás.

—¡Envidia! ¿De verdad piensa eso? —pregunta Ernes—. A mí esta mujer me da pena.

Fran, algo cabreado, le dice que no podemos sentir pena, que ella sabe lo que hace su pareja y que ha decidido cerrar los ojos. ¿Quiénes somos nosotros para juzgarla?

Esa noche les cuento todo a Ernes y Fran, cada escena que puedo recordar desde que empezó la decadencia de mi relación con Hugo. Detallo cosas que me dan pudor, por primera vez en la vida le pongo palabras a lo que me pasa cada mes, con cada regla.

—Es como tener un hombre que se ha convertido en un fantasma, un cuerpo inútil y un reloj con una cuenta atrás metida dentro.

—Pero ¿qué barbaridad dices, Lola? ¿Te das cuenta de que indirectamente estás asumiendo que las mujeres que no tenemos hijos somos inútiles?

—No es eso, es más el hecho de vivir con alguien que no es una pareja de verdad, no poder tomar ningún tipo de decisión y, al mismo tiempo, estar como castrada a todos los niveles, también emocionalmente. Creo que no me estoy explicando bien.

—Que sí, niña —interviene Fran—. Que si estás con una seta que no te toca un pelo y no tienes la iniciativa de salir por ahí a enrollarte con otro, acabas como papel de lija.

—Tampoco necesitas a Hugo si decides tener un hijo —opina Ernes—. Ni a Hugo ni a ningún hombre.

Eso ya lo sé, lo sé perfectamente. Ni siquiera querría tener un hijo con él, sería introducir en una pareja que no funciona una bomba atómica.

—¿Sabéis qué pasa? Que no sé qué es lo que quiero.

—Pero vas a saberlo —dice Ernes—. Este es solo el primer paso.

26

Regresar a casa después de una ruptura es como pisar un bosque después de un incendio. Hay brasas, huele a quemado y duele la catástrofe mires donde mires. Encontré el rastro de Hugo en libros que habíamos comprado juntos, en las fotografías que continuaban en el salón y en su hueco vacío en el sofá. Pero esquivé el momento tragedia siendo práctica. Guardé las fotos en un cajón, cubrí su lado del sofá con cojines y llené su parte del armario con ropa que tenía guardada en cajas. Luego empecé a tirar cosas y me descubrí a mí misma haciéndolo furiosa. Me deshice de sábanas, películas antiguas y objetos de la vida en común que necesitaba quitar de delante, objetos que no quería ver nunca más. Dejé la cocina para el final. Abrí la bolsa de la basura y eché dentro su mermelada, los cereales de su desayuno, galletas y todo tipo de cosas que comprábamos solo para él. Cuando le metí mano al congelador vi el reflejo de nuestra relación allí, en todos aquellos alimentos tristes. Algunas cosas debían de llevar años, había bolsas a medio empezar pegadas a las paredes, tuve que arrancarlas y luego fregar los restos. Al fondo, encontré el frasco de vidrio con la funda de la almohada y mi sangre menstrual. Eso no lo he tirado porque no tenía instrucciones de cómo deshacerme de algo así. Volví a colocarlo donde estaba, cerré la puerta y bajé a los contenedores con los brazos cargados de bolsas con los desperdicios de nuestra vida.

—Así que has decidido venir sola —comenta Victoria cerrando la puerta de la consulta.

Son las once y media de la mañana y el bar está algo más tranquilo que la otra vez. He cogido un par de días libres en el trabajo. Quería poner en orden la cabeza, que es lo mismo que querer poner en orden la vida. Victoria saca una caja de lata con pastas de té y la pone sobre la mesa. Cuando vas a la consulta de una psicóloga en la mesa hay pañuelos de papel. Aquí siempre hay dulces. Vuelve a tener un florero con hierba de San Juan y yo me pregunto por qué le atrae tanto esa flor.

—¿Cómo va todo? Cuéntame qué cambios ha habido en tu vida en los últimos días.

—Supongo que ya te lo ha contado la tía Chelo.

—Eres muy directa. Me gusta eso.

—Es solo que prefiero hablar claro.

—Pues adelante, suéltame lo que has venido a decirme. Yo te escucho.

—Sigo con dolores en la pierna, cada vez son más fuertes. El remedio no ha funcionado.

Me mira de una manera extraña, como si acabase de decir algo que no encaja en lo que ella esperaba.

—El remedio no era para la pierna, Lola. ¿De verdad aún no te has dado cuenta? Venga, tú eres lista. Por eso estás aquí.

Como permanezco en silencio, continúa hablando:

—No me parecía que estuvieses muy dispuesta a dejar de lado tus prejuicios, así que antes de meternos en faena pensé que sería interesante hacerte una pequeña demostración.

—No pensarás que voy a creer que Hugo me dejó por esa cosa que metí en el congelador.

La bruja abre uno de los cajones del aparador donde tiene las revistas del corazón y saca un libro viejo. Lo abre por una página que pone «Conjuros de alejamiento» y me pide que lea en voz alta.

—«Una bruja tiene el poder para romper un hechizo y también para crearlo. Sus artes desconciertan a aquel que no pertenece a su mundo. Poseen el don de manipular la sangre menstrual. Una simple manzana en la que se introduce un alfiler empapado en flujo o semen bastará para que los malqueridos dejen de serlo...»

—Ahí no, más abajo —me interrumpe—. Sáltate la introducción.

—«Cuando sobre una persona exista un conjuro de amarre y se pretenda romper, habrá que acudir a uno de desamarre para conseguir que la persona se aleje. De no existir conjuro de amarre y pretender que una persona se separe de otra, existan lazos conyugales o no, será preciso recurrir a un conjuro de alejamiento.»

—Continúa, vamos —me anima, al ver que me callo unos segundos.

—«Si lo que quiere una mujer es el alejamiento del hombre con el que comparte lecho, tiene que coger la funda de la almohada y doblarla en tantas partes como le sea posible. No se debe lavar, o el conjuro no será efectivo. A continuación, debe meterla en un recipiente de vidrio, donde también se introducirán tres hojas de laurel y un papel con el nombre de la mujer que busca la separación, escrito de su puño y letra. Debe tachar el nombre con sangre menstrual, cerrar el frasco y meterlo en el congelador hasta que el conjuro produzca efecto.»

—Pues esto es exactamente lo que ha sucedido —me dice Victoria—. Tú querías separarte y separada estás.

—Te lo ha contado mi tía, ¿verdad?

—¿El qué? ¿Que querías separarte? Tu tía eso no lo sabía.

Es verdad. Nunca se lo he dicho a nadie, pero este tipo de personas son expertas en lenguaje corporal, saben interpretar cómo hablas y cómo te mueves, tienen un talento especial para sacar conclusiones.

—Acepto que cuestiones todo lo que es cuestionable, pero espero que respetes las evidencias —me pide, y me parece tan razonable lo que dice que no puedo oponerme.

—¿Y qué se supone que tengo que hacer ahora? Yo acepto que tú has adivinado que yo quería separarme. ¿Cuál es el siguiente paso?

—Soltar a tu madre —contesta clavándome la mirada—. Ayudarla a irse, no le corresponde estar aquí. Es más difícil conseguir que se marche un muerto que conseguir que se marche un vivo. Sobre todo cuando se trata de un familiar con el que tenías lazos tan estrechos, de sangre y de corazón. Pero podemos conseguirlo, lo he hecho muchas veces.

—No sé...

—Lola, préstame atención. Cualquiera puede convivir en Galicia con un mundo que fluye, que vibra y se mueve silencioso como un gato sin darse cuenta de nada. Cruzarse con las señales, por muy evidentes que sean, y ni siquiera percatarse. Y no son cosas de antes, del pasado. Son cosas que se han transformado, pero continúan aquí.

No sé a qué se refiere y creo que ella sabe que estoy pensando exactamente esto.

—¿Nunca has visto los *petos de ánimas* que hay en las afueras de la ciudad? Suelen estar en los cruces de caminos, siempre tienen flores y velas prendidas. ¿Por qué? Porque la gente sigue venerando las ánimas. ¿Sabes cuántas personas vienen desesperadas a pedirme ayuda? ¿Cuántas brujas hay en activo, en las aldeas y en las ciudades, ayudando en secreto a gente como tú? Pregunta en tu entorno por las visitas a brujas. Vas a sorprenderte. Quien menos esperas ha ido alguna vez a una consulta de una bruja o acude de manera habitual. La única diferencia es que antes era algo que se decía abiertamente, y ahora no.

—Ya lo he hecho —le confieso.

—Muy bien, entonces sabes de lo que te estoy hablando. ¿Vas a confiar en mí o prefieres seguir dándote con la cabeza contra un muro?

Cojo una pasta de la lata, la mastico y, antes de coger la siguiente, contesto:

—Voy a confiar en ti. O por lo menos a intentarlo.

27

Cuando un muerto se abraza a ti siempre hay alguna razón. Puede que no sepa cómo soltarse, que quiera hacerte daño o que exista una razón poderosa para no marcharse, algo que le ha quedado pendiente de resolver en este mundo. Descartada la opción de que mi madre quiera hacerme daño, quedan dos posibilidades. Esta es la teoría que defiende Victoria. Yo tengo muchas dudas de que algo así pueda ser cierto. Hace unos días me preguntó por mis sueños. Me puse tensa porque formuló preguntas muy concretas: si solía soñar con cuerdas, con carneros, con partes del cuerpo mutiladas y con tierra. También me preguntó si aparecía mi madre y qué aspecto tenía. Cualquiera que haya perdido un miembro de la familia tan próximo sueña con él con frecuencia, eso no me impresiona nada. Pero su olor a tierra, ese carnero que veo de vez en cuando y me dispara dedos y me lanza dientes... Ahí flaqueé. Como si la bruja encontrase una fisura donde poder meter sus ojos y ahora estuviesen dentro de mí, observando. Nunca le he hablado a nadie de las pesadillas que tengo. Quizás sean más comunes de lo que yo pienso. ¿La gente sueña con carneros bípedos que disparan dedos?

Le he prometido a Victoria que, de ahora en adelante, cuando me despierte de una pesadilla escribiré todo de la manera más detallada posible. Si sirve de algo, todavía no lo sé. «Sí que lo sabes», la imagino diciéndome eso y haciéndome reconocer que desde que sigo sus indicaciones siento bastante alivio. De hecho, hay días que ya no tomo calmantes. De todas las cosas que me ha mandado hacer solo me he negado a una, la que ella considera que es definitiva: ir pasadas las doce de la noche al cementerio donde está enterrada mamá, encender una vela y repetir unas palabras mientras quemo una prenda de ropa que lleve puesta. Luego debo recoger las cenizas, abrir el nicho y colocarlas allí dentro. Ya le he explicado que el cementerio a esas horas está cerrado y que no pienso colarme, pero ella insiste en que conoce al personal que trabaja allí y que es habitual que la gente vaya de noche a hacer rituales. A veces quiero pensar que no habla en serio, pero sí que lo hace.

28

Volver a salir de noche cuando llevas fuera de ese mundo tanto tiempo es siempre un accidente. Porque, aunque no haya ninguna norma escrita, las calles se separan por edades y tú ya no te sientes cómoda en aquellos locales a los que ibas hace quince años porque están llenos de gente de veintitantos. Estás en otro rango y debes ocupar otro espacio. Es la demostración gráfica de que ha pasado más de una década. Casi todo el mundo te parece demasiado joven y sucede algo que tardas en asimilar: nadie repara en ti. Antes sí, antes la gente te clavaba la mirada en todas partes: cuando subías a un autobús, cuando entrabas en un local, cuando caminabas por la calle. Eras una luz brillante y atraías a toda clase de criaturas, desde mariposas nocturnas a pájaros. Tiene que ver con el deseo. Un día te das cuenta de que te has vuelto invisible para casi todos, como si la luz que emites empezase a desfallecer. Eres como un espíritu que camina entre la gente: nadie te ve. Y ahí sientes de nuevo el reloj haciendo tic-tac, tic-tac, tic-tac. Detesto ese reloj, no sé si soy la única que lo escucha, pero la aguja de los segundos se oye cada vez más alto y yo siento un frío terrible.

Dentro del local tienen pantallas enormes donde proyectan los videoclips de la música que está sonando. Hay esculturas con formas de figuras humanas que cuelgan del techo y una barra cuadrada en el centro del local donde, por lo menos, sirven copas cinco camareros que no dan abasto. Si sales a la terraza encuentras hiedras, palmeras y plantas exóticas.

—Parece una selva, ¿verdad? —comenta Fran—. Ya no sé si estamos en Vigo o en Río de Janeiro.

La gente grita cada vez que cambian de canción, como si cada tema nuevo que suena fuese la entrada al paraíso.

—¿Por qué estás tan callada? —me pregunta Ernes.

La música está alta y tiene que acercarse mucho, no es fácil entenderse aquí dentro.

—¡Es complicado hablar aquí! Digamos que me impresiona esta exhibición de poder. ¿Cuánto lleva abierto este local?

—Años, Lola —contesta Fran riéndose de mí—. Lleva siglos siendo el garito de moda. Necesitas una actualización. Vas con Windows 98 y así no se puede, chica.

Me agarra de un brazo y me lleva a bailar. Ernes saluda a una chica guapísima, va vestida como para una gala. Aunque la realidad es que allí todo el mundo viste como para el evento del año. Evito preguntarles si creen que debo ir de compras porque sé la respuesta. Pagamos las consumiciones a precio de Madrid y pedimos otras.

—Mira, ese es el dueño —me dice Fran señalando con la cabeza a un tipo alto y trajeado, con maneras de empresario.

A su alrededor revolotea un grupo de gente, son como mosquitos golpeando contra una bombilla. Rechazo el ofrecimiento de un tipo de cincuenta y muchos que quiere invitarme a algo y me deshago de otro de la misma quinta que insiste en que me conoce. Ernes me dice que claramente triunfo con los de sesenta y Fran añade que eso es porque perciben que necesito compañía.

—Qué estupidez, yo ya tengo compañía. Estoy con vosotros.

—Llevas años con una seta, niña. Eso pasa factura.

Cuando vuelvo a casa no puedo decir que lo haya pasado mal. Ha sido divertido salir con ellos y ver cómo ha cambiado la ciudad. Es bastante parecido a lo que me ha explicado Victoria que sucede con esa otra realidad paralela que se mueve como un gato, pero que puede pasar desapercibida si no miras en la dirección adecuada. Con la noche sucede lo mismo: está siempre ahí, pero si la esquivas quedas expulsada. Es como llevar una venda alrededor de los ojos. La pregunta es si estás dispuesta a quitártela.

29

Me despierto en mi cama sin acabar de tener muy claro qué día es. Me estiro y tropiezo con un brazo. Me encojo inmediatamente y aguanto la respiración. Los dígitos del reloj de la mesilla marcan las 8.00 horas. Busco las bragas con ansiedad, cojo mi móvil, vuelo hasta la ducha y suplico en silencio que esa persona no siga ahí cuando yo vuelva. La norma es no dormir con desconocidos, nunca, jamás. Una punzada de dolor me atraviesa el cráneo. Recuerdo que le pedí que se marchase y él contestó «cinco minutos». Han pasado cinco horas. Llevo saliendo tres fines de semana seguidos. Me he emborrachado todas las noches. Las resacas son mi tumba. La secuencia es la siguiente: salgo, bebo, regreso, muero, resucito. Ahora mismo estoy muerta y quiero seguir así hasta que ese señor desaparezca. Esfúmate, por lo que más quieras. Tengo mensajes de Ernes y Fran. Les digo que el tío sigue en mi cama durmiendo y que no sé cómo echarlo, pero a esta hora estarán durmiendo. Hago bastante ruido. Suelto con fuerza la tapa del inodoro, dejo caer un bote de champú, exagero los movimientos y sigo suplicando que se marche, que se marche, que se marche. No es que no estuviese cómoda con él. Lo estaba, por eso lo he metido en mi casa y me he acostado con él. Pero las mañanas exigen una intimidad y un nivel de confianza que esa persona y yo no tenemos. Así que chao. Deja tu número, si quieres. Haz lo que te plazca, pero vete. No quiero que toque mis cosas, ni que entre en mi cuarto de baño, ni que desayune en mi cocina. Solo que repte hasta la puerta y desaparezca sin dejar ningún rastro. Sin pruebas de que ha estado aquí será como si no hubiese sucedido o como si se transformase en una sombra.

El tío continúa durmiendo cuando salgo de la ducha, así que decido que soy yo la que tiene que largarse. Cojo las llaves, cierro la puerta con el ímpetu suficiente para despertar a todo el edificio y me convenzo a mí misma de que desayunar sola un domingo es una manera de autocuidado. Vaya estupidez. ¿Desde cuándo hablo yo así? Lo único que estoy haciendo es huir de mi propia casa porque soy una cobarde que se ha acostado con un desconocido y ahora no tengo ni idea de cómo manejar la situación. Ni autocuidados ni hostias, estoy siendo pa-té-ti-ca. Además, ¿qué voy a hacer si sigue ahí cuando vuelva a casa? Por favor, ¿dónde está el manual de instrucciones para estos casos? Gracias.

Mientras me como una tostada con queso y aguacate en un local que pretende parecer chic pero que apesta a desinfectante, me escribe Fran. Me pregunta si el tío sigue en casa y le contesto que no lo sé porque la que se ha marchado he sido yo. Quiere saber qué voy a hacer y yo le digo que yo también quiero saber qué voy a hacer. ¿Cómo he podido dejar a un desconocido solo en mi piso? Igual cuando vuelva no tengo televisor, ordenador, microondas... Fran me llama peliculera después de reírse de mí y me tranquiliza diciéndome que cualquier adulto con dos dedos de frente sabe interpretar una indirecta como esta. Deambulo por las calles durante un par de horas. Leo el periódico con el segundo café del día, compro flores y me siento en un banco. Cuando considero que no puedo seguir estirando más una situación tan absurda, regreso a casa. Antes de entrar llamo al timbre, pero no escucho nada al otro lado. El piso está vacío. Pongo las flores en agua y voy a mi cuarto. Sobre la mesilla hay una nota: «Veo que conoces el protocolo de desalojo. En caso de catástrofe natural, está claro quién se salvaría y quién no». Yo abro la ventana para que el aire fresco arrastre todo lo que flota ahí dentro y le arranco las sábanas a la cama.

30

Nunca se me ha dado demasiado bien ligar, pero en las últimas semanas he aprendido que en realidad no hay que hacer nada. Puedo escoger si quiero tomar un café con alguien, cenar o acostarme solo usando mi teléfono. Paso de verbalizar que antes las cosas eran bastante más difíciles porque es otra manera de evidenciar que he dejado de ser joven y no me da la gana. En lugar de eso, aprovecho las opciones que la tecnología y las nuevas maneras de relacionarse han diseñado para mí. En los últimos dos meses he conocido a cinco tíos que, *a priori*, parecía que podían ser interesantes, pero no. Tampoco busco una relación, acabo de salir de una y no pienso meterme de nuevo en la boca del lobo. Todavía no me he recuperado, sigo siendo una especie de versión descafeinada de lo que me gustaría ser. Siento dentro los agujeros y los monstruos al acecho, esperando a que baje la guardia, pero los mantengo a raya. No echo de menos a Hugo. Mentira, a veces sí, pero son cosas muy puntuales que tienen más que ver con el hecho de estar sola que con él en concreto. Por ejemplo, lo paso mal compartiendo cenas con parejas si soy la única soltera, no me gusta volver sola a casa y lamento no tener a alguien que me diga que me quiere. Esto último es una estupidez porque arrastro esa carencia desde hace años, tampoco lo tenía cuando estaba con él. Así que asumo que idealizo cosas con demasiada frecuencia.

He cogido la costumbre de ir a ver a Victoria todas las semanas. Me gusta comer rosquillas y pastas con ella, comentar el horóscopo y hablar de lo que improvisemos en el momento. Siempre me acompaña la sensación de que solo muestra una parte de sí misma, como un cajón que oculta un doble fondo. En un primer momento da la impresión de ser una persona sencilla y que su mundo se reduce a esa burbuja que ha creado en ese cuarto, dentro de su bar. La gente acude a ella, entra y sale sin cesar, y Victoria permanece estática. Pero ya hace tiempo que observo que no es exactamente así. Es ella quien provoca el movimiento, como una especie de engranaje central que facilita que todo gire. A veces creo que he conseguido evitar al psicólogo por ella, las rupturas no son fáciles de gestionar sin ayuda. Le estoy agradecida por eso. También por otras cosas: en ocasiones llevo allí a mi tía y pasamos el tiempo juntas solo por puro disfrute, y he conseguido recuperar su confianza. Victoria nunca acepta mi dinero, ni siquiera cuando me dio los remedios para el dolor. Insiste en que mi madre sigue abrazada a mí y que es importante acabar de soltarla. Sé que está convencida, que no me cuenta eso para estafarme. Quiero creer en lo que dice, de verdad, pero existen cosas que aún me siento incapaz de aceptar.

Hoy he venido a verla yo sola. Espero tomando un café en el bar porque está ocupada. Siempre la aviso antes y me ha confirmado que tenía parte de la tarde libre, pero se está demorando más de la cuenta, no suele echar más de media hora con cada persona. Los hombres de siempre juegan a las cartas como si estuviesen echando una partida eterna. Empiezo a valorar la opción de marcharme y volver en otro momento cuando se abre la puerta de la consulta y aparece una mujer de mi edad. Lleva una cara terrible, y no lo digo por las ojeras o por la palidez. Es la expresión, como si acabase de ver un muerto. Abandona el local a toda prisa, tropezando con mi mesa. Atrapo en el aire mi consumición antes de que se caiga evitando el desastre, pero ella no se disculpa.

Dentro de la consulta encuentro a Victoria limpiando la mesa con cierta urgencia. Se ha derramado el florero que siempre tiene con hierba de San Juan. La ventana está abierta para ventilar. Huele a incienso, a tierra y a algo más que no identifico y resulta desagradable.

—¿Va todo bien? —le pregunto desde la puerta.

Ella me hace un gesto para que entre, coge un cigarrillo de un paquete y lo prende.

—Pero ¿tú fumas? ¿Desde cuándo?

—Fumo cuando lo necesito.

Me parece una respuesta bastante ambigua, pero no entro en detalles porque es evidente que no le apetece.

—¿Estás bien? —insisto.

Hay algo extraño en su manera de comportarse. Está muy seria y esquiva mi mirada.

—Estoy perfectamente.

—Hablas como yo cuando Hugo me preguntaba si me sucedía algo y no le quería decir la verdad.

Suelta una nube de humo antes de contestar, como si eso la ayudase a poner orden en su cabeza.

—Tengo un oficio complicado. ¿Has escuchado

hablar alguna vez de las personas que son cuerpos abiertos?

—Supongo, pero nunca le he dado demasiado crédito. ¿Son las que pueden sentir espíritus?

—Algo así. Personas dotadas con una sensibilidad especial para percibir. Algunas aprenden a desarrollar esa cualidad y otras no. Hay quien es cuerpo abierto y muere sin saberlo.

—¿Tú eres cuerpo abierto?

—Yo veo, Lola. Veo muertos desde niña.

Es la primera vez que me lo dice así, de esa manera tan clara.

—Pensaba que era más algo que tú percibías, algo que sentías, no que los vieses.

—Los veo tan claramente como te veo a ti. Tu madre a veces es de color verde y otras es de color azul. Hoy es azul intenso. Su cara no es la misma que cuando estaba viva porque ahora tiene otra forma, es como de humo en lugar de carne. Sostiene la tela de tu pantalón solo con dos dedos. Quiere asirte con más fuerza, como cuando estaba abrazada, pero no puede. Antes sí podía, te rodeaba con sus brazos. Poco a poco hemos ido consiguiendo que se separase de ti.

Me impresiona tanto escuchar eso que no sé qué decir. Acaba de revelarme que ve muertos y que mi madre está aquí, ¿qué se puede añadir a algo como eso?

—De joven estuve encerrada durante tres meses —continúa—. Me internaron en un hospital por decir que veía muertos. Mi padre pensó que tenía una enfermedad mental. Me atiborraron a pastillas y fui diagnosticada de esquizofrenia. ¿Sabes por qué salí? Porque informaron de que iban a someterme a una terapia con electroshock. Mi madre no lo permitió por una razón: ella también veía muertos desde pequeña, como también los veía su madre y la madre de su madre. Sabía que consentir eso era una aberración. Podría decirte que es un don, pero más que un don es una condena.

Quiero saber por qué me cuenta todo esto. Es muy raro que se abra así y hable de sí misma, por lo menos conmigo. La tía Chelo sí que conoce muchas cosas de la vida de Victoria, pero no las cuenta.

—¿Y no te dan miedo?

—Algunos sí. Los hay inofensivos y los hay aterradores. Y hoy acabo de ver uno aterrador.

—Es esa mujer que ha salido corriendo, ¿verdad?

—Yo nunca revelo las intimidades de mis clientes —me dice muy seria, apurando el cigarrillo—. Ya deberías intuirlo.

Le pido disculpas, no quería ofenderla, y ella enciende otro cigarrillo. Yo asumo que esta tarde va a suponer un antes y un después en nuestra relación y no sé si eso es bueno o malo. Nunca lo había pensado hasta este momento, pero Victoria tiene algo hipnótico. Una vez que la conoces necesitas más. Y yo necesito más.

31

En época de exámenes la biblioteca se llena de estudiantes. Me gusta verla así, con el aforo completo, porque eso significa que está viva. Aumentan los préstamos y tenemos más trabajo, hay gente entrando y saliendo sin cesar. En general todo el mundo es bastante respetuoso, es raro que haya que llamarle la atención a alguien, cosa que detesto. Hay estudiantes que pasan muchas horas aquí dentro, de repente este lugar se convierte en una especie de segunda casa. Por eso en esta temporada siempre tengo especial cuidado con el orden, pero no es fácil. Me gusta pensar que las bibliotecas son algo más que un lugar de paso. Son quizás el sitio que buscas para resguardarte. Una cabaña en el bosque, una cueva erosionada en la roca, el abrigo que ofrecen los árboles cuando sus copas son muy tupidas y se entrelazan unas con otras creando una capa de protección natural. Pero no todo es tan idílico o tan romántico como yo lo pinto a veces, porque la vida va de otra cosa bastante distinta. Tengo que reconocer que estaba mejor aquí cuando Emilio no me hablaba. Después de lo que le dije sobre su verruga estuvo varios días sin dirigirme la palabra y ni tan mal. Me resulta curioso, porque él, que es un tío desagradable por vocación, que siempre retuerce la realidad buscando problemas, luego no es capaz de soportar un comentario tan estúpido como el que yo le hice. Existe mucha gente que no integra en su vida la filosofía de no querer para los demás lo que no quieras para ti. Esto me llama mucho la atención porque me parece un básico de convivencia y también un signo de humanidad. Pero ¿qué sabré yo del comportamiento humano? Soy una mujer que pasa el tiempo libre comiendo rosquillas con una bruja, no sé si tengo derecho a analizar nada. Emilio ha vuelto a hablarme porque no le ha quedado más remedio; por mucho que le pese soy su jefa. En las últimas semanas estaba más frío y más distante, cosa que no me importaba demasiado. Al revés, yo lo prefería. Pero hoy ha hecho algo que me ha vuelto a desestabilizar. Ha aprovechado un momento en que estaba colocando unos libros que acababan de devolver para preguntarme qué pasa con Hugo, que hace tiempo que no viene a recogerme a la salida del trabajo. Las palabras que ha utilizado han sido: «Vi a tu novio por última vez hace nueve semanas, eso es mucho tiempo. Antes venía todos los viernes a recogerte y siempre estaba cinco minutos antes de que salieses». Yo no contesté. Me quedé mirando para él con cara de «estás metiéndote en un asunto que no te incumbe», pero no quiso darse por aludido e insistió. «¿Va todo bien?» ¿A ti qué coño te importará si va todo bien, Emilio? ¿Quién te ha dado alas para hacerme preguntas personales? Yo no suelo ser una persona cortante, ni marcar distancias al nivel que hago contigo. Pero me provocas tal rechazo que construyo un muro de hormigón armado para que no puedas acercarte y te mantengas a metros de distancia de mí. Obviamente no le he dicho nada de esto. Me he limitado a contestar con desgana que estaba todo perfecto y él ni me creyó ni me importa que me crea. Lo he visto en su mirada y en la media sonrisa que ha dejado escapar. Llevaba la cuenta de los días que Hugo iba a recogerme, ¿qué otras cosas controla? ¿Qué sabe de mí este señor? No es solo que se atreva a preguntarme, es que me observa. Que te den, tío. Es increíble cómo me puede resultar tan repulsivo alguien con quien hablo tan poco. Así se desintegre. ¿Hay conjuros para hacer que se evaporen personas? Bienvenidos sean.

32

Los sueños que he escrito para Victoria en los últimos días son una caída al precipicio. En ellos siempre hay alguien que me dispara con una ballesta dedos con las uñas negras de punta, dientes que caen en forma de lluvia o cascada, bandejas con intestinos, cabezas decapitadas de animales encima de superficies metálicas, ojos sobre cucharas que se me ofrecen, insectos que me salen del pelo o de los poros de la piel y se expanden tan pronto entran en contacto con el oxígeno... Y mamá, claro. Aparece siempre en posiciones incómodas: atada como una estrella de cinco puntas mientras se retuerce intentando soltarse, crucificada o colgada boca abajo con los ojos en blanco. Ayer me desperté de madrugada gritando después de verla pidiendo auxilio mientras una bestia bípeda con dos cabezas, una de mujer y otra de hombre, la enterraba viva con una pala dorada. La noche anterior soñé que esa misma bestia le abría el pecho con las uñas, introducía una mano para arrancarle el corazón y luego lo devoraba como si fuese una fruta, alternando un bocado por cada cabeza. Sé lo que me va a decir Victoria: que esa llamada de auxilio es real, que la veo siempre atada o crucificada porque está atrapada en un mundo del que necesita marcharse pero no puede a no ser que yo la ayude. Me pregunto si desaparecerán las pesadillas si accedo a hacer lo que me dice la bruja. ¿Por qué me cuesta tanto probar? Solo es un ritual, nadie tiene por qué enterarse y, además, acceder a llevarlo a cabo ni siquiera significa que crea en nada de eso. Y yo ya no puedo más, no quiero seguir conviviendo con esas escenas. Las noches deberían ser pacíficas y no una sucesión de imágenes aterradoras. Necesito que paren. Me estoy rindiendo. Ernes me recomienda que vaya a su psicólogo, mi hermana insiste en que me fíe de Victoria y Fran me dice que yo tengo la última palabra, pero que debo tomar una decisión. Que seguir así, sin hacer nada, es estirar el sufrimiento.

El bar de Victoria hoy está especialmente tranquilo. Los únicos clientes son los que juegan a las cartas y ni siquiera reparan en mí. Ya debería de estar acostumbrada a ser invisible, pero no me adapto a esto. El hombre que atiende en la barra me hace un gesto con la cabeza para que entre en la consulta. Nunca lo he preguntado, pero estoy casi segura de que es su hermano.

Victoria está encendiendo velas blancas y hay un aroma muy fuerte a incienso.

—Cuántos días sin verte por aquí —me dice—. Ya me estabas empezando a preocupar, hoy le he preguntado a tu tía por ti. ¿Cómo estás?

—Mucho trabajo y muchas pesadillas acumuladas —contesto sacando del bolso mi diario de sueños—. He hecho los deberes. ¿Cómo estás tú?

Victoria sonríe. Creo que no está acostumbrada a que nadie se interese por ella. Está entregada a cuidar de los demás, y supongo que todo el mundo tiene interiorizado que esa es su función. Como si no fuese humana.

—Estoy contenta de que hayas venido —confiesa.

Me siento cada vez más cerca de ella y me gusta pensar que le pasa algo parecido, que no soy solo una clienta. Desconozco hasta qué punto establece este tipo de relación que tenemos nosotras dos con el resto de la gente.

—A ver esas pesadillas. —Me quita el cuaderno de la mano y empieza a leer—. En realidad, todas son una versión de lo mismo: tu madre en peligro y tú rodeada de símbolos que te aterran.

—Pero ella solo está en peligro en mis pesadillas, ¿verdad?

—Pide ayuda una y otra vez porque corre el riesgo de quedarse para siempre en ese estado.

—Si de verdad quiere marcharse, ¿no podría soltarse por sí misma?

—Pero ¿todavía no comprendes que no sabe cómo hacerlo? No puedes tropezar una y otra vez contra la misma piedra. Estás dando vueltas siempre sobre lo mismo.

De pronto, escuchamos gritos en el bar y yo me asusto. No sé distinguir si es un hombre, una mujer o ambos. Chilla tan fuerte que se le desgarra la voz.

—Tienes que salir, Lola. Espera en el bar, luego retomamos. —Se apresura a abrir la puerta.

La persona que grita es una mujer de unos treinta años. Viene acompañada de su madre y su estado me impresiona. Le falta pelo, como si alguien le hubiese arrancado mechones. Tiene los labios agrietados y la ropa llena de lamparones, manchas de grasa o tal vez de vómito.

—Pasa, rápido —le indica Victoria a la madre.

La mujer chilla con una voz que cuesta encajar, es como si un hombre hablase desde una caverna, como si esa caverna estuviese en su interior. Dice cosas que no se entienden, insulta y también pide ayuda. Grita y llora y agarra su propio pelo, es ella quien se lo arranca. La puerta de la consulta se cierra de un golpe y yo me siento con el corazón hecho puré. El hombre que atiende el bar suspira y uno de los que juegan la partida comenta que menos mal que existe Victoria. Los gritos continúan. Me deshago por dentro. Tendrían que ingresar a esa mujer en un hospital psiquiátrico, no debería estar ahí, parece agresiva. Entonces escucho unos ruidos, como una silla golpeando contra una pared; me levanto de manera instintiva porque Victoria puede necesitar ayuda, pero el hombre del bar me hace un gesto y me lanza una advertencia:

—No abras esa puerta, puedes poner a Victoria en peligro. Ella sabe lo que hace.

Los hombres detienen la partida. Muchas veces he pensado en que ni siquiera una bomba nuclear podría interrumpirlos, pero estaba equivocada. Los gritos son tan estremecedores que nos paralizan a todos. Más golpes, la voz de Victoria tratando de hacerse hueco entre los insultos, un sonido como de cascabeles y después un silencio que se nos hace eterno. Pasan diez minutos, quizás quince. Los hombres continúan parados, con las cartas sobre la mesa.

—Parece que ya ha pasado —comenta uno.

—No hables tan pronto que la semana pasada también pensábamos que ya había pasado y no era así —comenta el hombre de la barra.

Así que esto es habitual. No se trata de un caso aislado. Cuando se abre de nuevo la puerta de la consulta, la mujer sale con otra expresión que no tiene nada que ver con la que traía. Es la misma persona, pero es otra. ¿Cómo explicar algo así? Camina tranquila y ha dejado de gritar. Va como anestesiada o quizás solo sea alivio. Flota. ¿Y Victoria? ¿Qué pasa con ella? El hombre sale de detrás de la barra, se mete en la consulta y cierra la puerta. Tarda bastante en salir. Quizás veinte minutos.

—Quiere que entres —me dice por fin.

Tengo miedo de lo que me voy a encontrar. En la consulta huele a tierra. La ventana está abierta y Victoria fuma. Tiene ojeras y está escuchimizada, como si en los últimos cuarenta minutos hubiese perdido varios kilos.

—Victoria —murmuro, acercándome a ella—. ¿Quieres que vuelva en otro momento?

—No te preocupes, la consulta está limpia —contesta.

Yo ni siquiera había pensado en eso, pero no digo nada. Cualquier cosa me parece perturbarla.

—Siéntate ahí y estira las dos manos con las palmas hacia arriba —me pide—. Creo que debí haber hecho esto mucho antes. El tiempo apremia, Lola.

Yo no sé a qué se refiere, no comprendo lo que me trata de decir. Acaba de salir de ahí dentro una mujer que gritaba con voz de caverna y ahora Victoria es una sombra de sí misma. Agarra mis manos, me unta un aceite que huele a menta y con su dedo índice sigue los surcos que trazan las líneas de mi mano derecha. Primero recorre la palma y luego estudia cada arruga de mis dedos. Yo la observo en silencio. Me hace cosquillas, su tacto es agradable, pero su rostro está tan esmirriado... Cuando termina con la mano derecha hace lo mismo con la izquierda. Después me mira a los ojos. En realidad, me atraviesa.

—Escúchame bien y memoriza esto porque es importante: veo un río de sangre, un océano verde donde flotan vapores, una puerta que se abre y dos muertos que se cruzan —susurra.

—Victoria, no sé...

—No sabes ahora, pero sabrás —me interrumpe—. Si la única manera de que confíes en mí es esta, lo haremos así. No le des más vueltas. Cuando le encuentres sentido a esto que te acabo de decir, ven a verme, no antes. Y ahora tienes que disculparme. Necesito descansar.

Abandono el bar preocupada por la salud de Victoria. Lo que sea que le ha sacado a esa mujer, le pasa factura a ella. Tengo frío y una tristeza como una bola enquistada en la garganta. Un río de sangre, un océano verde donde flotan vapores, una puerta que se abre y dos muertos que se cruzan. No entiendo nada y no sé si quiero entenderlo. Esta noche solo necesito paz.

33

Llevo más de dos semanas sin ver a Victoria. Sigo sin encontrarle sentido a lo que me ha dicho y empiezo a pensar que ha sido una manera de despedirse. Que me soltó esa especie de enigma extraño para deshacerse de mí porque no he accedido a hacer el ritual en el cementerio para liberar a mi madre. Desde que no voy a verla el dolor en la pierna se ha agravado y ya no sé si son imaginaciones mías o qué está pasando. Intento seguir con mi vida, pero no me llevo bien con la rutina. Ernes me ha convencido para pasar el fin de semana en Madrid. El plan es ir a un concierto el viernes y regresar el sábado a última hora de la tarde. Nada de avión, vamos y regresamos en tren, pero desde Ourense, que así nos ahorramos casi tres horas de viaje. Hacemos el primer tramo desde Vigo en coche, lo aparcamos cerca de la estación de tren y desconectamos del mundo. Me parece casi una necesidad cambiar de ciudad y ver a otra gente. Cuando llevas muchos fines de semana saliendo por los mismos sitios, todas las caras te resultan conocidas, las escenas empiezan a repetirse, ves clones de personas por todas partes, como si fuesen hechas con un molde idéntico, y pierdes el interés. Cada vez llevo peor las resacas y me parece bastante patético tener que beber o drogarme para encontrar la fantasía. Si no consigo localizarla por mí misma quizás signifique que estoy buscando en el lugar equivocado.

Aparcamos el coche, caminamos hasta la estación de Ourense y nos subimos al tren. El viaje es un suspiro. Llegar a Madrid me reconforta. Buscamos dónde tomar algo antes del concierto y nos ponemos al día. Ernes pide agua y se toma una pastilla, dice que le duelen los ovarios y yo le contesto que eso es porque están vivos, haciendo su trabajo de fabricar, y que peor sería que se parasen. A ella le hace gracia mi comentario porque sabe la obsesión que tengo últimamente con el tema de los desarreglos y de cumplir años. Hablamos de que ha visto a Hugo hace un par de días en un restaurante. Estaba cenando con una compañera de trabajo. Parece obvio que son pareja. Me pregunto si ese fue el motivo por el que tomó la decisión de romper conmigo.

—Claro que fue el motivo, Lola. Hugo no es alguien que suela tomar la iniciativa. Existiendo otra persona la cosa cambia. Es como encontrar una razón para cambiar de vida.

El camarero sube el volumen del televisor e interrumpimos la conversación. En las imágenes hay un hombre que se cubre la cabeza con su cazadora. Informan de que ha sido detenido por posesión de pornografía infantil.

—No puede ser —murmuro, con el corazón a mil por hora.

Bum-bum-bum, va a explotarme el pecho.

—¿Qué pasa, Lola?

Lo reconozco por la ropa, pero también por la manera de andar. Va esposado y le cuesta cubrirse, pero esos pantalones, esa camisa, esa cazadora, esa manera de moverse... Ni siquiera necesito ver la verruga. Esta situación es como caer a una especie de vacío. Pienso en él entrando en la sección infantil de la biblioteca, en su manera de hablarme mal de las compañeras, en eso que me resultaba tan repulsivo. Era algo oscuro, una ponzoña que solo se sostenía en sensaciones. Pero ahora todo eso acaba de materializarse. Entra en el juzgado custodiado por la policía. Me falta el aire, qué angustia. ¿De verdad está pasando esto?

Cojo el móvil y pongo su nombre en Google para confirmar que no estoy equivocada. Hablan de un vecino de Vigo que responde a sus iniciales y que vive en su misma calle. Le escribo a una compañera de la biblioteca y luego a otra para ver si saben algo y después tomo aire.

—Es el compañero de trabajo del que te he hablado varias veces —le digo en voz baja a Ernes.

—¿El tío ese que te da tanto asco?

—Ese.

Ese es, ese mismo. Y acaba de desintegrarse delante de mis ojos.

34

El fin de semana es un relámpago que nos atraviesa y nos derrota. Nos hemos acostado a las cinco y levantado a las once. Tampoco ha sido para tanto, pero estamos destruidas. Sobre todo Ernes. Duerme durante todo el trayecto de Madrid a Ourense. El camino a pie desde la estación de tren hasta donde hemos dejado el coche aparcado me parece deprimente. Los pocos árboles que se conservan en esa zona parecen agónicos, hay botellas de cerveza vacías en el suelo, junto a las puertas de los bares, y un poste de la luz centellea de manera intermitente, a medio fundir. Ernes me confiesa que lleva no sé cuántas semanas de atraso con la regla, que últimamente va y viene cuando quiere. Que tiene cita la semana siguiente con la ginecóloga y que como no lleguemos pronto a casa va a implosionar.

—¿Estás bien?

—Pues como un trapo. Necesito llegar a casa.

—Fuimos muy optimistas cogiendo los billetes de tren tan tarde —le digo—. Sobre todo cuando sabíamos que había que dejar el hotel a las doce.

—Pasar el día de compras por Madrid no parecía mal plan.

Le pregunto si quiere que nos acerquemos a una farmacia, pero vamos con el tiempo algo justo y no veo ninguna cruz verde encendida en los alrededores. Seguro que si consigue dormir en el coche, aunque sea solo un rato, cuando se despierte estará mejor.

Entonces me agarra de un brazo y se detiene.

—Estoy sangrando, Lola.

Miro directamente para sus pantalones. La sangre le ha traspasado la tela.

—Vale, no pasa nada. Entramos en el primer bar que encontremos y vas al baño.

Caminamos unos metros en silencio, yo estoy buscando un lugar más o menos decente donde poder entrar, pero ella se detiene otra vez.

—Sangro, sangro mucho —habla tranquila, pero yo la conozco bien, no es una persona exagerada que se queje por cualquier cosa.

Cuando dice que sangra mucho es literal. En cosa de minutos la mancha ya le llega casi hasta las rodillas y se encoge cada vez que da un par de pasos. En la primera calle doblamos la esquina y buscamos cobijo en un portal. Ernes se apoya contra la pared y se pasa una mano por la frente, como queriendo limpiar un sudor que no existe.

—No sé cómo voy a llegar así a Vigo. Si pongo ropa en el asiento del coche igual salvo el viaje, pero uf...

—Hay que ir a urgencias, Ernes, olvida el coche.

—¿Por una regla? Ni de broma.

Pero tan pronto dice eso se retuerce con un latigazo y yo ya estoy sacando el móvil para llamar al 061. Les explico que estoy con una amiga que tiene una hemorragia bastante fuerte.

—Ernes, me preguntan cuánto llevabas sin la regla.

—Un par de meses.

—Quieren saber si existe posibilidad de embarazo.

—Ni de broma —contesta ella, tajante.

—¿Estás mareada?

—No, solo tengo dolor. Estoy poniéndolo todo perdido.

Ahí sí que me altero. El pantalón es oscuro y disimula la mancha, pero la sangre ya le llega a las zapatillas y al suelo, y temo que se desmaye en cualquier momento.

—¿Seguro que no estás mareada?

—Casi nada.

Vuelvo a llamar al 061 y les digo que necesitamos que vengan ya, que está sangrando una barbaridad y me explican que todas las ambulancias de Ourense están ocupadas. Les digo que temo que pierda el conocimiento y los apremio para que se busquen la vida. Me aseguran que tan pronto quede una libre es para Ernes, pero llevamos allí no sé cuánto tiempo, ella sigue sangrando y nadie acude. La noche nos protege de la gente que pasa por la calle, nadie se ha dado cuenta de nada, y casi mejor así que estar rodeadas de desconocidos dando su opinión.

—Lola, esto parece un aborto.

Omito decirle que hace unos minutos ha dicho que era imposible que estuviese embarazada porque me parece que es lo último que necesita.

—Parece, pero no vamos a adelantarnos, ¿vale? En cuanto llegue la ambulancia va a ir todo rodado.

Pero siguen pasando los minutos y yo empiezo a desesperarme. Quiero aparentar calma, pero lo que me pide el cuerpo es llamarlos de nuevo y montar un cristo porque Ernes está desangrándose en plena calle y allí no acude nadie. Llamo por tercera vez y digo que esto empieza a ser negligente, que sangra mucho, que necesitamos que vengan con urgencia. Cinco minutos después, o tal vez diez, las luces azules resplandecen en las sombras, corro al medio de la carretera principal para que me vean y volamos al hospital. Nada más llegar, lo primero que detecto son cinco ambulancias paradas y quiero empezar a gritar que son unos impresentables. Sientan a Ernes en una silla de ruedas y el técnico que nos ha llevado hasta allí nos dice que nos va a colar, cosa que le agradezco de verdad. Nos guía por varios corredores hasta urgencias ginecológicas, va tan rápido que casi tengo que correr detrás de él, me maravilla cómo maneja la silla de ruedas. Hace algún comentario simpático para distraer a Ernes y cuando nos deja delante de la puerta de la consulta y nos desea que todo salga bien, pido que ojalá todas las personas que nos atiendan hoy sean como ese hombre. Tan solo esperamos un par de minutos, enseguida aparecen un médico con bata blanca, una enfermera y una mujer joven vestida con chaqueta y pantalón verdes.

—¿Qué ha pasado? —le pregunta la mujer de verde a Ernes.

Ella señala su pantalón:

—Parece evidente.

Nos mandan entrar en la consulta y la enfermera, una mujer voluminosa de melena gris, le indica a Ernes que entre en el baño, que se desvista de cintura para abajo y se cubra con una sábana. Observo cómo los médicos se miran entre ellos y comentan cosas en voz baja. Yo me pongo en la piel de Ernes. ¿Tendrá dónde dejar la ropa toda manchada? ¿Necesitará ayuda ahí dentro? ¿Sentirá miedo? Cuando sale, le sonrío intentando transmitirle cosas positivas y la enfermera la manda acostarse con las piernas abiertas. No sé lo que sucede porque nos separa un biombo blanco, pero estoy atenta a todo lo que dicen. El doctor de la bata blanca es el que da las indicaciones.

—Tengo una especie de coágulo enorme —los informa Ernes.

—No te preocupes —contesta la mujer de verde, como si ese dato no tuviese ninguna importancia—. ¿Cuándo fue la última vez que tuviste la regla?

—Hace sesenta y tres días —contesta Ernes.

—¿Eso qué día fue? Si me lo dices así me lo pones complicado para echar las cuentas.

—Ahora mismo no me acuerdo.

—¿No sabes el día que tuviste la regla?

Solo tienes que restar, pienso yo. Pero no lo digo.

—Lo tengo anotado, llevo la cuenta en una aplicación en el móvil —explica Ernes.

Percibo cierto tono de desesperación porque, aunque nadie lo diga, ya la están cuestionando y acaba de decirles que tiene una especie de coágulo enorme. ¿Qué significa eso?

—¿Lleva usted tanto tiempo sin la regla y no se ha hecho una prueba de embarazo? —le pregunta el médico.

—Soy muy irregular, si tengo que hacerme la prueba con cada retraso estaría haciéndomela casi todos los meses.

—Una cosa es ser irregular, y otra sesenta y tantos días de atraso.

¿En serio le parece a ese señor un buen momento para dar lecciones? La médica de verde agarra un instrumento que imagino que es para retirarle tejido y luego le hacen una prueba de embarazo. Empiezo a repetirme en silencio que ojalá se trate de un aborto porque, de ser otra cosa, tiene muy mala pinta.

—Si no te relajas, esto es una batalla entre las dos —le recrimina la médica.

Ernes se disculpa y a mí esa manera en que le hablan se me clava como los dedos en punta que me lanzan las bestias con las que sueño cada noche. Empiezan a comentar lo que ven en la ecografía, hablan de medidas y usan términos médicos que desconozco. No sé si piensan que estamos obligadas a entender lo que dicen, pero vamos...

—El embarazo es positivo y estás expulsando el feto por ti misma.

¿Es así como se informa de un aborto? ¿De verdad esa es la manera que tiene una mujer de decirle a otra que ni siquiera sabía que estaba embarazada que está sufriendo un aborto?

—Vas a pasar esta noche aquí ingresada para controlar el sangrado y administrarte calmantes. Ya puedes vestirte.

¿Vestirse con qué? ¿Con el pantalón que traía lleno de sangre? Parece que la enfermera me lee la mente:

—¿Cómo va a vestirse con lo que traía? Te doy ahora yo una sábana y ponemos un empapador en la silla de ruedas.

Le dan una bolsa para meter sus cosas y yo quiero abrazarla y decirle que todo va a ir bien. Nos dejan en el pasillo y nos dicen que enseguida vendrá alguien a buscarnos para trasladarnos a planta. Espero que sea cuestión de minutos porque el sitio es desolador. Las paredes están desconchadas, hay dos hileras de sillas verdes de plástico que deben de tener trescientos años, un cuadro enorme azul que es una especie de grafiti hecho con bastante mal gusto y otro verde con barcos de chimeneas enormes echando humo que parecen hechos deprisa y corriendo, con desgana. Al fondo hay consultas vacías y las puertas están mal pintadas. Me parece todo un desastre dentro de otro.

—Ernes, ¿cómo estás?

Ella me mira con sus ojos de animal herido y me

dice que no con la cabeza. Le doy un beso en la frente y le pregunto si quiere que llame a Edu, su novio, pero sé que tiene turno de noche en el trabajo.

—Hasta las seis de la mañana no va a ver el móvil. Es inútil llamarlo.

—Dime cómo te encuentras.

Me explica que le está empezando a doler mucho y que no entiende nada.

—No tenía ningún síntoma, Lola. Ninguno. Y esa gente de ahí dentro acaba de tratarme como si fuese imbécil. ¿Cuánto tiempo me van a tener aquí? —me pregunta.

—Si dentro de quince minutos no han venido a por nosotras, meto presión.

La agarro de las manos, le digo que la quiero y que vamos a pasar este trago juntas de la mejor manera posible. Pero ¿cómo se atraviesa un trance así?

—De abortar, casi mejor saberlo todo junto —reconoce—. Imagina que sé lo del embarazo hace un par de meses, estoy feliz y sucede esto.

—Sí, es mejor, pero no deja de ser un shock. Supongo que no quieres que avise a nadie más. ¿Tu hermana? ¿Tu madre? Dime lo que necesitas y yo lo hago.

Ella se retuerce en la silla.

—Mañana ya pensaré a quién se lo cuento; es absurdo asustarlos ahora, estamos en otra ciudad y no se puede hacer nada. Sigo sangrando mucho —murmura.

Llega gente a urgencias: una mujer embarazadísima acompañada de su pareja, otra en silla de ruedas; una pareja de médicos cruza el pasillo. Y mientras sucede todo esto, la hemorragia de Ernes continúa, los cólicos aumentan y yo quiero gritarle a alguien que esta situación es lamentable. Las pacientes entran y salen de la consulta. ¿Cuánto tiempo llevamos allí? La enfermera abre la puerta y le recrimino que seguimos igual, que nadie ha venido a por nosotras y que Ernes está sufriendo.

—Espera un momento, cariño, que ya vienen —le dice a Ernes.

Después del trato que hemos recibido en esa consulta no sé qué pensar, no la creo, me parece todo un teatro.

—¿Puede haber hospital más feo? —me pregunta ella, señalando con la cabeza el cuadro verde de los barcos.

—No, es imposible. Si me cuentan esto hace unas horas, cuando andábamos de paseo por Madrid, no lo habría creído.

—Soy idiota, llevo con pérdidas casi quince días, pero creí que era normal.

—Tú no eres idiota. Idiotas son las que te han atendido ahí dentro. Estoy arrepentida de no haberles dicho cuatro cosas, pero con el impacto de lo que te estaba pasando no he sabido reaccionar.

—No sabía que esto doliese tanto.

Está pálida y se agarra la barriga con desesperación. Cada vez que alguien cruza el pasillo nos callamos, pero en cuanto recuperamos la intimidad continúo dándole conversación.

—Igual ha sido culpa mía. Hice vida normal, este fin de semana hemos bailado y bebido.

Me resulta doloroso escucharla hablar así. Se está echando la culpa, como si no estuviese sufriendo ya bastante.

—Un aborto no se produce por salir a bailar, no digas eso.

—¿Cuánto llevamos aquí? —vuelve a preguntar.

Y yo ya no sé qué contestarle, y lo que me pide el

instinto es levantarme y reventar la puerta de la consulta. Abre la enfermera y me pide un poco de paciencia.

—Está abortando en un pasillo; como comprenderá, si algo no tenemos es paciencia.

Pasa media hora, cuarenta y cinco minutos, una hora. Ernes empieza a manchar la sábana de rojo y la gente que llega a la consulta la observa con cara de pena. A veces le caen las lágrimas y yo también tengo ganas de llorar pero me aguanto, la beso e intento hacerla reír con tonterías.

—Voy a montar un cristo —le advierto.

Ella no dice nada porque el dolor no la deja. Sale el médico con su compañera de verde, me dice con gravedad que no deberíamos seguir allí y nos pide que esperemos un momento. A los pocos segundos abre de nuevo la puerta de la consulta como si hubiese cambiado de opinión, y empiezo a pensar que pasa algo raro:

—Voy a decirles la verdad. Están aquí porque no quieren asignarles una cama en planta. Al pertenecer a otra área sanitaria, la persona que tramita esto se niega a darle cama. Les pido que mañana pongan una reclamación porque esto no es admisible y voy a arreglarlo inmediatamente.

Miro a Ernes de reojo. No parece atenta a la conversación, tiene la cabeza agarrada con una mano y está en su mundo. El médico deja la puerta a medio abrir y escuchamos cómo le dice a la enfermera que vuelva a llamar y que diga que o solucionan esto o habla con el supervisor. Llevamos hora y media ahí y yo no sé cuánto tiempo se tarda en expulsar un feto, pero mi amiga está haciéndolo aquí, delante de toda esta gente que entra y sale, medio desnuda y cubierta con una sábana. Ya no sé si estamos en un hospital o en un escenario de *Resident Evil*.

—No es digno —escuchamos a la enfermera recriminando a quien sea que está al otro lado del teléfono—. Te lo pido como un favor personal, esta paciente necesita que le suministren calmantes, está en unas condiciones lamentables. Se me cae la cara de vergüenza, baja tú a decirle que va a pasar la noche en ese pasillo.

No suelto las manos de Ernes, le acaricio el pelo y le digo que es la persona más fuerte que conozco.

—No soy fuerte, es que no puedo hacer nada. Mira qué estampa. Sácame una foto, anda. Para tener pruebas de que esto está sucediendo y no lo hemos soñado.

Mañana pondremos esa reclamación, por supuesto que la pondremos, pero me pregunto si sirve de algo y cómo pueden compensarle a esta mujer lo que está pasando ahora, en este preciso momento. No mañana, ni pasado, ni dentro de un mes. Está sucediendo ahora. Ernes está abortando en el pasillo del hospital más triste que he visto en mi vida, sentada en una silla de ruedas, sin medicación, sin una cama, sin dignidad de ninguna clase. Es como ensañarse con alguien cuando está más vulnerable.

En algún momento aparece una ATS.

—Pero ¿cuánto tiempo llevas así?

—Cerca de dos horas —le contesto yo enfadada.

—¿No le han dado nada para el dolor?

—Absolutamente nada.

La mujer no contesta, pero apura el paso por el corredor empujando la silla de ruedas de Ernes, y tengo que esforzarme para seguirle el ritmo. Llama un ascensor y, justo cuando se abre y se dispone a entrar, sale otro ATS que transporta una camilla con alguien completamente tapado hasta la cabeza. Lo que nos faltaba, cruzarnos con un muerto. Sale el hombre con el cadáver y ocupamos su lugar. Ernes dice que no para de sangrar y la ATS le promete que falta poco, que estamos llegando. El hospital está medio en obras y quien haya diseñado los edificios no ha pensado en que era necesario conectarlos desde todas las plantas y hay que dar una vuelta enorme. Le asignan un cuarto donde hay una señora durmiendo. La ayudan a acostarse en la cama que está libre y le ponen una vía para suministrarle calmantes. Las enfermeras son cariñosas y atentas, se deshacen en palabras amables, de repente es como si acabásemos de escapar de una tormenta y estuviésemos a cobijo. Nos dejamos arrastrar por la resaca y hablamos en voz baja. Ernes va relajándose, noto que se encuentra mejor, tiene otra cara. Espero a que se quede dormida y ahí empiezo a respirar. No imagino lo que estará sintiendo, pero cómo debe de doler. Ojalá pudiese meterme dentro de su piel y taparle el agujero que tiene en su interior.

Me doy cuenta de que no he comido nada desde no sé ni qué hora, así que salgo de la habitación sin hacer ruido y busco una máquina por los pasillos. El panorama se reduce a bolsas de patatas fritas, chocolate, pastelería industrial, refrescos y agua. Entonces, allí parada, mientras observo todas esas calorías vacías que hay dentro de la máquina expendedora, me quedo paralizada. Me atraviesa un pensamiento que me congela por dentro. Un río de sangre, una puerta que se abre, dos muertos que se cruzan y un océano verde donde flotan vapores. Barcos de vapor. ¿Cómo no me di cuenta en el momento? La sangre de Ernes, el ascensor, aquel cuadro espantoso... Estaba todo ahí preparado para que yo comprendiese que acababa de llegar el momento en que encajaban las piezas, el enigma, esa parte del mundo que yo me niego a aceptar. Si la vida es esto, alguien tendría que habernos avisado de cuánto puede doler.

35

En los días siguientes tengo que digerir que Emilio ha sido detenido por posesión de pornografía infantil, que Ernes ha sufrido un aborto en un pasillo de un hospital y que el don de Victoria es real. Me negaba a aceptar lo que ella me decía y yo consideraba interpretable, todo lo que podía admitir varias lecturas. Pero ya no hay espacio para la duda, no con lo que ha sucedido. El descubrimiento del enigma me causa tal impresión que abandono esa parte racional que me lleva bloqueando tantos meses. Si mi madre está encadenada a mí y tengo que romper las normas e ir al cementerio en plena noche para que consiga soltarse, lo haré.

Aparco delante de la iglesia que está cerca del bar de Victoria. ¿Qué pensará el cura de su consulta? Estoy segura de que a ella no le importa, pocas personas he visto en mi vida tan seguras de sí mismas. La última vez que entré en una iglesia fue en el funeral de mi madre y no va a ser ahora cuando vuelva a pisar una, la dejo atrás acelerando el paso.

El bar está tranquilo. El hombre que atiende la barra pone cara de sorpresa y sonríe al verme. Hace más de dos meses que no entro allí, eso es mucho tiempo. Le pregunto si Victoria está libre y él me confirma que sí, que puedo pasar.

—Bienvenida.

Creo que es la primera vez que me dice algo amable y eso me hace sentir bien.

Victoria no se sorprende cuando me ve, pero muestra alegría y sé que es de verdad. Se acerca a mí, me da un abrazo y me dice al oído que he tardado más de la cuenta en aparecer, pero que ella sabía que iba a volver.

—¿Cómo estás? —le pregunto.

—No, no. Cómo estás tú, cómo está tu amiga y cómo están las cosas en el trabajo después de los últimos acontecimientos. Lo he visto en las noticias, qué horror.

Nadie sabe lo de Ernes. Ni Sole, ni mi tía, así que ellas no se lo han podido contar. Las únicas personas que lo sabemos somos el novio de Ernes y yo. Me pregunto cuántas mujeres sufren abortos y no lo cuentan por vergüenza, por miedo o porque narrar algo así es verbalizar un fracaso y poner el corazón encima de una bandeja para que los demás tengan la oportunidad de diseccionarlo. Imagino ese silencio colectivo como un cordón negro que une y también oprime. Ernes no sabe por qué le sucedió, nadie se lo ha dicho. Alguien dejó caer que la causa tal vez fuese un fallo cromosómico que impedía que fuese compatible con la vida. El término es tan frío que me perturba, porque ese bebé se derramó en el pasillo de un hospital.

Victoria me observa con interés.

—Estoy impresionada con todo esto —le confieso—. ¿Aún puedes ver a mi madre? ¿Está aquí ahora? —le pregunto con cierta ansiedad.

—Está, claro que está. Pero ya no te sujeta con dos dedos, ahora te agarra con las dos manos, ha ido ganando terreno en las semanas que llevamos sin vernos.

Antes de decir lo que viene a continuación necesito tomar aire porque, aunque lo he meditado mucho, estoy librando una batalla conmigo misma.

—Estoy dispuesta a ir al cementerio y hacer el ritual del que me hablaste. ¿Eso será suficiente?

—Será suficiente para que tu madre encuentre el camino hacia el otro mundo, que es donde debe estar.

—Pero... —le digo, porque intuyo que hay algo más.

—Pero esto es más profundo de lo que tú te imaginas, Lola. Tu presencia aquí no es casual. Llevo mucho tiempo esperando por ti. No puedo explicártelo todo porque, como ves, hay algunas cosas que tardan en encajar. Veo imágenes sueltas y no siempre es fácil encontrarles el sentido. Pero yo sabía que vendrías a mí mucho antes de que aparecieses.

—¿Desde cuándo tienes esas visiones? —le pregunto, sin acabar de entender lo que me quiere decir.

—En realidad desde siempre. Con cinco años le di un susto tremendo a mi padre porque le dije que había un señor colgado de su cuello. Era un compañero de trabajo que viajaba a su lado y se murió en un accidente de coche. Mi madre me contó que se negaba a marcharse él solo de este mundo, que reclamaba el alma de mi padre por ser el responsable de su muerte.

—Recuerdo que me habías contado que tu madre también tenía las mismas capacidades que tú.

—Tenía y sigue teniendo. Mi madre está viva. Ha cumplido noventa y tres años y lleva dos encamada, pero las visiones nunca la han abandonado. Ella me enseñó todo lo que sé sobre las plantas y remedios naturales. También intentó enseñarme a guardar silencio. Nuestro oficio suele ser mal entendido y es mejor ser discretas. Hay tantas personas que estafan a la gente que acabamos nosotras pagando las consecuencias.

—Como el santero —le digo.

—El santero es un charlatán, pero no le hace daño a nadie. Vas allí, le dejas la voluntad y listo. Pero hay quien exprime a la gente y le saca el dinero hasta dejarla sin nada aprovechándose de su desesperación. Y el único don que tienen es el de manipular.

—¿Quién te ha enseñado a interpretar las visiones?

—En realidad, nadie puede. Naces viendo muertos que se agarran a los vivos, o que se les meten dentro, y para ti es normal. Hasta que alguien lo descubre. Para mí es una suerte que mi familia materna tenga ese don. Pero sé de otras mujeres que acabaron encerradas en hospitales psiquiátricos para siempre. Ahora esas cosas ya no pasan —añade, con un hilo de voz.

—¿Y las plantas? Nunca me has hablado de eso.

—Contigo no ha sido necesario, pero conozco muchos remedios que ayudan a la gente. Sé cuáles son las plantas de la esperanza, las que pertenecen al mundo de las sombras, las que calman. Sé cuál es la flor del diablo, la que nació porque un ángel golpeó el suelo, las propiedades botánicas que descubrió el emperador con cabeza de toro y cuerpo de hombre con el estómago transparente... Ese es mi mundo.

Eso último no consigo descifrarlo, pero tampoco profundizo porque quiero hacerle otra pregunta:

—¿Por eso aquí casi siempre huele a tierra? ¿Por la relación de tu profesión con las plantas?

Victoria se levanta y abre un cajón del aparador. Está lleno de tierra. Ese y todos los demás. Me explica que ahí conserva ciertas semillas y raíces. Entonces pienso en que esta mujer se rodea de banalidades para ocultar quién es realmente. Es la única explicación que le encuentro al hecho de que el aparador con los cajones llenos de tierra, semillas y raíces sea el mismo donde tiene una biblioteca de revistas del corazón. Al hecho de que esa consulta donde ayuda a guiar ánimas para que encuentren el camino hacia el otro mundo esté en un bar donde los mismos hombres juegan cada tarde una eterna partida de cartas.

—Dime una cosa, ¿por qué siempre tienes hierba de San Juan en tu consulta?

—Porque la sangre de san Juan Bautista fluye por la planta y sirve para mantener alejados a los malos espíritus y también a los locos.

Me gustaría saberlo todo sobre Victoria, pero hay cosas que no me atrevo a preguntarle. Por su marido, por ejemplo. No sé si existe esa figura en su vida, me ha hablado de los nietos alguna vez, pero a él nunca lo ha mencionado. No quiero resultar inoportuna, pero me gustaría tanto que me contase más cosas sobre sí misma...

—Lola, ¿tú confías en mí? —me pregunta.

—Ahora sí —admito, convencida de lo que acabo de decir.

—Me alegra que digas eso. Yo también confío en ti. Por eso te voy a pedir que hagas algo más.

Se acerca al aparador y saca de uno de los cajones un bote de vidrio que lleva un adhesivo con mi nombre. El contenido es verde oscuro y tiene consistencia. Lo coloca encima de la mesa, delante de mí.

—No se te ocurra ingerirlo —me advierte—. Esto es un ungüento que debes aplicarte varias noches seguidas. Las instrucciones están aquí —añade, entregándome un papel—. Es importante que empieces dentro de tres días, con el cambio de luna. Sé cuidadosa y sigue los pasos. ¿Me lo prometes?

—¿Para qué es esto?

—Para que todo acabe de encajar. Cuando completes los pasos, regresa aquí —contesta, sin acabar de ser clara.

Yo me entrego a ella. Victoria es de las personas más auténticas que conozco. Me lo ha demostrado de una manera que nadie podría rebatir, así que asumo que ha llegado el momento de dejarme llevar.

—Prometido —le digo antes de despedirme.

Meto el frasco de vidrio en el bolso y salgo de la consulta con la sensación de que, cuando regrese, quizás no sea la misma persona. Ese pensamiento me cruza la mente, pero ignoro cómo gestionarlo y tampoco me importa demasiado. Solo quiero soltar a mi madre, ayudarla a marcharse, empezar a vivir sin ese lastre tan extraño. «Mamá, perdóname», me digo a mí misma. Llamarla lastre me parece cruel, pero su alma pesa y duele tanto que no puedo sostenerla por más tiempo.

36

Le pedí a Sole que me acompañase al cementerio. No me sentía preparada para pasar yo sola por un momento así. ¿Soy blanda por eso? Ahora mismo pienso que mi vida ha llegado a un punto en que creer o no en la existencia de las ánimas es algo secundario. Lo que me parece decisivo es lo que implica el ritual y también llevarlo a cabo en ese lugar concreto, a esas horas, con este punto de clandestinidad. Victoria intentó tranquilizarme asegurándome que no iba a tener ningún problema para entrar en el cementerio, que el personal que hace los turnos de noche está acostumbrado a este tipo de peticiones, pero aun así me daba reparo. Ha resultado ser tan sencillo como hacer sonar la campanilla que está en el portal de entrada y esperar. A los pocos minutos nos abrió un hombre que nos dio las buenas noches y nos rogó que lo avisásemos al terminar. No nos pidió explicaciones, no preguntó qué hacíamos allí a esas horas. Nada. Fue una de esas ocasiones en que las expectativas que tienes son más elevadas que el hecho en sí.

Mi hermana y yo avanzamos entre los mausoleos iluminando el camino con las linternas de nuestros móviles. Mentiría si dijese que no pasé miedo. Entrar de noche en un cementerio sabiendo que el ánima de tu madre está aferrada a ti es algo que no sé cómo manejar. Mastico ese pensamiento, lo destruyo y lo trago, pero siempre se me queda atravesado. Lo que más pánico me dio en aquel momento fue pensar en las otras ánimas que no eran la de mi madre. Esas que Sole y yo no podíamos ver, pero que con toda seguridad deambulaban entre nosotras deseando aferrarse a nuestros cuerpos, metérsenos dentro, hacernos esa cosa tan terrible que le habían hecho a la mujer que entró gritando aquella tarde en la consulta de Victoria. ¿Qué te puede provocar un espíritu cuando consigue atravesarte e instalarse dentro de ti? ¿Cómo convivir con esa clase de temor?

Delante del nicho de mamá todo pasó muy rápido, e igual de rápido sucede en mi mente cada vez que lo revivo. Es como si a ese recuerdo le faltase emoción e intensidad, porque esperaba que en el instante de llevar aquello a cabo pasase algo significativo. Fui allí a desenganchar a una muerta que llevaba encima, daba por hecho que mi cuerpo reaccionaría de alguna manera. Seguí los pasos que me había indicado Victoria: me quité la chaqueta, la quemé por completo y luego recogimos las cenizas y las metimos en su nicho. Allí, a los pies de su tumba, le deseé buen viaje y le dije adiós, pero sin demasiado drama. Y esperé dolor, esperé alivio, esperé que me faltase el aliento, un golpe en el estómago, un escalofrío, mis piernas inconsistentes, el corazón deshaciéndose como galletas, algo, lo que fuese. Y tan solo me recibió la noche entre sus brazos con una calma que no conseguí comprender. Deshicimos el camino, avisamos al trabajador de que ya habíamos terminado y abandonamos el cementerio. En el trayecto de vuelta a casa Sole me preguntó qué notaba y le dije que tal vez alivio por cumplir con mi promesa, pero nada más. También sentía decepción, pero eso lo guardé para mí.

37

Es la tercera noche de plenilunio. Estoy en una playa, desnuda y acostada sobre la arena. He untado mi vientre con la mezcla que me entregó Victoria. Huele a hierbas, aunque soy incapaz de reconocer cuáles. Me gustaría distinguirlas, pero no tengo esa capacidad. Es un olor intenso, casi balsámico. Ahora debo entrar en el mar y permanecer en el agua hasta contar nueve olas que me envuelvan, pero hace tanto frío... Por momentos creo que me voy a cristalizar. Veo formas geométricas dibujadas en mi piel. Primero son superficiales, como trazadas con una línea muy fina, pero enseguida se me divide la carne en icosaedros, hexágonos, triángulos, rombos... No me duele ni sangro, pero me impresiona ver mi cuerpo desmembrándose. Vuelan insectos y, aunque no estoy completamente segura, creo que salen de dentro de mí. Cómo brillan sus alas irisadas. Son negros, del tamaño de una uña, y tienen ojos de zafiro y un pincho diminuto en la cabeza. Murmuran entre ellos con el lenguaje de los seres humanos y solo consigo escuchar palabras sueltas que no me dicen nada. Mis formas geométricas flotan. Ahora me contemplo desde arriba, como si mi cuerpo se desdoblase, e ignoro si estoy viva o muerta. Descanso sobre la arena, dividida en trozos, y quizás esto signifique que puedo volar. Hay muchas Lolas dentro de cada una de las formas en las que me descompongo. Estoy multiplicada. Soy una criatura que se duplica cuando la seccionan. Pongo las manos sobre mi vientre y pienso en óvulos cayendo de una máquina expendedora, de la chimenea de un barco de vapor que navega en un océano verde, óvulos saliendo a propulsión de tubos de escape y de la boca de un hombre con cabeza de toro y el estómago transparente. Escupe uno, dos, siete, setenta... Tengo frío, estoy sola y el mar me llama de una manera irresistible. Algo poderoso vuela arrastrado por el aire, pero no puedo ver de qué se trata pese a que ahora tengo cientos de ojos, dos en cada una de las porciones en que me divido. Mis rombos, los hexágonos e icosaedros se desplazan en dirección al mar. Debajo vuela el manto de insectos como una red de protección. Quiero que me abracen. Que el océano me acoja.

38

Después de varios meses he vuelto a ver a Hugo. Quedamos el viernes a la salida del trabajo para tomar un café en un sitio al que solíamos ir cuando estábamos juntos. Ha sido muy raro. Es una anomalía regresar a un lugar común con una persona con la que habías construido un universo que explotó y del que solo quedan recuerdos. Pienso esto y resulta que vivo en el mismo piso en que vivía con él. Qué absurdo todo. Yo qué sé, hay cosas difíciles de explicar y esto es puramente irracional.

Estar con mi ex en esa cafetería ha sido muy incómodo. Solo quería que pasase el tiempo rápido y largarme en dirección contraria. No sé lo que ha sentido él y tampoco se lo he preguntado. A veces es mejor dejar todo como está y no escarbar. Me ha contado que tenía pareja y que estaban viviendo medio juntos. Ha querido saber si yo me veía con alguien y he evitado contarle que, desde que lo dejamos, ver me veo con muchas personas, aunque ninguna me interesa para nada más que para un momento. Hemos prometido volver a quedar pronto, pero eso es mentira, por lo menos por mi parte. No quiero verlo, somos dos extraños que vivieron juntos una década. Lo tengo enfrente y sé lo que piensa, me adelanto a sus respuestas, puedo intuir las reacciones que va a tener. Es como si mis ojos continuasen dentro de él, pero al mismo tiempo estamos a años luz el uno del otro. Es muy raro. Rompimos, ya está, no pasa nada. De hecho, fue él quien dio el paso, cosa que incluso le agradezco. Pero me parece un atraso quedar, es como querer seguir aferrado a algo que matamos entre los dos.

Me arrastré hasta casa y me desplomé en el sofá sin ánimo y sin energía. Compartir con Hugo esa hora y media ha sido tan agotador que solo pensaba en desintegrarme. He dormido diez horas seguidas y, al despertarme, le he mandado el siguiente mensaje a Ernes: «Nota para el futuro: quedar con un ex es una pésima idea. Siempre sale mal. SIEMPRE». Me he pasado todo el sábado repitiendo la siguiente secuencia: dormir, despertar, comer, dormir... He reproducido ese bucle varias veces. Necesitaba resetearme, pero esto ha sido ayer y sigo en ese estado de agotamiento mental y físico. No puedo conmigo misma. Hace bastante que no voy a visitar a Victoria, seguro que si aparezco por allí me dice que se me ha aferrado otra muerta. ¿Tendré imán?

Tampoco ayuda a mi ánimo el hecho de que hoy tengamos comida familiar en casa de papá. Me gustaría llamar y decir que me encuentro mal y no puedo ir. ¿El cansancio entra en la categoría de excusa aceptable para saltarse un compromiso de este tipo? Sole opina que no, y yo lo asumo. Ya me consideran todos bastante bicho raro, como para seguir alimentando la leyenda negra.

La pareja de mi padre abre la puerta y me recibe con esa sonrisa que parece diseñada por inteligencia artificial. Yo me limito a fingir, siguiendo los consejos de Sole. Disimulo y pongo buena cara. Lo que sucede por dentro ya es otra cosa. Por momentos me entran ganas de expresarles que es impresentable que Fina ocupe en la mesa el mismo lugar que ocupaba mamá, que use a diario la vajilla que ella había heredado de la abuela Sofía y consideraba una joya que solo se podía sacar en ocasiones especiales, que meta la ropa en sus cajones mientras la de mamá se cubre de moho y carcoma en un baúl en el desván, que corrompa su recuerdo. Parece que intenta borrarla, como si semejante cosa fuese posible, y ni yo ni Sole entendemos cómo papá pasa por alto cada una de estas acciones. Todo eso me hace daño. Que sí, que ya sé que tienen derecho a ser felices como consideren. Pero yo también tengo derecho a que me parezca mal que mamá haya sido sustituida a esta velocidad y que no se respeten ni siquiera las cosas que ella consideraba sagradas.

Llevo muchas semanas sin ver a mi hermana mayor. Con Sole es distinto, ella siempre está presente en mi vida. No podemos ser más distintas, pero nos preocupamos la una por la otra. Hace suyos mis problemas, como si tuviese la capacidad de volverse mimética. Se mete dentro de mí y comparte todo lo malo. Yo hago lo mismo. Pero a María creo que ya no le interesamos. Es como si nos hubiese dejado por el camino en algún momento. Tiene su propia familia, la que comparte con su marido y sus hijos, y nosotras somos carreteras secundarias. Puedo entender que las prioridades cambian con el paso del tiempo, pero ¿qué pasa, que en su mundo no hay hueco para nosotras? Estamos hablando de un espacio emocional, no físico. ¿Quererse ocupa sitio? Cuando llego me da un abrazo que siento algo frío y me comenta que me nota cambiada.

—Si es para peor no me lo digas, no quiero saberlo.

—Es la vida de soltera, que le sienta bien —añade Sole.

—¿Pues sabéis qué os digo? Que deberíais probar. Estar siempre con la misma pareja es un aburrimiento.

No pienso eso, pero quiero ver la cara que pone María. Efectivamente, me clava la mirada y puedo percibir el rechazo en sus ojos.

—Tampoco tenéis que dejarlos, que a mí vuestras parejas me caen bien —continúo, exagerando la realidad—. Vale con abrir la relación y que entre un poco de aire fresco.

Sole se ríe y María no sabe dónde meterse.

—En serio, es muy saludable.

María está tan incómoda que pone una excusa, dice que se alegra mucho de verme y se marcha para la cocina.

—Cómo te pasas —me riñe Sole—. No le das respiro.

—Pero, vamos a ver, ¿cómo es posible que no me conozca a estas alturas? Ni siquiera es capaz de distinguir cuándo me estoy metiendo con ella. Antes no era así, tienes que admitir eso.

—Yo creo que es por Manuel —me confiesa en bajito—. Desde que se casaron ella ha ido replegándose. Y vas tú y dices que te caen bien nuestras parejas. Es imposible que ese señor te caiga bien, ¿por qué le mientes así?

—Pues claro que es imposible, pero mira... Vale que estoy acostumbrada a llevarme toda la fama y lo asumo, pero ojo contigo. Luego la que se pasa de la raya soy yo. Por cierto, ¿qué está cocinando Fina ahí dentro? ¿Hígados de orco? Vaya peste.

—Estás de resaca y no te soportas ni a ti misma. Anda, ven conmigo.

Ya ni siquiera pierdo el tiempo explicándole que la única resaca que tengo es la de ver a Hugo. Voy detrás de ella hacia la habitación que compartíamos de niñas. Hace mucho que no entramos aquí. Me gusta ver que las Nancys, los Pinypon, alguna Chabel, los ponis con melenas de colores y nuestros libros continúan en el mismo sitio. Tenemos varias colecciones en las estanterías. También hay algunos de María, pero ella se mudó de habitación al cumplir los catorce porque estábamos muy achicadas, y papá y mamá le prepararon un dormitorio pequeño. Tal vez ahí empezó nuestra separación y no supimos verlo. Como si lo físico arrastrase lo emocional. Abro la puerta de un mueble y encuentro cajas de puzles y la de Juegos Reunidos. Entonces escucho pasos infantiles por el pasillo. Por las pisadas sé que es Julián, mi sobrino pequeño. Grita mi nombre al verme y me abraza con tanto entusiasmo y tanta fuerza que me entran ganas de llorar.

—¿Estás bien? —me pregunta Sole, que también parece tener sus ojos dentro de mí.

—¡Claro! Es que este niño tiene pinta de estar muy rico. Voy a comerle la barriga —bromeo mientras él empieza a gritar como si se le fuese la vida.

Ojalá pudiese cerrar la puerta y quedarnos los tres allí, toda la tarde, encerrados en nuestra fortaleza. Abrir solo si llama el hermano de Julián, que tiene dos años más y es igual de delicioso. Me siento algo culpable de verlos tan poco y me prometo hacer el esfuerzo de pasar más tiempo con ellos. Están gigantes, no puedo permitir que se me escapen de esta manera porque estoy haciendo con ellos lo mismo que María con nosotras.

—Lola, ¿te encuentras bien? —insiste Sole.

—Necesito sentarme —murmuro.

Agarra a Julián y yo respiro profundo, pero siento que las piernas no me sostienen.

—Espera, que ya se me pasa —susurro.

No quiero allí a más gente. Es solo un momento, solo necesito eso. Un momento.

Durante la comida, Manuel hace algún comentario sobre mis ojeras y sobre la importancia de sentar la cabeza. Esto último no lo dice mencionándome directamente, habla en general, haciendo referencia a otras personas que conoce que, según él, están descentradas, pero es evidente que va por mí. Yo noto la mirada de Sole pidiéndome calma. «No le entres, pasa de él, está de broma.» Cero gracia me hacen esas bromas, pero hoy no estoy fina y asumo un papel pasivo. Me convierto en frontón. Sus estupideces rebotan y se estrellan contra él mismo. De vez en cuando busco la mirada de María, pero es como si no fuese consciente de lo que pasa. Yo le digo con la mente: «¿Recuerdas lo que te dije antes de que me caen bien vuestras parejas? Era mentira». Pero no me la lee. Hace décadas que no puede.

Me marcho la primera despidiéndome de la manera más amable que puedo. Sole me acompaña a la calle.

—No sé cómo has conseguido contenerte, lo has hecho perfecto.

—Porque me ha cogido así, pero no creo que tengamos que soportar esas salidas de tono en nuestra casa. Además, ¿por qué da por hecho que nos importa algo lo que él piensa?

—Porque es un egocéntrico y ha aprovechado que estás baja.

—¿Tanto se me nota?

—Tienes mala cara, Lola. —Continúa mirándome de una manera que en ese momento no consigo interpretar—. He estado dándole vueltas a una cosa. ¿No estarás embarazada?

—¿Qué dices? —contesto sorprendida y un poco alterada. Ni de broma.

—Vale, pero cómprate un test.

Que no puedo estar embarazada. Aunque lleve quince días de retraso y este cansancio. Porque mis óvulos están rellenos de arena, no paro de recibir ofertas de tratamientos de fertilidad, la menopausia se proyecta sobre mí como una sombra que no quiero recibir porque la temo, no tengo pareja estable ni padre para este embrión fantasma que acaba de inventarse mi hermana. Y porque soy una descentrada y las personas descentradas no tienen hijos, tienen problemas.

Paro en una farmacia y me hago el test nada más llegar a casa. Cuando veo el positivo, se me cae encima toda la arena de los ovocitos que llevo imaginando durante meses y me quedo sepultada debajo de ese peso, que es el peso de mi propia paranoia y pesa toneladas.

Espacio liminal

39

En ese lugar gobierna la oscuridad. Se trata de un espacio entremundos donde jamás ha estado un ser humano, pero sí sentimientos propios de los humanos. Hay sufrimiento, hay ansiedad, hay anhelos. Catalina corre. Corre por un laberinto con desesperación desde hace mucho, pese a que ahí la medida del tiempo sea otra. Antes tan solo deambulaba, no tenía prisa. Ahora sí. Lleva en sus brazos un bebé lleno de sangre, con el cordón umbilical conectado a su propio ombligo. No recuerda el momento exacto en que lo parió, pueden ser minutos o quizás años, pero sabe que Elvira y los insectos estaban presentes y que algo vomitaba sombras que flotaban a su alrededor. Avanza por los pasillos del laberinto buscando la salida, pero todo está tan oscuro que nubla incluso sus visiones. A veces consigue distinguir entre los setos plantas de tallos verdes donde han florecido bebés en miniatura boca arriba; de cada uno de sus ombligos han brotado nuevas ramas de las que también han germinado brotes de los que también han nacido otros bebés en miniatura. Todos tienen unas alas anteriores y posteriores transparentes con membranas, como las de las libélulas, y pueden batirlas de manera simultánea o alternando unas y otras. Puede verlos porque resplandecen, son fosforescentes, están palpitando encogidos sobre sí mismos, esperando a que llegue el momento de desprenderse. Corre, Catalina, corre más rápido y busca la luz para que tu hija llegue al otro mundo, la apremian los insectos. Ese mundo al que se refieren no es el de los muertos. Ella obedece y no teme tropezar, ni perderse para siempre, ni tampoco estar condenada a la oscuridad eterna de ese no-espacio. Confía en sí misma. Recuerda con frecuencia lo que hizo hace dos siglos, conoce las consecuencias de ingerir el contenido de aquel tarro púrpura que olía a bosque antiguo. Ese tarro que estaba oculto en la vitrina de la casa de Merlo, entre un corazón y un lagarto, y le pidió a su abuelo en aquellos momentos de tanto dolor, justo después de la partida de Gonzalo. Ese frasco que no era para detener la infección de las heridas de su espalda, como pensaba su abuelo, ni tampoco para cruzar al mundo de los muertos, como había hecho Elvira antes, sino para habitar en ese espacio liminal. Ese no-lugar donde poder parir a su hija y esperar el tiempo que fuese necesario hasta encontrar un cuerpo vivo y sano que sirviese de canal para esa criatura. Mira los bebés cómo empiezan a moverse, son ánimas de abortos vivos, dicen los insectos. Ella acelera el paso. Los abortos no están vivos, replica. Pero las ánimas sí, rebaten. ¿Ella está viva? Siente cosas muy parecidas a cuando lo estaba, pero su corazón se paró, se dividió en rombos, hexágonos e icosaedros y se quedó congelado para siempre en su pecho. Aun así, tiene frío, tiene una necesidad y tiene una misión. Lo que no tiene es miedo. Sabe que va a conseguir encontrar la salida. Recuerda vagamente el Salón de los Continentes, África desolada, el jardín del pazo, la muerta que saltó de cuerpo en cuerpo, el niño sosteniendo las vísceras, la piel de cordero con la cabeza colgando, los pájaros de varias sílabas que hacía volar Gonzalo. Ahora nada de eso es relevante. Lo único que verdaderamente importa es esa criatura que lleva entre sus brazos, con el cordón umbilical saliendo de su propio cuerpo y una rueda de santa Catalina como la suya dibujada en la lengua. La niña llora y Catalina apura. ¡Más rápido! ¡Vamos, Catalina! ¿Dónde está la luz? Gira a la derecha, avanza, tuerce a la izquierda, esquiva un sapo, salta por encima de una piedra, ve un bebé luchando por desprenderse de una de las plantas. Vamos, tienes que correr más, no te relajes. Los insectos son su combustible, son las porciones en que ella se divide. Son una extensión con alas de sí misma. Siente cómo su bastarda da un tirón en el cordón umbilical y sabe que acaba de nacer una flor. El bebé da otro tirón y provoca el nacimiento de otra flor. Catalina acoge un invernadero en su interior y eso tiene que significar algo. Los bebés de las plantas empujan hacia arriba con fuerza, luchan por ser libres, su piel se estira y ella teme que se desgarre. No soportaría ver esas plantas con restos de piel de bebés y a todas esas criaturas, los abortos vivos, con la espalda desollada. Como su propia espalda cuando la azotaron hasta abrirle la carne, no consigue recordar cuántas veces pero sí el dolor. Una bandada de mirlos cruza el laberinto y sabe que la salida está cerca. Ahora, insectos, les pide. Volad alto y buscad la luz. Los insectos obedecen, agitan sus alas irisadas y los bebés de las plantas también agitan las suyas, como si unos y otros estuviesen acompasados, como si todos tuviesen el mismo cometido. ¡Por aquí, Catalina!, le indican los insectos. Catalina siente cómo las formas geométricas de su corazón empiezan a derretirse. Ahí está la luz, murmura. Corre tanto que deja de sentir las piernas. No repara en que va dejando una estela de sangre. Pega el rostro al de su hija para llenarse de su aroma. Cada bebé nacido en cada uno de los brotes consigue liberarse y ella se abraza a ese espectáculo. Catalina encuentra la salida del laberinto y contempla los insectos volando alrededor de tres árboles. Son tejos rebosantes de puntos de luz, parecen espíritus del bosque. Entonces murmura es el cementerio de tres tumbas, y ellos contestan todos al mismo tiempo que no puede ser porque el cementerio está en Merlo y Catalina alega que ese lugar es Merlo pero desde el no-espacio. El barbero cumplió su promesa, plantó el tercer árbol junto a los de Marina y Elvira. Al otro lado de los tejos corre el agua de un río y ella sabe que tiene que llegar hasta ahí con su hija. En el río hay una cesta, en la cesta hay un hueco del tamaño de un bebé y Catalina agarra a la niña por debajo de los brazos, le da un beso en la frente y pega un tirón salvaje para soltar el cordón umbilical. Dios, cómo duele. Luego la coloca con cuidado sobre la cesta y le desea buen viaje. La empuja río abajo y los insectos se dividen: una parte custodia la cesta y la otra parte se queda con Catalina, que se desangra por el ombligo y cae de rodillas al pie de los tejos. Cierra los ojos y ve pétalos saliendo del agujero que ha dejado el cordón, estambres, un huevo de gallina negra, el aceite de una mariposa, un mirlo que vuela disparado y antes de desaparecer suelta una palabra de tres sílabas: Au-ro-ra, y ella recuerda cuando Gonzalo le enseñaba a leer y pronunció esa misma palabra tan preciosa que se guardó dentro para siempre. Los insectos empiezan a girar en espiral formando un tornado y los espíritus de los tejos se apagan todos al mismo tiempo, entregándose a la oscuridad.

40

Lola presentía que se iba a morir. Sucedería mientras le sacaban de dentro la criatura que se negaba a salir y para la que aún no había encontrado nombre. Lo había soñado tantas veces que le tenía verdadero pánico a este momento. No se había atrevido a confesárselo a nadie, pero pensaba muchas veces que no se podía evitar ese desenlace. Aunque le suministrasen medicamentos para provocar el parto y tenerlo controlado; aunque estuviese rodeada de personal sanitario que la vigilaba, entrando y saliendo sin cesar de aquella habitación donde parecía imposible tener algo de intimidad; aunque estuviese conectada a una máquina y Sole la agarrase fuerte de la mano; aunque Ernes y Fran aguardasen en la sala de espera, haciendo turnos porque no iban a dejarla sola por nada del mundo. Ni que Victoria la encomendase a san Ramón Nonato, patrón de los partos, y le hiciese prometer que rezaría una oración, ni la rosa de Jericó dentro de un cuenco con agua de la fuente de los milagros sobre la mesa metálica, ni las semillas de amapola que había quemado para espantar a los malos espíritus que solían rondar los paritorios con la única intención de devorar las almas de los recién nacidos. Nada que hacer para evitar el miedo a la muerte, porque aquella criatura se negaba a salir y no estaba allí su madre, ni tampoco su alma azul para decirle que todo iría bien.

En las clases preparto Lola había recibido tanta información del tipo de procedimientos innecesarios que podía encontrarse en el momento decisivo que estaba concienciada y también dispuesta a oponerse a algunas prácticas. La matrona les había explicado lo que era una episiotomía, ese corte habitual que se practicaba en la vagina pero que a veces se hacía por rutina. Les insistió en que fuesen claras con esto y con la maniobra de Kristeller, que era muy dolorosa y podía provocar desde lesiones vaginales hasta fracturas de costillas, incontinencia urinaria... Que había otras maneras de parir con menos violencia, que nadie tenía que meterle el antebrazo por el útero para forzar la salida de la criatura. ¿Y ahora qué? Ahora las piernas abiertas sobre la cama. Son las once de la noche. Intentó aguantar en casa todo lo que pudo, pero cuando llegó al hospital solo había dilatado cuatro centímetros. La rasuraron, le rompieron la bolsa, le suministraron oxitocina y cuánto dolió todo y qué indefensa se sintió. Porque, a pesar de tener tanta información, no la estaban avisando de los procedimientos, no la advertían de lo que le iban a hacer, y, cuando quería darse cuenta, ya tenían las manos dentro de su vagina. Y siempre hacían salir a Sole de la habitación, que empezaba a ponerse nerviosa porque, cuando regresaba de nuevo, encontraba a su hermana más agotada, más desanimada y con más miedo en la mirada. Queremos información de lo que le van haciendo, le exigió una de las veces a un médico. Él la miró desde su metro ochenta y cinco y le contestó que, si tenía alguna sugerencia, había una caja en el mostrador, pero que ya la advertía de que los protocolos no eran asunto ni de las pacientes ni, mucho menos, de las acompañantes.

Cuando bajaron a Lola al paritorio eran más de las cinco de la mañana y estaba reventada por las contracciones. La trasladó un ATS que hizo comentarios simpáticos para ayudarla a sentirse mejor y ella recordó al técnico de la noche del aborto de Ernes. Siempre aparecían ángeles sobrevolando momentos como aquel.

No sería capaz de recordar cuántas personas metieron la cabeza entre sus piernas. Ella se volvió una muñeca de trapo. No tenía voz ni voluntad, estaba a expensas de toda aquella gente que hablaba de cosas relacionadas con el parto y, por en medio, hacía comentarios triviales sobre sus vidas privadas y también exponía asuntos relacionados con otras pacientes. Las charlas se cruzaban y Lola estaba tan incómoda... Mandaron salir a su hermana y no entendió por qué no la dejaban acompañarla, no quería pasar sola un momento como ese, no le parecía justo. Sole exigió saber la razón y alguien dijo que había complicaciones, pero aseguraron que todo iba a salir perfecto, habían pasado por partos como aquel cientos de veces, era solo una cuestión de protocolo. No existían motivos para preocuparse. Nadie le advirtió cuando le hicieron el corte que ella tanto temía. La niña no cabe y los partos se acumulan, comentó una enfermera. A mí me dan igual los otros partos, me importa el mío, se atrevió a contestar ella. Entonces vio a una de aquellas mujeres cogiendo un taburete, que colocó a su lado. ¿Qué me vas a hacer?, preguntó, recordando las advertencias de la matrona en las clases preparto. Voy a ayudarte para que esto sea más sencillo, no te asustes. No quiero parir así, esa maniobra no, por favor, rogó sabiendo perfectamente lo que estaba a punto de suceder. Le sujetaron las muñecas mientras ella solicitaba con desesperación que la cambiasen de postura, que esperasen un poco más, y alguien le dijo de manera amable pero firme que no podían esperar porque podía haber sufrimiento fetal y que estuviese tranquila, que iba a ser rápido. Le insistieron en que tenía que entrar en razón, en que no complicase más las cosas. Sabían lo que hacían, eran profesionales y ella estaba comportándose de una forma infantil. Esto último nadie lo verbalizó, pero no era necesario decirlo.

Entonces siente cómo alguien le mete el brazo hasta las entrañas de repente y el dolor es tan profundo que se marea y pierde el conocimiento. Entra en un espacio liminal donde ve a su madre sentada sobre un ave blanca, volando en dirección a un lugar donde el aire es azul. Tiene la mirada serena y parece en paz. Eso la hace sentir bien. También ve una bandada de insectos entrando por la puerta del paritorio en el instante en que el bramido de un animal que no sabe identificar se manifiesta desde sus propias entrañas. ¿Qué es lo que está rugiendo en su interior? ¿Un buey? Hay una criatura bramando de manera salvaje. Ve bebés atravesando la oscuridad. Todos tienen unas alas anteriores y posteriores transparentes con membranas, como las de las libélulas. Ve tres árboles infestados de luces, ¿o son espíritus? Ve un río corriendo al otro lado. En el río hay una cesta, en la cesta hay un vacío del tamaño de un bebé. Una mujer que no pertenece a este mundo, con la rueda de santa Catalina dibujada en la lengua y que lleva siglos habitando en ese espacio liminal, le dedica una mirada de súplica. Agarra a su hija por debajo de los brazos, le da un beso en la frente y pega un tirón para soltar el cordón umbilical. Lola sabe cómo duele, claro que lo sabe. Con cada tirón le nace una flor en cada bronquio, y qué bonito debe de ser tener dentro un invernadero pese a este sufrimiento. Luego coloca a su hija con cuidado sobre la cesta y le desea buen viaje. La mujer se desangra por el ombligo y cae de rodillas mientras la cesta se aleja hasta desaparecer. Lola ve pétalos saliendo del agujero que ha dejado el cordón en el cuerpo de esa mujer, estambres, un huevo de gallina negra, el aceite de una mariposa, un mirlo que vuela disparado hasta que sus alas se incendian.

Cuando abandona el espacio liminal y recobra el conocimiento hay alguien sosteniéndole la cabeza que le pregunta si se encuentra preparada. Ella se centra, está en el paritorio y no puede precisar si ha perdido el conocimiento segundos o minutos. No importa, sabe lo que viene ahora. Todas las clases preparto tienen que servir de algo y, cuando todo esto pase, el dolor de esta experiencia se irá diluyendo poco a poco. Intentará no pensar nunca en esto, creará una capa para protegerse. Se incorpora, se apoya sobre los codos y empuja con todas sus fuerzas. Una mujer intenta animarla y le dice que ahora sí lo está haciendo bien, otra comenta que ya falta muy poco. Espera, no empujes. Ahora sí, todo lo que puedas. Y Lola vuelve a escuchar el bramido de un buey y no es la única que lo oye, puede verlo en el rostro horrorizado de aquellas que la asisten y murmuran entre ellas cosas que no alcanza a escuchar. Ya no le importa lo que dicen, tan solo seguir las órdenes que ayuden a nacer a su hija. La niña que entró en la cesta con un vacío del tamaño de un bebé. Empuja, empuja, empuja y la criatura sale, pero no llora, su cabeza cuelga de una manera que no parece natural y alguien comenta que tiene una marca de nacimiento redonda en la lengua. ¿Por qué no llora?, pregunta Lola, ansiosa. Pero nadie contesta y ella no quiere estar viviendo ese momento, no quiere. ¿Por qué no llora?, insiste varias veces, con la voz quebrada por el miedo. Alguien le dice que no se preocupe, que se la van a traer inmediatamente, pero esa espera se eterniza y está casi convencida de que le están ocultando algo. La niña no está bien, no lo ha conseguido, ¿habrá sido mi culpa?, se pregunta, desolada. Cuando por fin la colocan sobre su pecho y comprueba que está viva, pega su cara contra la de ella y rompe a llorar.

Horas después del trance, Lola sostiene al bebé en brazos. Le reconforta el aroma de su piel, nunca había tenido entre las manos algo tan radicalmente suyo. Ahora mismo no existe ninguna otra cosa que la pueda aliviar. Su hija es un bálsamo. Hubo muchos momentos durante el embarazo en los que se preguntó si estaría capacitada para criar una hija sin un padre. Esa duda ya no existe.

Ernes y Sole no se han movido de su lado. También han pasado de visita su padre y Fina, pero se han marchado rápido, quizás por dejarle espacio, tal vez porque había allí demasiada gente o simplemente porque no estaban cómodos. Lola no ha podido evitar preguntarse si con los otros nietos la presencia de su padre también había sido así de fugaz, pero ha neutralizado ese pensamiento porque ya ha sufrido bastante en el día de hoy. Su hermana mayor todavía no se ha presentado, pero ella conserva la esperanza de que entre por la puerta en cualquier momento, aunque no sea capaz de digerir que Lola no sepa quién es el padre. Fue así de clara, se limitó a decirles la verdad y no le importó demasiado lo que pensasen. Lo que sí sabía es que eso iba a traer consecuencias.

Victoria también la ha visitado y ha sido una sorpresa. Estaba nerviosa, Lola nunca la había visto así. Parecía evidente que se moría por coger a la pequeña en brazos, pero no se atrevía. Fue Lola quien se la ofreció.

—Esta niña va a tener muchas madrinas —susurró, mirándola con ternura—. Abre la boca un momento. Venga, enséñame esa lengua.

La niña se estiró y abrió la boca para bostezar accediendo de manera involuntaria a la petición de Victoria, que sonrió cuando por fin consiguió ver la rueda de santa Catalina en la lengua del bebé. A eso había ido al hospital, a comprobar que estaban bien y a confirmar que esa criatura había nacido con la marca. No hizo ningún comentario al ver la lengua de la niña, pero le dedicó a Lola una mirada fugaz cargada de información. Fue en ese momento cuando Lola recordó la noche en que impregnó su vientre con aquel ungüento que Victoria le había entregado en la consulta sin decirle para qué era, y luego había soñado que su cuerpo se descomponía en formas geométricas en una playa. Después había venido la confirmación del embarazo.

Victoria le entregó a Lola una manta blanca y suavísima. Le explicó que era de lana de cordero y que si envolvía con ella a la niña siempre estaría a salvo. Cada bebé que nace se asocia a un animal y el animal de esa niña era el cordero. Cuando se marchó, Ernes comentó que allí hacía un calor tremendo y que lo que faltaba era envolver a la niña con lana de cordero, pero Lola alegó convencida que jamás se atrevería a desatender el consejo de Victoria.

Ahora está muy cansada, le pesan los párpados y no puede con su cuerpo. Lo siente ajeno, como si no le perteneciese. Se deja llevar y se permite quedarse dormida porque sabe que Ernes y Sole van a estar pendientes de la niña. En ese estado de agotamiento sueña con un salón lleno de continentes, con alcobas ocultas detrás de tabiques policromados, con un grabado del juego de la oca. Sueña con un ciervo con los ojos vacíos, con el Señor de la Sierpe, con barcas de piedra y estanques. Sueña con una mujer de otro siglo que abre la boca y vuelan palabras de tres sílabas que se transforman en pájaros. Una de esas palabras, la más bonita, le atraviesa el pecho.

No puede precisar si duerme diez minutos o una hora, allí dentro es fácil desorientarse. Le sucedió lo mismo en el paritorio, cuando perdió el conocimiento. Se despierta con la voz de su hermana, que está hablando con Ernes en voz baja, y consigue engancharse a la conversación:

—Nueve meses para decidirlo y nada. ¿Tú sabes todas las opciones que le he ofrecido? No puede ser que a estas alturas la niña siga así. Hay que registrarla. O me dice un nombre o le pongo el de nuestra madre.

—Ni se te ocurra. Si decides por ella, te mata —le advierte Ernes.

Entonces, Lola se incorpora. Busca con la mirada a la niña, que está en la cuna con los ojos abiertos.

—De ninguna manera. No le vamos a poner el nombre de mamá —sentencia Lola—. La niña va a llamarse de otra manera

Aurora

Agradecimientos

Esta novela se publica atravesada por un duelo, en unas circunstancias personales muy diferentes al momento en el que fue escrita. *Piel de cordero* tiene dentro muchos ojos que me han ayudado a ver más allá. Los de Manuel Bragado y Montse Paz, que son dos verdaderos faros que emiten una luz potente, que jamás vacila. Los de Eva Mejuto, que consiguen atravesar las capas más profundas, aunque vivamos en hemisferios literarios tan distintos. Los de Celia Torres, que me ayudaron a creer firmemente en Catalina. Los de María Oruña, que de nuevo me ha tendido la mano con una generosidad infinita. Los de Llerena, que transmiten la confianza cuando tiembla el suelo. Los de Amaro Ferreiro, que ha sido la mirada de la sensibilidad y la emoción. La mirada de quien, sin saberlo, me regaló junto a Paula la palabra *Aurora*. Los de mi hermana, que son dos gotas de rocío brillante que sobreviven a todas las heladas. Los de mis padres, que viajaron conmigo al Pazo de Oca en una experiencia que quedó cristalizada en ámbar para siempre en la memoria. Los ojos de H., que vieron nacer este libro y vieron cómo escribía la palabra *fin* cuando ninguno de nosotros dos podía imaginar que ahí estaban a punto de terminarse más cosas que esta historia.

Quiero dar también las gracias a mi agente, Hilde Gersen, que ha sido más que una compañera en este viaje con tantos momentos difíciles. A Andrés Meixide, que dibujó la cubierta más preciosa y con más alma que podía tener este libro. A mis editores gallegos, Noli y Fran, y a mi editora en Destino, Anna Soldevila. La implicación y el entusiasmo de todos ellos me ha servido de asidero.

Por último, quiero agradecerle a Ana Liste, aunque jamás nos hayamos visto y ni siquiera sepa quién soy, que haya escrito el libro *Galicia: brujería, superstición y mística*. Sin él, *Piel de cordero* habría sido una obra distinta.

En Vigo, a 19 de febrero de 2024